U0950336

魅丽文化 花火工作室

你们男生打游戏好厉害哦

易修罗 · 著

廣東旅游出版社
GUANGDONG TRAVEL & TOURISM PRESS
悦读书 · 悦旅行 · 悦享人生

中国 · 广州

图书在版编目（CIP）数据

你们男生打游戏好厉害哦 / 易修罗著. — 广州 :
广东旅游出版社，2021.6
ISBN 978-7-5570-2481-9

Ⅰ. ①你… Ⅱ. ①易… Ⅲ. ①长篇小说－中国－当代
Ⅳ. ① I247.5

中国版本图书馆 CIP 数据核字（2021）第 094293 号

你们男生打游戏好厉害哦
Nimen Nansheng Dayouxi Hao Lihai O

出　版　人：刘志松
责 任 编 辑：何　方 李　丽
责 任 技 编：冼志良
责 任 校 对：李瑞苑

广东旅游出版社出版发行
地址：广东省广州市荔湾区沙面北街 71 号首、二层
邮编：510130
电话：020-87347732
印刷：湖南凌宇纸品有限公司印刷
（长沙县黄花镇黄垅新村工业园区财富大道 16 号）
开本：880 毫米 ×1230 毫米　1/32
字数：200 千字
印张：8.5 印张
版次：2021 年 6 月第 1 版
印次：2021 年 6 月第 1 次印刷
定价：46.80 元

目录

CONTENTS

第一章

1

《星河传说》是时下一款风靡网络的电子竞技游戏，其中囊括了单人及多人对战的策略性游戏，一经推出便在年轻人群中掀起热潮。

在一次成功的地面推广之后，烟山大学的校园也迅速被《星河传说》的热浪席卷，玩家人数直逼曾经火爆一时的《魂淡 OL》。

刚上大一便沦为游戏少年的凌檬，凭借其出色的游戏表现和浓重的个人风格，成功跻身于星河圈的名人榜末尾。

只可惜，他出名的原因与他出色的游戏表现基本毫不相干。

在星河名人榜上，对于Lemon（柠檬）的评价是这样写的——Lemon，战阶长期在神级和星钻间徘徊，以毒舌属性闻名。但凡被他击败的玩家，均可获赠“柠爸的临终关怀”一份，从公测至今无一例外。

所谓坚持就是胜利，Lemon 始终如一对战败者的嘲讽，令广大星河玩家对其由恨生爱，“柠爸”黑粉俱乐部就此诞生。甚至有人为获取“临终赠言”，在对战中主动放水只求一败。

对于自己因毒舌而上榜一事，凌檬本人没有任何意见，还半推半就地加了水友为他创建的黑粉群。每天看群友将自己的语录制作成表情包相互斗图，成为他游戏以外的乐趣之一。

这天的毒舌星人凌檬，依然活跃在《星河传说》的战场前线。

2

系统：“经过一番激烈的苦战，联邦取得了最终的胜利！”

联邦 Lemon：“记住爸爸我伟岸的背影，未来的道路上它将指引你前行。”

帝国 Guest（路人） A：“哈哈！成功 LOOT（洗劫）柠爸的临终关怀，截图！”

室友回寝时屏幕上停留的恰好是这样一幕，深谙凌檬尿性的室友无论目睹多少次也依然看不懂这个世界：“输了游戏还能这么兴高采烈的也就只有你的对手了。”

凌檬只把这话当成夸奖，抖着腿排起了下一场。他在打 1 对 1 速战的日常，只要赢三场就可以获得游戏奖励。

只听“叮”的一声响，凌檬进入到单人对战的界面，Mangosteen（山竹）的 ID（账号）赫然在目。

“你居然‘狙击’到了芒神？”视线还停留在凌檬的电脑显示屏上的室友激动地凑上前，“不应该啊，你怎么会排到他？”

由于 ID 太长而被广大水友誉为“芒神”的 Mangosteen，是斗猫直播平台的 S 级签约主播。他凭借精湛的游戏技巧征服了广大男粉，又倚仗动听而有磁性的嗓音收获了一票女粉，是星河名人榜上名副其实的人气王。

《星河传说》的最高战阶宇宙神级仅有五百席位，其次是凌檬常驻的星钻级。从星钻升上神级简称为“上神”，凌檬处于星钻顶端，运气好连赢三五把便能上神。可神级高手如云，往往待不了几局又被打下来。芒神长期稳定在国服三十强，两个人在理论上很难排到一起。

“谁知道呢？兴许他这个赛季没打吧。”凌檬鼓着腮帮子，活像一只嘴里藏着花生的仓鼠。室友一直认为凌檬才是最适合做游戏主播的，因为他打游戏的时候表情实在是太丰富了，丰富到足够出一套表情包。

凌檬随机到了帝国方，时不时派飞船舰队去骚扰一波。芒神不愧是芒神，对凌檬的行动似乎了如指掌，早早出了防护罩，轻轻松松地将凌檬拦截在空间站外，又驾驭隐形部队偷袭了凌檬的矿车。

凌檬的资源被断，发展缓慢，索性变卖一切换兵孤注一掷，却被早已在等待这一刻的芒神率母舰绕背偷了后路。这场 1V1 战斗以芒神单方面吊打凌檬而告终。

当巨大的失败标志出现在黑白画面上时，观战了全程的室友忍不住幸灾乐祸：“哈哈，我看你这回还怎么嚣张？你柠爸的称号怕是不保了。”

“这有什么？”凌檬满不在乎地说，“对面是高级玩家，我一个无名小卒输给他又不丢人。”

“你确定你是无名小卒？”

“当然，我知道他是芒神，他知道我是谁？”

凌檬刚说完，系统通告就跳了出来。

系统：“经过一番激烈的苦战，帝国取得了最终的胜利！”

凌檬一如既往地按下回车，激活聊天框。

帝国 Lemon：“你们男生打游戏好厉害哦！”

室友再一次被凌檬的不要脸震惊：“居然有你这样厚颜无耻之人！”

“都说了，芒神不会记住我这种小账号的。”

凌檬的话音刚落，寝室的门就被人撞开了，对面寝室的同学跌跌撞撞地跑进来，背靠着门板笑得上气不接下气。

“你吃了含笑半步癫吗？”凌檬没好气地问。

同学却乐不可支地指着他：“你们男生打游戏好厉害哦！”

凌檬愣住。

“你还不知道？刚才芒神打的是直播！”

凌檬傻眼，数秒后伴随着一声哀号冲到对面的寝室。同学的电脑正挂在芒神的直播间，在线人数高达五位数，眼见就要突破六位数了。

方才那一局已经结束，直播的画面 LOADING（加载）中，弹幕疯狂地滚动着，所有人在刷同一句话——

“你们男生打游戏好厉害哦！”

“你们男生打游戏好厉害哦！”

“你们男生打游戏好厉害哦！”

那一瞬间，凌檬真的好想问候一下芒神，一个神级选手跑到星钻段位打 1V1，有什么值得直播的呢？

3

第二天，Mangosteen VS Lemon 的视频火遍网络，好奇心重的凌檬没忍住也上某站刷了一遍。这些没有节操的脑残粉，芒神的声音一出来，弹幕上就有好多人开始“舔屏（网络用语，一种表达非常喜欢的方式）”。

“不好意思，这个学期太忙，排位赛几乎没打，说好的直播也停播了几期。趁今天有空做个日常，不过战阶不高，希望大家不要嫌弃。”

凌檬又想掀桌了。他的星钻虽比不上神级，但起码也算第二梯队，好多人还打不到这个等级呢，芒神到底是有多嫌弃？

短暂的等待过后，他萌萌的头像便出现在了对战界面上。

“第一轮对战选手已经出来了……”

不知道是不是凌檬的错觉，芒神此时话音一顿，竟然轻笑了一下。

凌檬戴着耳机，对方这一声好比贴在凌檬的耳边呵气，让他整个人打了个冷战。

与此同时，弹幕也热烈地刷起来了——

“柠爸哟……”

“恭喜芒神翻到了我柠爸的牌子！”

“明明两个人是同次元的，为什么我有种次元壁破裂的感觉？”

“大概是因为芒神和柠爸给人的感觉打的不是同一个游戏吧。”

“只有我期待柠柠赢了这局吗？想看他获胜后会对芒神说些什么！”

这些都是什么？凌檬觉得芒神的直播间没眼看了，果然有什么样的偶像就有什么样的粉丝。

芒神倒没有对“Lemon”的身份发表见解，游戏开局后便迅速进入状态。

“日常1V1通常双方都追求速战速决，我估计对手开局就会派兵。”

凌檬从芒神的视角看着他熟练地点出防护罩，又升级了科技树上的隐形技能。

“以这样的出兵速度判断，他目前的资源不足以出反隐形雷达。尽管我觉得这个级别的选手不应该出现这种低级的失误，但不排除他在矿区设埋伏故意诱我上钩，可以先试探一下。”

一分钟后，芒神不费一血点掉了凌檬的矿车。

“也可能他就是故意想送。”

屏幕被数字大军淹没了，“2”后面“3”的位数都快超过 π 了。

“果然接近毒舌星人就会被感染毒舌DEBUFF（辅助技能）吗？”

“这不是我认识的芒神，惊恐脸！”

“柠爸千里送，礼轻情意重！”

芒神不为所动地继续解说：“其实对方还有机会选择退位防守打持久战，不过对于1V1来说性价比太低了，不如放手一搏。”

他派了侦查虫去，果不其然看到对面拆除了所有工事，仅留了基地和船厂，将变卖建筑得到的资源全部用来补兵。

凌檬回想当时的情景，他简直就像服从指挥一样按部就班地完成每一步战略部署，又或者直播的人是他，而芒神是在窥屏。

芒神看似随意地把全部的兵力布在前线，同时解释道：“像这种打法比较激进的人，一般都喜欢直接刚正面。”

弹幕又是一片“666”。

“所以像你这样的就喜欢偷袭别人的屁股吗？”

芒神没有反对，居然还默认了：“那要看是谁的屁股了。”

众水友献上意味深长的“哦”。

果然上梁不正下梁歪，这样的主播简直是星河圈的害群之马。

凌檬看着自己的垂死一击被对手成功预判和化解，同时派出母舰绕出包围圈，不费吹灰之力便抄了自己的老家，赢得十分轻松。

弹幕也悉数是褒奖，大小礼物刷得让人应接不暇。

“一如既往地杀伐果断，完全不懂得怜香惜玉啊。”

“柠爸要报警了！”

“喂，110 吗？”

“求柠爸此时的心理阴影面积。”

在帝国基地被炸成碎片的同时，耳机里传来芒神的声音：“其实能打上星钻的人水平都不低，他可能只是这一局没有发挥好。”

凌檬不屑，谁稀罕他假惺惺地挽尊（网络用语，指挽救尊严）。

“期待柠爸的‘临终遗言’。”

“柠爸好像很少留遗言？一般输了拍拍屁股就跑。”

“毕竟是树敌全宇宙的人，很怕别人以彼之道还施彼身吧。”

“我倒是更期待芒神的‘临终赠言’。”

“被 Lemon 三次嘲一脸的人求芒神报仇雪恨！”

“受害者铜球！”

“+10086！”

B站的弹幕突然空前高涨，无数人在提醒前方高能。

紧接着，凌檬就看到了那句让他悔到剁手的临终遗言。

帝国Lemon：“你们男生打游戏好厉害哦！”

芒神似乎也愣住了，说到一半的话停顿了数秒钟，随后失声笑了出来。

4

接下来发生的事情已经可以预料，凌檬怀着绝望的心情关了视频。

凌檬一夜之间红得发紫，发微博，粉丝在评论里清一色地回复：“你们男生打游戏好厉害哦！”

上贴吧，他难得热心地回答了一个新手的提问，楼中楼整齐划一地叠了上百层：“你们男生打游戏好厉害哦！”

他在黑粉群冒泡，表情包被无限地“+1”：“你们男生打游戏好厉害哦！”

就连水个校内网BBS，他都被人在跟帖里取笑：“你们男生打游戏好厉害哦！”

凌檬无论走到哪里都被这句话刷屏，他跟芒神无冤无仇，却被对方实力坑了一拨。可恶的是，这句话还是他本人说的。这口锅不能甩给芒神，只能自己含着泪背完。

那段时间，室友总是在深夜里听到他在阳台迎风高歌：“钢铁锅，含着泪喊修瓢锅……”

过了些时日，风波总算淡了下去。虽然凌檬的每条微博下依旧有人发同样的内容，而且势必会被赞上热门，但他已修炼得眼不见心不烦了。

本赛季最后一天，凌檬只要再赢一场就能上神拿赛季勋章。岂料冤家路窄，他再一次随机到了芒神。

凌檬觉得自己真是太倒霉了。他不是大神吗？为什么总在这个级别晃？虐菜鸟很有成就感吗？

在战斗开始前，他有一件事必须要问清楚。

联邦 Lemon：“你在直播吗？”

帝国 Mangosteen：“你猜？”

凌檬噘起嘴巴，也不管对方能不能看到，对着显示器比了根中指。

第二轮交锋，他再次惨败。究其原因，大概是他求胜心切，贪多必失，反倒中了对方的埋伏。

传说中在游戏里很少说话的高冷芒神，罕见地留下了临终关怀。

帝国 Mangosteen：“我们男生打游戏就是这么厉害。”

凌檬怒掀键盘。

5

微博和贴吧再一次热闹起来，不过这次齐刷刷地换成了“我们男生打游戏就是这么厉害”！

凌檬终日被其洗脑，最后演变成看高数书都是同一句话在无限循环。赛季结束，凌檬遗憾地止步星钻，仍是没有拿到赛季勋章，他把这一切都记在了芒神的账上。

新的赛季开始，凌檬奋发图强，立志要找芒神复仇。

从来不看直播的他注册了斗猫账户，长期蹲守芒神的直播间。芒神开直播，他到得比房管还快；芒神不直播，他就翻来覆去地研究对方的比赛录像，誓要摸清对方的套路，知己知彼才能百战不殆。

他白天看、晚上看，上课看、下课看，连室友戏谑他是不是爱上芒神了都没心思反驳，脑子里只有一个人的声音。

于是烟大校园内经常可见这样的场景—— 一个男生边走边聚精会

神地盯着手机，这不由得让人怀疑他是不是用触角探路的。

这天也在用触角探路的凌檬前往二食堂的途中重重地撞上一个人，由于他一直低着头，脑门撞到了对方的胸口。

“对不起。”凌檬捂着发红的额头说。

那个人若有似无地瞥了一眼他的手机：“没事。”

凌檬听到这两个字，浑身打了个激灵。他一连多日浸淫在芒神的解说里，对这个声音太熟悉了，就算用变声器也能认出来。

“檬檬，你怎么了？”室友见凌檬愣在原地不动，转身招呼道。

凌檬大梦初醒，赶紧回头，那个人早走远了。

“喂！”室友无奈，返回来拍了一下他的肩膀，“看什么呢？吃饭去啊。”

凌檬紧张地抓住室友的胳膊：“刚才那个人是芒神！”

“什么鬼？”室友怀疑地上下打量他，“芒神怎么可能是我们学校的？我就说你最近看芒神看太多，魔怔了吧？”

室友这么一说，原本有百分百把握的凌檬也不确定了：“芒神在直播间里有露过脸吗？”

“没有。”室友很肯定地说。

凌檬转念一想，露过脸又怎样，他压根儿就没有看清楚方才那个人的样子。

6

芒神是烟大的。

凌檬这个念头萌发出怀疑的种子，时不时冒出来困扰一下他，他开始处心积虑地寻找结论的佐证。

遗憾的是，芒神极少在直播中聊起与现实有关的话题。对方不说，凌檬就想办法套话，一次两次，还真被他套出些有用的信息。

譬如在芒神连赢几场心情很好的场间，凌檬故意发弹幕说：“晚上吃了二食堂的包子，居然是五仁橘子馅，难吃得要吐了。”

芒神看到了这一条，笑着接道：“是不是大学二食堂的包子都那么难吃？我还吃过老干妈槐花馅的。”

这可是一条重要线索，毕竟二食堂门口的道路两旁就栽了槐树，凌檬亲眼看到在槐花盛开的季节，食堂员工拖着箱子出来采花，紧接着推出的“槐花盛宴”在校内网 BBS 校勤板块上被集体投诉了好久。

看到这里，凌檬已经有九成把握。直到某一天从芒神直播间和户外几乎同步传来救火车的鸣笛声，凌檬百分百断定芒神就是烟大的在校生，而且跟自己是同一个宿舍区的。

在同一时间，星河国服也发生了微妙的变化。原本饱受“柠爸”毒害的星钻级别玩家发现越来越少见到“Lemon 爸爸”的身影，五百强中却多了一个一旦胜出便毫不客气施加嘲讽的存在。

帝国 Lemon：“准备好接受爸爸的疼爱吧！”

联邦 Guest B：“啊？”

系统：“经过一番激烈的苦战，帝国取得了最终的胜利！”

帝国 Lemon：“父爱如山，你的肩膀沉不沉？”

联邦 Guest B：“柠爸，你开挂了吧？”

帝国 Lemon：“爸爸打你还用开挂？乖乖和泥去。”

不知不觉汲取了芒神丰富的作战经验的凌檬在赛季过半时一举打进了三百强，取得了历史性的突破。这个成绩让很多嘲笑他万年上不了神的人主动销声，“Lemon 爸爸”再也不是一个在星钻和神级间徘徊的人了。

论坛上多了很多思念之音，奇葩的帖子标题比比皆是。

“柠爸上神的第三天，想他。”

“没有柠爸的星钻，再也不是我熟悉的那个星钻。”

“我没有爸爸了，要这星钻有何用？”

“五百强玩家终于有幸一睹爸爸风采，神级柠爸的‘临终关怀’，图多杀流量！”

“正经讨论，有没有人发现柠爸最近的手法越来越像芒神了？”

正经讨论的帖子很快就沉了，反倒是“神级柠爸临终关怀”的截图楼越盖越高，让水友深刻意识到“柠爸”已是今非昔比。甚至还有人正经讨论“Lemon”突然玩游戏这么厉害是不是去做了变性手术。

凌檬气鼓鼓地关掉号称“正经讨论”的帖子，随手以“根本不正经”的理由点了举报。

7

不管怎样，凌檬现在已经是上了“神”的人了。他天天潜伏在芒神直播间，当然知道这个赛季对方排位始终靠前，这也意味着他们碰面的概率非常高，而凌檬也刻意选择芒神常在线的时间内伏击。功夫不负有心人，当无比熟悉的头像出现在屏幕上时，他知道抓出芒神真身的机会来了。

帝国 Mangosteen：“Hey（嘿）。”

芒神还主动跟他打招呼，他明知故问。

联邦 Lemon：“你在直播吗？”

帝国 Mangosteen：“你猜？”

联邦 Lemon：“你就不怕我去你直播间窥你屏？”

帝国 Mangosteen：“欢迎。”

联邦 Lemon：“别得意，爸爸已经今非昔比了。”

帝国 Mangosteen：“是吗？很期待。”

联邦 Lemon：“来赌点什么吧？”

帝国 Mangosteen：“好啊，你说。”

联邦 Lemon：“听说你是大学生，你们学校有教育超市吗？”

凌檬可不是随口一说，他们宿舍区楼下正好有一间教育超市。

帝国 Mangosteen：“当然有了。”

联邦 Lemon：“你要是输了，就去教育超市买包卫生巾，然后拍照发微博，敢不敢？”

芒神的直播间，人数达到了一个新的顶峰，不少人正在闻风赶来，谁也不想错过了这场赛季大戏。

帝国 Mangosteen：“可是我对你买卫生巾不感兴趣。如果你输了，买芭比娃娃怎么样？”

凌檬一愣，教育超市还有芭比娃娃卖？

联邦 Lemon：“这样听起来我很吃亏啊。”

帝国 Mangosteen：“如果我输了，我全程直播。”

直播间的弹幕风向急转直下——

“但求柠爸胜芒神！”

“柠爸柠大爷柠爷爷柠祖宗，芒神第一次真人直播的重任就交给您啦！”

“今夜我们都是柠檬人！”

凌檬看到这句，豪气冲天地拍下回车。

联邦 Lemon：“成交！”

凌檬说完主动自觉地关闭手机里的斗猫 APP（软件），他要光明正大地赢芒神一次，可不屑于做什么窥屏党。

冲锋的号角吹响，凌檬一改往日突进的作风，耐着性子发展经济。反倒是对面的芒神看他迟迟无动作，好奇地派兵侦查。凌檬优先升级了反侦察设备，把前来试探的侦察兵按在地上大力地“摩擦”。

“摩擦，摩擦，是魔鬼的步伐……”

弹幕里配合的大合唱，芒神发出一声苦笑：“你们就这么盼着我输？”

“不是我立场不坚定，实在是奖品太诱人。”

“如果赢也露脸，我相信大家还是会支持你赢的。”

芒神一边闲聊一边排兵布阵，声音听起来轻松而惬意，跟凌檬眼下的严阵以待形成鲜明的对比。

凌檬研究了太多芒神的对战录像，可以说对这个人了如指掌。任谁都有长处和劣势，芒神也不例外，他就是要利用这一点优势打对方一个措手不及。

他先佯装偷袭资源，暗中干扰了芒神的雷达。他又趁雷达黑屏的间歇，派遣飞行舰队攻击了芒神的核站。

芒神的发育瞬间被拖慢许多，凌檬放弃乘胜追击，而是抓紧一切时间收集资源扩充舰队。

落于下风的芒神也认真了起来，他知道凌檬本赛季上神绝非偶然，只是没想到凌檬的进步这么大，跟之前两次遇到的简直判若两人。

直播间解说的声音少了很多，连弹幕都少了。所有人在聚精会神地观摩着这场比赛，全然忘记他们最开始的目的只是想看两个人是如何去教育超市购物的。

在你来我往的试探中，凌檬率领庞大的联邦舰队展开突袭。芒神的部队不是他的对手，不得不边打边撤离，连前线的工事都来不及拆除，被凌檬派间谍化为己用。

“他的进步真的很大。”芒神由衷地赞叹。

“芒神亲口称赞柠爸进步很大！”

“那一天，人们终于想起了被柠爸支配的恐惧！”

“社会我柠爸，问你怕不怕？！”

无暇理会直播间没有边际的发言，芒神将核爆科技树点满。

“可是我不想真人直播怎么办？”

弹幕上各位粉丝立马开始接话——

“想不到芒神也赖皮，偶像光环不要啦？”

“愿赌服输还是一条好汉！”

芒神的屏幕上已经出现了红色预警，这是主空间站被攻击的标志，这回凌檬不止正面刚，还派了两支小队左右包抄，可以说这场胜利他势在必得。

按照现有的速度，再有三十秒钟帝国基地就会被彻底摧毁。大概是觉得获胜无望，对面已经放弃防守了。这是两个人三次交锋中凌檬第一次胜利在望，更是赌上荣誉的一次，他激动得连握鼠标的手心都出了薄汗。

“哇！檬檬，你要赢了，檬檬，你太帅了！”室友也兴奋地摇旗助威。

就连芒神的直播间观众也是一边倒。

“柠爸加油 666！”

“爸爸，不要让我们失望啊爸爸！”

而芒神现在的屏幕几乎是全黑的，没有雷达，也没有侦察兵，联邦基地对他来说就是一个黑洞。

“怎么办呢？”芒神的鼠标漫无目的地在黑屏上拖动着，“赌一把吧，就这里。”

粉丝的弹幕：“这也能中我直播吃鲱鱼罐头！”

“听天由命了。”芒神按下鼠标左键。

眼见帝国主基地的血条就要走到尽头，凌檬的屏幕突然晃了几下，还在攻击中的画面变成了黑白，画面的中央弹出了失败的标志。

凌檬瞠目结舌地盯着显示器，不知道发生了什么事情。

“那个……檬檬，你老家……好像被核弹爆了。”室友弱弱地举着手指头。

凌檬飞速地扭头：“他怎么瞄准的？”

他早就推了芒神的雷达，没有雷达，自家基地对于芒神来说就是一片漆黑。在一片漆黑中投个核弹下去，不偏不倚正中他的老家，谁信？

室友歪了歪头：“我想，这个……大概是靠猜？”

“哈哈，Lucky（幸运）。”芒神甩了鼠标，背靠椅背，愉悦地活动着手腕。

真是一场苦战。

弹幕飞过一大片问号和惊叹——

“这样也可以？”

“你在逗我？”

“上帝之手啊！”

“刚才要直播吃鲱鱼罐头的哥，你还在吗？”

芒神从紧张中放松下来，好整以暇地看着如瀑布逆流般的弹幕。所有人在感慨他的运气惊人，可实际上最后的死亡十秒钟，他进行了大胆的推测和严密的计算。虽然扔下核弹的那一瞬间他也是在赌，却并不像某些人想的那样真的靠猜，他至少还是有三成把握的。

帝国 Mangosteen：“Good game（不错的比赛），你打得很不错。”

凌檬恨恨地敲下“遗言”。

联邦 Lemon：“愿赌服输！等着！”

8

教育超市出现了一个穿帽衫的青年，他低着头，大半张脸都隐藏在帽檐下，只露出一双眼睛。

收银员从这个形迹可疑的人进门起就紧盯着他，生怕他做出什么有违大学生守则的事情。只见这个人东张西望，半天也没拿起任何商品，这越发坐实了店员的猜测。

“喀，你们有……那个吗？”

见他跑来收银台，店员内心一紧，难不成他不是来偷东西的，而是来打劫的？

“那个是什么？”他谨慎地没好气地问。

帽衫男紧张地看了看左右：“就是芭比娃娃之类的。”

“同学，这里是教育超市，你想干什么？”

凌檬低头骂了一句，知道自己被芒神耍了。他三步并成两步逃出超市，掏出手机，找到芒神的微博私信过去。

Lemon：“你耍我，教育超市根本没有那个卖！”

Mangosteen：“我有说去教育超市买？”

他仔细回想了两个人的对话，芒神好像真的没有提到过那四个字。

“檬檬，檬檬！”有人非常大声地对面的宿舍楼上呼唤他，凌檬抬头一看，不是自家蠢室友还有谁？

“檬檬！”室友的音量大得整个宿舍区可以听到，“你买完了吗？买的是公主裙的还是碎花裙的啊？”

不想认识这个“智障”。

楼里的人听到声音，纷纷好奇地凑到窗边往下望。一想到芒神很可能也在某扇窗户背后，凌檬愤恨地举起两只手，送给室友一对拳头。

反正脸也没了，凌檬一口气跑到校外的成人用品店买了一盒回来，以显示器上自己的主页为背景，把买回来的物品拿在手里拍了张照片，然后发了一条微博。

Lemon：“愿赌服输@ Mangosteen。”

芒神很快转发了。

Mangosteen：“手玩年（网络用语，表达喜爱之情）。”

被芒神的转发带歪主题，下面的评论内容出奇地统一——

“虽然没看到芒神露脸很遗憾，不过看到柠爸露手也值了。”

“请把那个挡镜头的盒子拿开，没人想看它。”

“求柠爸的摄像头对手开直播。”

“这么漂亮的手打星河可惜了……”

话题早就不知歪到哪里去了，反而没有人关心凌檬赌上大学生涯所有脸皮买来的东西，他的微博粉丝倒是一夜之间涨了不少。单身汪凌檬把东西扔到抽屉的最深处，权当这笔钱拿来买粉了。

9

凌檬不甘心，明明离胜利只有一步之遥，怎么就让对方凭运气赢了呢？他想把芒神真人揪出来的念头更强大了，就算在游戏里赢不了，那真人 PK……

他回想起那天撞到别人的胸口，又低头看看自己的宅男身板……好吧，可能还是赢不了。

但这阻挡不了他想寻找芒神的野心，既然打赌这条路走不通，他又把心思转移到了线下。

“啥，你要组织星河校园 PK 赛？”室友听到凌檬的计划后，惊讶地问。

“没错，只要芒神出来参赛，我一定能认出他。”

“没毛病吧你？”室友用“我就知道你对芒神的态度很微妙”的眼神斜睨他，“比赛场地呢？”

“各大寝室，线上 PK。”

“赞助商呢？”

凌檬从兜里摸出一样东西，气势汹汹地往桌子上一拍，不知道的还以为他掏出来的是瑞士银行的黑卡。

“这个够不够？”

室友看到桌上的饭卡，嘴角抽了抽。

“你确定你饭卡里的余额上有三位数吗？”

凌檬讪讪地说：“刷一个月二食堂的包子总是够的。”

“拿你的饭卡当作奖品还不如拿你的裸照来得有吸引力。”

凌檬认真地思考了这个提议。

“也不是不行。”

最终，比赛奖品确定：第一名奖励凌檬的饭卡，第二名奖励凌檬的裸照，第三名的奖品是实在看不下去的室友赞助的一百点游戏点券。除此之外，凌檬还把之前打赌买的那一盒东西拆开，分成十二份独立小包装作为参与奖。

第二章

1

烟大第一届星河 PK 赛邀请函以“Lemon”的名义发出后，居然吸引了不少校友参赛。凌檬拉了个 Q 群，把所有报名选手拉到一起，一时间场面热闹非凡。

“我们就是想来看看，柠爸打游戏到底有多厉害！”

“哈哈，我们檬檬打游戏，那是相当厉害了。”

“不要叫我檬檬！”

在室友的带动下，“柠爸”这个霸气十足的外号很快被人抛之脑后，群里每天的画风都是这样的——

“檬檬，我们第一场，你要让着我啊。”

“檬檬，好遗憾没跟你分到一组，我们八强见！”

“檬檬，为你加油哦檬檬！”

“都给我滚滚滚啊！”

造成这一切的罪魁祸首被凌檬威胁卖身赔罪。

“檬檬……”

凌檬甩了他一记眼刀。

“檬檬爸爸，所有参赛名单我已经整理好并分组了，请您过目。”

凌檬接过来快速浏览了一遍，意料之中地没看到某个 ID。

“芒神也没像你说的那样报名参赛呀，是你多想了吧？”

凌檬不以为意：“他是什么人？如果用大号，以后在学校还不被人围观？如果他参加，用的一定是小号，只要他用小号，我就一定能把他认出来！”

信心百倍的凌檬在校内赛上强势闯关，在以芒神为目标狠狠地磨炼了技术后，烟大已经鲜有他的对手。先是轻松小组赛出线，继而八强、四强，最后毫无悬念地进入决赛。如果说还有什么遗憾，就是他在比赛过程中没有遇到过任何疑似芒神的对手。

决赛在凌檬和一位名为单竺的同学之间展开。按照统计资料，单竺是高两届的学长，就住在凌檬隔壁的寝室楼。

七组凌檬：“@一组单竺明天决赛，同学准备好了吗？如果来不了记得提前说。”

一组单竺：“准备好了，檬檬，一定到。”

七组凌檬：“不许叫我檬檬！”

一组单竺：“好的，檬檬。”

我是檬檬的室友：“认命吧，檬檬，放心我们不会说出去的。在外你依然是社会柠爸，在这里你永远是我们的檬檬。”

七组凌檬：“你是不是想‘驾崩’？”

一组单竺：“你们男生打游戏好厉害哦。”

七组凌檬：“不许刷这个！”

我是檬檬的室友："你们男生打游戏好厉害哦 +1。"

五组小甲："你们男生打游戏好厉害哦 +1。"

三组小乙："你们男生打游戏好厉害哦 +1。"

管理员设置了全群禁言。

2

决赛如期展开，凌檬抽中了帝国方。对面明显是个创建不久的小号，仅有的几场比赛记录都是参加的 PK 赛。

帝国 Lemon："你大号叫什么？"

联邦 Apple（苹果）："你猜。"

这个回答倒是让凌檬熟悉得一凛。

帝国 Lemon："你输了就告诉我。"

联邦 Apple："没问题，到时候给我留个好友位。"

战斗开始，凌檬密切监视着对方的一举一动，开局不到十分钟他就激动了。

太像了！这个套路太像芒神了，跟他的固有习惯一模一样！

一想到这可能是抓出芒神真身的关键局，凌檬整个人严阵以待，生怕犯一点点错误。中路试探绕背偷袭，轮流抢占小行星矿石带，两个人你来我往交锋了七八个回合，把一场一对一拖成了持久战。

凌檬已经非常确信这个单竺就是他要找的人了，那猥琐发育的可恶模样跟印象中的芒神一模一样。他只不过略一晃神，就被对方把电切了。作为回敬，他炮轰了单竺的兵器库。

联邦 Apple："下手挺狠呀。"

帝国 Lemon："彼此彼此。"

联邦 Apple："快熄灯了，你不觉得我们得速战速决吗？"

帝国 Lemon："正有此意。"

凌檬率领帝国之鹰与单竺的埃尔法母舰展开最终决斗，屏幕上闪现着各种激光束，代表着伤害的数字跳个不停。

“警报！空袭警报！”

系统报警音响起，凌檬这才发现有一支敌方的暗杀舰不知何时绕过火线，突袭到了后围。而它上面所携载的高杀伤性导弹，只需一发便可让自家残喘的基地彻底报废。

“不好！”凌檬指派机动舰队紧急回防，然而为时已晚，暗杀舰瞄准目标，发射了死亡一击。

不愧是一路挺近决赛的人，凌檬已经准备好迎接黑白画面了。却见导弹擦着基地的边缘险险飞过，击中了背后的兵营。如此关键，足以决定胜负的一炮，却因发射角度失误而射空了。

凌檬的手先于脑子做出决定，趁对方还没反应过来，对残血不多的敌军基地进行了致死打击。单竺此刻已回防无望，只能眼睁睁看着空间站在凌檬猛烈的炮火下被轰成碎片。

系统：“经过一番激烈的苦战，帝国取得了最终的胜利！”

联邦Apple：“呃，恭喜。”

帝国Lemon：“你在做什么？故意的吗？”

联邦Apple：“没计算好角度，太遗憾了。”

计时结束，游戏从对战界面中退出来，回到主菜单。奋战了将近一个小时的凌檬疲惫地倒在键盘上。

他得了冠军，却一点也高兴不起来。

原来关于单竺就是芒神的猜测只是错觉，芒神从来不会算错发射力道和角度，他精准的计算能力甚至被某些人誉为行走的计算器。

3

我是裁判：“比赛结束！恭喜@七组凌檬获得冠军！@一组单竺获

得亚军！”

选手们纷纷站出来恭喜，在裁判的带动下轮流下起了红包雨。不管输的赢的，大家都参与进了抢红包大战，唯独冠军凌檬没了动静。

“@七组凌檬檬檬，我是不是可以领奖品了？”单竺在群里艾特凌檬。

凌檬兴致缺缺地打字：“我在二舍315，你自己来拿吧。”

不过片刻门被敲响，凌檬懒洋洋地说了声：“进来。”

门开了，一位阳光朝气的帅哥迈着一双大长腿走了进来。即便穿着拖鞋，也影响不了他身上的气质。

“来拿奖品的吧？”凌檬朝自己的桌子无精打采地一指，“就在桌上，你去拿吧。”

单竺拿起凌檬的所谓裸照，是他三岁洗澡时拍的，一个光屁股的小孩蹲在地上玩水。他忍不住笑了出来。

“笑什么？”凌檬不高兴地问，“这难道不算裸照吗？”

“算，当然算。”单竺开口笑道。

他一开口，凌檬就瞪大了眼睛。这声音太熟了，就算用变声器他也能认出来：“你是芒神？！”

单竺挑眉：“想不到檬檬耳朵这么灵，现在是不是可以给我好友位了？”

凌檬愣在当场。他组织比赛的目的是为了揪出芒神，可当真芒神站在他面前了，他又觉得这件事怎么这么玄幻呢？

“不可能啊，如果是你的话，怎么会犯那种低级失误？”

单竺想了一下：“大概是因为第二名的奖品更有吸引力？”

凌檬被噎住，反复几次欲言又止。最终他仍没忍住，气急败坏地嚷嚷：“想赢就赢，想输就输，你知不知道你这种行为很过分？”

单竺乐了，摊开手，一副很抱歉的表情：“没办法，我们男生打游戏就是这么厉害。”

4

单竺不是《星河传说》的第一批玩家，他入坑时这个游戏已经炒得火热，大有不玩就跟不上流行社交话题的趋势。

起初他只是把游戏当消遣，闲的时候上去打两盘，有输有赢，皆不在意。直到某一天，他遇到了“Lemon”。

那时的“Lemon”已经靠始终如一的毒舌攻击在星河圈攒下些许负面人气，还处在人人喊打的阶段。没有人叫他“柠爸”，只有人喊他“柠狗”，三天两头被人在论坛点名吐槽。

毫不关注星河八卦的单竺自然不会知道“Lemon”是谁，他只是遇到了个不错的对手，全程被压制发育，努力了几次也未能翻盘。战斗结束的时候，他由衷地夸赞对方打得不错。

联邦Mangosteen：“Good game.（很精彩）”

帝国Lemon：“小子不错，成功地逼出了爸爸十分之一的实力。”

联邦Mangosteen：“一盘游戏而已，这么认真？”

帝国Lemon：“忘记为父的家训了吗？凡事都要认真对待！”

“Lemon”的最后一句话只在屏幕上停留了短暂的两秒钟，却停留在了单竺的脑海里。他对着游戏主界面发了半分钟的呆，决定将如此有哲理的“家训”贯彻到底。

凡事都要认真对待！

“Lemon”永远不会想到自己的一句话竟造就了未来的一代大神，“Mangosteen”这匹黑马在经历了游戏公测半年的默默无闻后，一个赛季杀进五百强，并在接下来的三个赛季稳定国服三十甲，却也常常受到代打、外挂等质疑。

为自证清白，“Mangosteen”在斗猫开通直播，不久便因人气太高顺利签约。最高直播在线量八十万人，从一个普普通通的休闲玩家，一跃变成星河圈路人皆知的芒神。

而在此期间，“Lemon”也成功从“柠狗”进化成“柠爸”，成为游戏中一个风景独特的奇葩。

这个故事告诉大家，只要凡事认真对待，人终究有一天会成神；只要持之以恒，柠檬终有一天能开枝散叶。

5

几乎没有在星钻级停留多久的单竺，自然失去了与Lemon再次碰面的机会。彼时“柠爸”的名号已经黑遍大江南北，只是单竺没想到再一次听到这个名字，会是在学校的二食堂。

“喂，我听说那个玩游戏总是管自己叫爸的柠檬跟我们同一个学校，据说还是你们系的。真的假的啊？”

“当然是真的了，就是我室友啊。”

“不会吧？！”

单竺好奇地侧目望去，隔壁桌几个不认识的男同学正聊得火热。

“骗你做什么？他是我拉进坑的，他的号也是我亲眼看着建的。”

“哈哈，不会吧，我竟然跟传说中的柠爸是校友？”

“哇，真想不到。”同学坐在单竺的对面，也听到了隔壁桌男同学的对话，低声同单竺交流，“看那个谁在游戏里嚣张的样子，我还以为是社会上的小混混呢。”

“不要以貌取人啊。”单竺提醒他。

“那也得先有貌啊。”同学不服。

隔壁桌跟他们想到一起去了：“那他真人长什么样，不会跟游戏里一样嚣张吧？”

“才没有呢，”Lemon的室友摆摆手，“看着很乖的一个小孩，我们寝室他年龄最小，我们都叫他檬檬。”

“噗——”同学偷听到这里没憋住喷了出来，单竺也有些忍俊不禁。

“你注意点，我在你对面呢。”单竺敲筷子。

“檬檬，哈哈哈。”同学捂着肚子低头闷笑。

室友还在全力以赴地卖檬檬：“别看檬檬见谁都想当爹，其实他可害羞了，跟女生说话都会脸红。”

“有机会让他跟我战一盘啊，我也想截个柠爸的临终关怀拿去论坛上炫耀。”

“没问题！”

中午听了别人的聊天，单竺才想起新的赛季开始了。而自己这个学期因为活动太多导致连线都没上，直播一直在拖延，粉丝群的群盖都快按不住了。

单竺发了个即兴开播的通知，看着直播间里的人数陆陆续续增多，进入了今日第一场热身赛的匹配。

“第一轮对战选手已经出来了……”

单竺话音一顿。

“Mangosteen”VS“Lemon”。

不，应该是檬檬才对。

此时聚集在芒神直播间里的人们，都隐约听到了一声轻笑。

6

凌檬入坑以来击败的对手何止千人，临终关怀撒遍天下，自然不会对又长又难记的“Mangosteen”留下什么特殊印象，对二人曾经有过的这段孽缘更是一无所知。眼下的凌檬正被曾经的手下败将一句仇恨值满点的话气到火冒三丈。

“照片还我，不给了！”他伸手去捞，可对方将手一抬，没捞到。

他索性站起来抢，芒神轻松地把手举过头顶，他跳起来几次愣是没够着。

“快还给我！”凌檬恼羞成怒。

“这是比赛奖品，哪有收回的道理？”

“可恶，浑蛋！长得高了不起啊！”

“我回来了！”声若洪钟的室友人没进门，声音先至，“就说檬檬你准备的奖品不行吧，一个也没发出去……这是怎么啦？”

室友进门，看到一位陌生帅哥举着一张照片，逗起码矮他十厘米的凌檬蹦着去抢，活像拿食物引诱小动物的坏人类。

“你终于回来了！”凌檬仿佛见到了救星，“快帮我把照片抢回来！”

“你是谁啊？我没见过你，你是不是在欺负檬檬？”

单竺见有势均力敌的人来了，先一步把照片揣进兜里。

“你误会了。”

听他说话，室友一愣：“我是不是认识你？”

不等单竺回答，室友又改口：“不对，你是不是校广播站的？”

“你好像认错人了。”

“他是芒神！”凌檬在边上喊，“我就说他会拿小号来参赛的！”

听说单竺就是芒神，室友的眼睛发亮，热情地上前握手：“原来你就是芒神，幸会幸会，我是你的粉丝啊！自我介绍一下，我是檬檬的室友，我叫霍龙国。”

凌檬傻了眼，明明连人家的直播间都没关注，怎么突然就成粉丝了？

“檬檬说你跟我们同一个学校的时候我还不信，以为他是追你追得魔怔了，没想到是真的啊！”

“你不要说那种惹人误解的话好不好？！”凌檬十分抓狂。

单竺与室友握手，眼神却落在一旁的凌檬身上：“这都能被发现，檬檬的侦查能力很强呀。”

“难怪我听你说话那么耳熟，你不知道，檬檬天天看你直播，简直入迷了似的，我耳朵都快……”

“你快闭嘴吧！”凌檬扑过来捂住室友的嘴，把他从单竺身边拖走，生怕他再说出什么丢人的事来。

单竺挑眉：“想不到檬檬这么关注我。”

“谁关注你啊！我是要知己知彼，百战不殆！”

单竺恍然大悟：“难怪打赌那局你那么有信心，还处处克制我。”

“最后还不是被你走狗屎运赢了？”凌檬一想起来就气愤。

单竺笑了笑，也不反驳。

“对了，你刚刚说什么没发出去？”凌檬想起室友刚刚是替他发奖品去了。

“你的奖品啊。”室友从兜里掏出十二个小方块，堆了凌檬一桌子，“我走了十二个寝室都没人要，都跟我说拿回去给檬檬用，还差点被人家辅导员查寝抓个正着，你说尴不尴尬？”

他长吁短叹地坐下来：“我早就该知道玩星河的都是单身狗，我为什么要想不开玩这个游戏。”

凌檬也很头疼这些东西要怎么处理，无意中看到单竺在偷笑。

“你还好意思笑，还不都是因为你？”

“是你要打赌的。”

“那都送给你吧。你不是粉多吗？拿去……”

单竺笑而不语。

凌檬也就口头上说说，还是把散落一桌的东西收进抽屉里，露出桌面上打印好的比赛分组表。

“明明是个山竹，好意思装芒果。”

凌檬的小声吐槽被单竺听到：“我的ID本来就是山竹，只是被人误叫成芒果，时间久了我也就懒得纠正。再说了，我更喜欢吃芒果。”

“我芒果过敏。”凌檬故意说。

“前天你还啃了那么大一个，吃得满手满嘴是汁，真后悔没给你拍下来。”室友插嘴。

“你不说话能死啊！”凌檬恨死了这个猪室友。

“我的奖品还没领完呢。”单竺觉得自己有必要提醒健忘的檬檬。

“你不是拿到照片了吗？还有什么奖品？”

“你忘记答应我的好友位了吗？我得亲眼看你加了才能走，不然怕你翻脸不认账。”

凌檬语塞，他才不愿意承认他刚刚就是这么想的：“你就不怕我加了再删吗？”

“反正我知道你住哪儿，你删了我还会再来的。”

“你……”

“好友位？！”室友又激动了，“芒神，我能求个好友位吗？”

单竺一脸抱歉：“我的好友位早就满了，今天特地为檬檬腾出一个。”

“檬檬，你快加啊，那可是芒神的好友位啊，有机会上他直播露个脸你就火了！”

“我难道还没有在他的直播上火过吗！”

要不是稀里糊涂上了芒神的直播，他至于走到哪里都被同一句话刷屏吗？他苦心经营多年的“柠爸”品牌，到头来至于沦落成一代谐星？

室友经过提醒想起了凌檬的光辉事迹，脑海中的弹幕也反复滚过同一句话。迫于对方眼神的威慑，他想笑又不敢笑，忍得很辛苦。

“加我好友吧，回去找你双排。”单竺的态度可以说是相当诚恳了。

室友憋着笑回道：“放心吧，我有檬檬的账号，他不加你我加。”

凌檬怒了：“你到底是帮着谁呀？！”

7

系统：“您的好友 Lemon 上线了。”

弹幕瞬间沸腾了起来。

“刚才好像有什么东西一闪而过。”

“一定是我打开直播间的方式不对。”

“抱歉，芒神，不能看你直播了，我要去医院挂个眼科号。”

“这个Lemon是我认识的那个Lemon吗？这个游戏还能有重名的吗？”

“就是你们认识的那个Lemon。”单竺笑着点开好友聊天框，“不是重名，更不用去挂眼科号。”

“你们什么时候勾搭上了？还私下加了好友？”

“我的次元壁已经碎成渣渣了。”

“芒神加了柠爸好友，是为了向他展示男生打游戏究竟有多厉害吗？”

“666，表现我们男生实力的时刻到了！”

Mangosteen私聊凌檬：“你来了，柠柠。”

凌檬一眼就看破他在蹭直播热度，本着揭穿他的心态，非常认真地发了一条弹幕过去。

Lemon：“这个主播思想有问题，水友们务必擦亮眼睛，不要上当！”

他不说倒罢，说完直播间瞬间爆炸，猫粮、猫草、猫罐头刷了一波又一波，水友们边刷还边说：“我就喜欢这种不正经的主播！”

“这是今天份的粮金，请收好。”

“今天的猫粮是柠檬口味的，喵！”

单竺扫了一眼不断弹出的礼物提醒，也不知道他们谁在骗钱。

Mangosteen：“怎么办，大家突然刷了好多礼物，我是不是该分你一半？”

弹幕：“我的那份是刷给柠爸一个人的！”

Mangosteen：“还有人说是专门刷给柠柠你的。”

Lemon：“不许这么叫我！”

Mangosteen：“那叫你另外一个名字？”

Lemon："就这么叫！我就喜欢听人这么叫我了！"

弹幕第二次爆炸，大家无比想知道"柠爸"的另一个名字是什么。可芒神公然跟对方达成了协议，任凭弹幕排山倒海，他自是闭口不说。

Mangosteen："来我直播间吧。"

Lemon："不去。"

Mangosteen："给你个房管。"

Lemon："不要。"

Mangosteen："你以前不是天天来？"

Lemon："现在开始不想去了。"

Mangosteen："改掉一个习惯很难。"

Lemon："你有完没完！"

"柠爸以前天天来芒神直播间？！"

"他竟然一直潜伏在我们中间？！"

"天哪，我们中出了一个叛徒！"

"是啊，我也是刚刚才知道。"单竺笑道，"他真的藏得很深。"

单竺开了房间，给凌檬发过去一个游戏邀请。

Mangosteen："来双排啊。"

Lemon："呵呵，你就不怕我故意坑你？"

Mangosteen："没事，我们男生打游戏很厉害，不怕坑。"

Lemon："我浪起来你可不要后悔。"

单竺微笑着敲下回车。

Mangosteen："随便浪。"

8

凌檬也不知道自己当时怎么就同意加了单竺的好友，如今又上了他的黑车。并不开心的凌檬在匹配过程中鼓起了腮帮子，一会儿鼓成仓鼠，一会儿鼓成河豚。

“看这边！”室友举起手机拍他。

凌檬不能说话，瞪起一双圆溜溜的大眼睛吓唬他。

“你现在这个样子做成表情包必火，你知道吗？”

凌檬气鼓鼓地对准他，表演了一出河豚吐气。

单竺排的是3V3的场子，随机进来的路人一进场就表达了惊讶。

帝国Guest C：“芒神！”

帝国Guest C：“柠爸？”

凌檬无语，前后的态度转变至于差那么多吗？

帝国Guest C：“我居然跟你们两个同时排到了一起，我该去买彩票吗？！”

帝国Mangosteen：“我们在开黑。”

帝国Guest C：“啥？！”

帝国Mangosteen：“你能语音吗？”

帝国Guest C：“能！”

帝国Lemon：“……”

弹幕又乐了——

“这个路人很会加戏，哈哈哈……”

凌檬清了清嗓子：“能。”

弹幕——

“刚刚说话的是谁，难不成是你柠爸？”

“我不信！这不是我心目中柠爸的声音！”

“我柠爸膀大腰圆络腮胡子，巴掌厚的护心毛，声音才不会是那么可爱的男孩子呢，刚才说话的一定是戏很多的Guest C（客串人物）！”

“等会儿我们去前线，C你守空间站好吗？”

路人总算是琢磨明白了。

帝国 Guest C：“敢情我就是个多余的存在啊。”

敌军也入场了，联邦选手眉头一皱，发现对面并不简单。

联邦 Enemy A：“这……我们是不是该直接投啊？”

帝国 Lemon：“儿子们在爸爸面前感到恐惧也是理所当然的。”

联邦 Enemy B：“柠爸居然组团来战，真是少见。”

帝国 Lemon：“是啊，我带着你们干爹一起来的。”

帝国 Guest C：“哈哈，没错，那就是我！”

“这位路人你戏真的好多！”

“不要挡我芒神镜头啊喂！”

“爸爸和干爹？思考。”

凌檬说要浪，那就是真的浪，一点也不谦虚。

开场三分钟就派了三个小喽啰去敲对面的矿车，然后东骚扰一下，西偷袭一下，虽然造不成什么实际的伤害，却也让对面不得不分心处理。

联邦 Enemy（敌人） A：“这就过分了啊。”

帝国 Lemon：“爸爸教你什么叫打不死人恶心人。”

联邦 Enemy A：“爸爸你还是打死我吧！”

倒霉的 Enemy A 刚说完这句话，就收到了空间站被偷袭的警告，敢情 Lemon 刚刚就埋伏在附近了。尽管来的只是一小撮兵，为提防敌人有什么后招，他还是把大部队从前线调回家防守。

联邦 Enemy A：“哇，你还真来啊！”

岂料他的大部队刚撤回，芒神的突击部队神出鬼没地压过来，直接端掉了他几座塔，还顺便收割了前线仅存的防守小兵。

偷袭得手的芒神见好就收，飞速撤走，让赶来救援的 Enemy B 扑了个空。用 Lemon 的一小撮基础兵换对面几处重要建筑，这笔交易可以说是相当划算了。

联邦方当然不可能就这样任由对面欺负，他们瞄准了一直在捣乱，显然没有好好升级防御设施的Lemon，对他的基地实施了一波打击。

“我老家要被拆了。”凌檬在语音频道里说，“守吗？”

芒神直播间里的群众再也不能自欺欺人地说这是路人C了，大家纷纷表示“柠爸”凶神恶煞的形象破灭了。

“我印象中的柠爸声若洪钟，走路带风，一声狮子吼，对面主动投。这个乳臭未干的小男生是谁？你还我柠爸来！”

“想不到我叫了那么久的爸爸竟然是个未成年的哈士奇，吐舌。”

“不要了，”单竺回他，“抓紧时间备份一个基地来我这儿。”

Guest C也开麦了，一把粗重的嗓音倒是挺符合大家对Lemon的幻想：“这才开局多久，老家都快让人打没了？！”

“怎么了？你芒神说我可以随便浪的！”

“芒神，你就由着他这么浪？”

“他浪由他浪，你守好中央。”

Guest C泪流满面道：“如果能重来，我想选联邦……”

凌檬无视队友的眼泪，开着备份好的基地车，带着所有部队浩浩荡荡地投奔单竺，自家老巢在他背后被炸得粉碎。

单竺一点也没闲着，他把所有升级点数优先分配在机动性上，趁对面把注意力都放在凌檬身上的时候，派遣突击部队四下游走。只要敌方有回防意图，就迅速离开毫不恋战。联邦方追也追不上，打也打不着，反倒被Mangosteen拆了个七零八落。

“你上辈子一定是个哈士奇，拆迁队出身。”在单竺的地盘上安家落户的凌檬评价道。

“你别的不用建了，就一直出自爆舰吧。”单竺边游走边嘱咐。

凌檬也是这么想的。他现在一穷二白，与其慢慢发展，不如同归于尽。

“我知道，给我电力共享啊。”

单竺给他开放了用电权限，还升级了电站，不一会儿就见凌檬的自爆舰一艘又一艘地生产出来。

“再有五分钟我就出鹰了。”Guest C得意地说。他在大后方完全没有受到双方浪来浪去的干扰，全场科技发育遥遥领先。

“好，那我先去拆对面的炮塔，等你出了就一波推过去。”

“简单粗暴，我喜欢。”凌檬的屏幕上停满了自爆舰，密密麻麻，对手这会儿要是来个暗中侦查估计能被吓尿了。

“完全不想跟芒神+柠爸的组合对打，太无耻了。”

“你们这是要扎对面的心啊，老铁。”

“如果能重来，我还要选帝国。”就连Guest C看了一眼Lemon壮观的爆破部队后都发出这样的感慨。

联邦的母舰在争分夺秒地生产着，但听警报一声低吟，是帝国终极武器帝国之鹰出征的号角。

“别担心，他们兵力应该不够，只要守住这波我们就能反攻。”

“柠爸的发育都被他浪没了，芒神就是跑得快，主要盯住Guest C。”

“加油！赢了柠爸和芒神，还不够我们吹一年的？”

然而三个天真的人在看到跟随在帝国之鹰后密密麻麻的自爆舰队后，纷纷傻了眼。

“投吗？”

“投吧。”

“为什么不按套路走？一点游戏道德都没有。”

帝国Lemon：“对面不许投啊，爸爸带了礼物给你们，一定要收下！”

联邦Enemy A：“这么贵重的礼物，爸爸，咱能不要吗？”

帝国Lemon：“这都是为父的爱啊！”

系统经过一番激烈的苦战，帝国取得了最终的胜利！

还不等凌檬留临终关怀，单竺先发话了。

帝国Mangosteen：“我们男生打游戏是不是很厉害？”

帝国Lemon：“你！”

“真想不到柠爸的临终关怀竟然是一个‘你’。”

“这大概是柠爸历史上最短的一次临终关怀了吧？”

“心疼对面，白白被爸爸打败，却没得到爸爸的爱。”

游戏结算，单竺凭借整场的出色表现斩获MVP（全场最佳），Guest C也拿了个科技最优只有凌檬的全副身家在决战时爆掉了，几乎没有得到多少积分，直播间群众以心疼柠爸为由又小刷了一波礼物。

“好多水友刷礼物安慰你，你也不来看看。”

“别想骗我去你的直播间，我才不会上当。”

“唉，这都被你发现了。”单竺故作遗憾。

弹幕的画风走歪——

“震惊，无良主播‘拐骗’未成年未遂！”

单竺：“他们都说你未成年。”

凌檬：“我当然成年了，不信我PO（放）身份证！”

“被别人一激就发身份证的人往往刚成年不久。”

凌檬气得咬牙切齿：“整天带着你的粉丝欺负我，有意思吗？”

弹幕粉丝——

“承包了我所有的人生乐趣。”

“每天就靠这点笑料活下去。”

“感谢爸爸治好了我的抑郁。”

“像你这样的主播，粉丝全是‘污’合之众，每天发的都是些见不得光的弹幕，不要以为我没见过。”

一时间直播间内没人刷“666”了，所有人都在刷“555”。刚进直播室的水友不明真相，还以为发生了什么令人难过的事情。

“那怎么办？要不你来直播，给我这种主播做一个表率？”单竺半开玩笑地说。

“直播就直播！”岂料凌檬竟一口答应下来，“我就是要让你看看，什么才是主播界的一股清流！”

Lemon：“明晚八点钟，本爸爸在斗猫直播，敬请期待！”

Mangosteen：“房间号？”

Lemon：“我怎么知道！我还没有申请，先预告了再说！”

第三章

1

凌檬的直播间名叫《直播不容易，常回爸爸家看看》，有着强烈的“柠爸”个人风格。还没到约定好的直播时间，就有一群闲人进来占座，弹幕整齐划一——

“你们男生打游戏好厉害哦！”

当然偶尔也有个别破坏队形的——

“我们男生打游戏就是这么厉害！”

还有经过昨天一役涌出来的新兴邪恶势力——

“我们男生打游戏是不是很厉害？”

等凌檬看到这些弹幕的时候，他已经不认识男生、打游戏、厉害这几个词了。

“刷点别的啊，每天刷同一句话你们不腻吗？”

当凌檬的声音出现在直播间，场面一度沸腾，大家刷得更欢快了。

“柠爸的名言警句，刷一万遍也不会觉得腻！”

“怎么会是同一句话呢？这明明就是三句话！”

“其实我不是人，我是一个自动刷弹幕的脚本，你们男生打游戏好厉害哦！”

直播间恢复了安静，刚刚冒了一下泡的柠爸又不知到哪里去了。

“爸爸不会被我们吓跑了吧？”

“人家第一次直播，你们能不能收敛一点，给点鼓励！”

“我错了，柠爸，回来吧，我把脚本关掉了。”

“大家好。”

凌檬再一次现身，场面不能再以沸腾形容，在场的水友们已然蒸发了。

“摄……摄像头？！”

“柠爸真人？！”

“爸爸说开直播，直接上摄像头，一点也不虚！”

“这不是逼着芒粉跳墙头吗？！”

凌檬坐下来，故作镇定地调了调摄像机视角。这毕竟是他第一次直播，还没开播就来了几万人，说不虚是假的。

“嗷嗷，好可爱！”

“我柠爸十七岁，喵喵。”

“看着这张脸，脑补柠爸的临终遗言，真是诡异萌……”

“欢迎来我的直播间，我以为像微博一样申请就能开通，没想到还有那么多验证手续……要不是找人走了后门，差点第一次直播就放鸽子了。”

“画重点：找人走了后门。”

“在斗猫找人走后门，真是一点都猜不出来是谁呢。”

凌檬故意屏蔽掉那些带节奏的弹幕，拣一些无关紧要的来互动。

“我真的成年了，马上十九岁，不骗你。身份证就不PO了，我从小就这样，长得不着急。

“没有开美颜。我今天去买摄像头的时候老板说带美颜功能的要贵一百块钱，我就买了个普通的。

“怎么护肤？不晒太阳算吗？酒窝是纯天然，不是做的，也不是磕的。为什么只长一边？我怎么知道。

“对呀，我是南方人，现在在湖朔市念书，这边的人都长好高。”

有人带头刷起了礼物，凌檬蹭蹭鼻尖，凑近一点，认真地念屏幕上弹出来的名字。

“感谢爱生活爱柠檬送的猫粮。

“感谢Xyle……什么什么送的猫罐头。

“感谢穆……这是什么字呀？送的猫薄荷。

“你们刷慢一点，我念不过来了。”

弹幕——

“哈哈哈……好萌。”

“万万没想到柠爸竟然是这种画风，捂眼流泪笑。”

“黑转路，路转粉，粉转脑残粉！”

“游戏你柠爸，问你怕不怕？直播小柠檬，就是这么萌！”

“不用每一个都念的啦，这样的柠爸真是笑死我。”

“柠爸”开视频直播的消息一传十，十传百，直播间人数迅速突破二十万大关。凌檬好歹也是在芒神直播间潜伏过一个月的人，本以为主播就那么几种套路，没想到看时容易做时难，不是谁都能一上来就在几十万人面前谈笑风生的。

“欢迎大家关……关注我的直播间。”凌檬一紧张，竟结巴了一下。

一下子又戳中直播间各位的萌点——

“不要紧张啊，哈哈哈。”

“关爱新主播，人人有责。”

“好想看柠爸亲口念柠爸的临终关怀五百句。”

“666，这个可以有。”

凌檬有点紧张又有点气，习惯性地用腮帮子鼓气，从左边鼓到右边又鼓回去，期待着有谁能发条正经弹幕换换话题。

岂料大家看到他做鬼脸，又疯狂地刷萌萌萌。

“萌吐奶！”

“萌吐血！”

“不要再刷萌了好吗？”凌檬做了个龇牙的表情，“其实我超凶。”

“好凶哦，吓死宝宝了。”

“新·超凶，Get（学到）！”

“你想吓死我好继承我的帝国之鹰对不对？”

“聊点健康的话题不好吗？我可是立志要做主播界一股清流的男人。”

“原来这是一档关爱男性健康的谈话节目。”

“芒神要改名叫一股清流吗？”

房管Mangosteen：“小柠檬第一次直播，再乱带节奏的送禁言套餐。”

“喵喵喵？”

“房间里什么时候多了个房管，这个房管ID还有点眼熟？”

“连个猫爬架都没送就给房管了？主播我们不服。”

“举手，什么是禁言套餐？”

房管Mangosteen：“禁言一小时加送我的直播间禁言一小时，禁一送一优惠空前，欢迎体验。”

“哦，这样的优惠我们还是不要了。（微笑.jpg）”

“柠爸好Man（男人），柠爸超凶，柠爸一股清流。”

“你能不能回自己的直播间？”凌檬赶人，“你在这里风气还正得回来吗？”

房管Mangosteen：“我在直播啊。”

“你在直播什么？”

房管 Mangosteen：“查房。”

凌檬：“这样也行？”

“又不是我想给他房管的，我也是后来才知道走后门是要付出代价的。”

要不是申请直播间需要审核二十四小时，凌檬也不至于跑去找单竺帮忙。单竺是签约主播，认识斗猫内部人员，直播间是开通了，谁知还附赠了一个房管。

小划水：“没错，走后门就要付出后门的代价！”

公告：“房管 Mangosteen 将用户小划水禁言一小时。”

“First blood（首战告捷）！”

“恭喜首杀！”

“获得成就柠爸直播间被禁言第一人。”

单竺笑着给凌檬刷了十个猫爬架，稳坐铲屎官榜首，引起不满。

“这个猫爬架明明是我前天刷给芒神的，你居然用我送给你的礼物包养别的主播！”

“粉转路，路转黑，黑转无脑黑！”

“震惊！不正经主播与清流主播竟公然进行这种交易……”

“你有本事刷猫爬架，有本事刷猫咪庭院啊！送大房子啊！”

房管 Mangosteen：“等有人超过我就送庭院。”

凌檬：“都是你的女友粉送你的，我才不要。”

“女友粉，哈哈哈，我闻到了浓浓的柠檬醋味。”

“别哭，你的粉也会送你的。”

凌檬：“我才没有那种粉，我只有黑粉。”

爱生活爱柠檬：“不，你还有我！我是你的‘妈障’粉！”

凌檬：“‘妈障’粉是什么？”

爱生活爱柠檬：“像妈妈关爱智障一样关爱你的粉！”

公告："房管 Mangosteen 将用户爱生活爱柠檬禁言一小时。"

"爱生活爱柠檬"发不了弹幕了，怒刷九十九个猫粮抗议。

凌檬的背后出现一个壮汉，单竺一眼就认出那是凌檬的室友霍龙国。

"柠爸房间里有人？！"

"咦，柠爸还有同居人？"

室友弯下腰，对着凌檬的摄像头整了整头发，凌檬就像没看见一样，毫无反应。

"既然不想聊健康的话题那我们就打游戏吧。"凌檬点开客户端。

"等等！你后面的人是谁啊？你看不到吗？"

客户端在 LOADING（加载），室友在身后跳起了鬼步舞。可任凭他跳出了魔鬼的步伐，凌檬也无动于衷。

"是不是柠爸真的看不见？我都要笑抽了，为什么柠爸还能这么淡定？"

"笑着笑着突然打了个哆嗦。"

"柠爸，你有背后灵你知道吗？"

"真男人从不回头看。"

连单竺的室友都闻讯来看凌檬直播，一看便笑得停不下来。

"他们真的是我们校友吗？简直有病啊，哈哈哈。"

"嗯，就在隔壁宿舍楼。"单竺忍笑道。

"我得离远一点，免得被传染了。"

凌檬在选择对战模式的界面上迟疑了一下，便接到"Mangosteen"的组队邀请。

Mangosteen："打三国模式不？"

凌檬有点犹豫，三国模式容易遇死局，往往一打就要打很久。

Mangosteen："今天的日常任务。"

一听是日常，凌檬点了接受，房间里只有他们两个人。

"等我再找几个人来。"单竺打开房间语音，凌檬直播间里的人也听到了芒神的声音。

“日常开打 1/1。”

“不怕禁言套餐了？”

“傻呀，房管都回自己直播间了，可以放开浪了。”

等人的时间里顺便看了一眼弹幕的凌檬觉得很有必要再招几个靠谱的房管。

单竺的朋友们陆续进来了，都是斗猫的主播。

“今天是 Lemon 第一次直播，我们来一场平台三国杀吧。”

几个主播界“老司机”听了心知肚明，芒神这是要给新主播拉人气。他们五个加起来，这场比赛起码有百万的观众基础。

“没问题啊，我跟柠爸一组。”

“我跟他一组，你们自己组队去。”

“霸道。”

“冷酷。”

“无情。”

“嘤嘤。”

单竺无视他们，交代凌檬：“选黄色哦。”

“为什么？我喜欢蓝色。”凌檬故意跟他唱反调选了蓝队，另一名手快的主播 Anchor A 立刻抢占了蓝队另一个名额。

单竺是房主，毫不客气地把凌檬换到了黄队，又把另一个实力最弱的搞笑主播 Anchor B 塞进蓝队，剩下两个人见状则乖乖选了红队。

“你这是赤裸裸的黑幕。”Anchor A 不服。

“柠檬不黄，开了。”

2

《星河传说》三国模式从两军对垒升级到三军混战，多加入一个异人的入侵势力。不同于联邦帝国是人类内斗，异人的成员全部不是人。

“希望是帝国，联邦也可以。”在读取地图过程中，凌檬习惯性地抖腿，狂立Flag（目标），“我不喜欢玩异人，异人太吃藕（丑）了。”

系统战斗开始！率领异人军队走向胜利吧！

“柠爹好气哦。”

“难道不知道开战前这种话不能说吗？”

“没关系，还有芒神Carry（带）你！”

凌檬不喜欢异人除了兵种难看，还有一个很重要的原因是异人后期十分强大，导致其前期总被联邦和帝国联手针对。想要玩好异人，开局就必须猥琐，这不符合柠爸打游戏从头浪到尾的一贯作风。

但单竺的打法天生就适合这股势力，所以他直播间里的水友都很开心。毕竟能看到他用异人的机会不多，同时也对“柠爸”的异人表示担忧。

“柠爸的异人，默哀。”

“恭喜联邦帝国获得强力BUFF（增益）柠爸！”

“没关系，我们芒神一打五妥妥的！”

刷出地图后，凌檬先看看自己的位置，又找了一圈单竺，发现他们悲剧地被分到了整个大陆的两端。暂时还看不到其他对手的方位，不过根据地形推测，单竺很可能凶多吉少。

“联邦或帝国肯定有一个人离我非常近，”单竺差遣侦察兵出发探索地图，“搞不好跟我共享矿源。”

“我这里应该挺安全的，周围都是山。”

“那你优先采矿吧，我这里估计很快就会交火。”

“不想挖矿只想浪，”凌檬噘嘴，“说好的你负责Carry我负责浪呢？”

“行行，你随便浪，但先把传送修好。”

凌檬升级科技树，优先点了传送门。传送门开始建设，凌檬开着勘探船巡视周边。

“哇，我这里有一片富硒矿！”

“棒。”

凌檬清了附近的野怪，就近建了一个自己的矿站，又造了三艘矿车，彻底占领了这一矿区。

“啦啦啦，啦啦啦，我是挖矿的小行家……”

凌檬还得意地唱了起来，边唱边继续逛地图，居然被他在领空又勘测到一片小行星矿带。他随机到的出生点资源丰富，没有敌人，堪称黄金发育区。

凌檬发现这一点后，高高兴兴地派了五艘无人挖矿机过去，屏幕顶部的资源数直线上涨。

“说好的不想挖矿只想浪呢？”

“主播口嫌体正直（网络用语，指嘴上说假话，身体行为倒如实地反映了自己内心的真实想法）。”

单竺为了争夺资源跟邻居交上了手，相比起来凌檬这边就毫无压力，还有时间跟水友互动。

“什么时候入坑的？呃，国服开放三个月左右吧。是被同学带入坑的，他们有的从公测开始就玩了。”

凌檬开着游戏语音，单竺也听到得到，于是问：“你从那么早就开始派送临终关怀了？”

“怎么会呢？我最开始只跟同学打联机，他们入坑早，我谁也打不过，别人不临终关怀我就不错了。”

凌檬又增修了一个矿站：“后来有一天，我终于反败为胜，连输几十局突然赢了一局的那种心情你懂吗？而且那一盘我打得对方毫无还手之力，游戏结束倒数时我就特别开心地打了一行字，‘知道爸爸的厉害了吧’。”

“然后呢？”

“跟我联机的同学就住隔壁寝室，过来把我打了一顿。”

直播间粉丝：“柠爸起源之谜真相大披露！”

单竺想起凌檬的小身板，估计也是被打得毫无还手之力。他脑补了一下当时的场景，笑得乐不可支。

“后来我想，我在网上发，网友总打不到我了吧，再后来你们就知道了。不过现在我在我们系，不对，我们学院也是谁也打不过我了。现在他们想赢我，除非是真人 PK。”

“真人 PK 谁也打不过，《星河传说》谁也打不过。”

“以柠爸的实力打遍全校，没问题吧？”

单竺：“全校？呵呵。”

“一声‘呵呵’，意味深长……”

“好像有什么不可告知的内容。”

“又或是什么不可描述的情节。”

“传送好了！”凌檬突然一声大喊。

“这个岔开话题的方式很蹩脚了。”

“很刻意了。”

“很可疑了。”

“我来了。”单竺把大部队传送到凌檬的领地保留实力，只留下一小支机动部队，凌檬的家很快就被一大群蜥蜴人占领了。

“你怎么这么喜欢蜥蜴人啊？”

“难道你比较喜欢大虫子？”

单竺口中的大虫子，是号称星河游戏里最恶心人的步兵。虽然攻击弱，但血非常厚，被杀死后尸体会腐烂成一摊脓浆，踩上去会持续掉血，是杀也烦，不杀也烦。

凌檬一想到令人作呕的大虫子，连连摇头：“不，还是蜥蜴人吧。”

系统：“你的盟友正在被攻击。”

“需要支援吗？”听到系统提示，凌檬象征性地问了一句。其实他这会儿找矿采矿正开心，完全不想参战。

“不用，我一个人能搞定。”

单竺的注意力突然提升了一个水准，如果他也开摄像头，观众会发现他跟方才的表情明显不一样了。

“正好好久没有直播用异人，今天为大家展示一下异人基础兵种的作战能力。”

凌檬基地的蜥蜴人瞬间少了一半，大陆另一边由数十只蜥蜴人组成的队伍在地图上飞速地蛇形游走。蜥蜴人突击的目标正是帝国方 Anchor B 的大本营，在一众神级星钻的主播中，只有星尘段位的他不幸成为芒神的第一个突破点。

Anchor B 的粉丝早就习惯了自家主播被对手花式虐，这也是他们来看直播的乐趣所在，只听 Anchor B 的直播间里不停地传出“我射”“我射飞啦”“我再射”“又没中”“我就不信我射不中”“芒神这是往身上抹印度神油了吗”……

大家一片嘲讽式的“666”，还劝 Anchor B，既然来的是芒神，还是尽早躺平为好。虽然他国服排名前三十名，但单论异人的水平便足以问鼎前三。

Anchor A 离得远，救援无能，只能着急地大叫：“基地备份了吗？快点备份基地！”

“来不及了！他已经在打我了！不要啊，好疼啊，救命啊！”

那边单竺把联邦基地杀得血流成河，这边凌檬发现光采矿不够过瘾，干脆放起了林海的《欢沁》，随着欢快的琵琶节拍摇头晃脑。

“我被矿淹没，我不知所措，爸爸教育你们发育要猥琐。

“我沉迷挖矿，我无法自拔，劳动光荣有矿不挖是傻瓜。

“东边采一采，啊我西边挖一挖，采满一车矿开心带回家。

“他杀由他杀，啊我只想把矿挖，采满这车矿我再支援他……”

室友也来了，在凌檬背后跳起印度舞。这两个人一个在前面摇，一个在后面跳，配合得天衣无缝。

“我好像关注了一个假游戏主播。”

“斗猫娱乐频道欢迎你。”

“无良主播，直播挖矿，骗我钱财，毁我光阴。”

“这个‘背后灵’……是怎么召唤出来的？”

联邦瞄准芒神攻打帝国的间隙，派兵突袭他的空巢老家。岂料联邦的船队刚到，便被不知从哪里冒出来的蜥蜴人部队杀了个片甲不留。

起初人们还以为是“柠爸”的支援到了，后来发现这只不过是刚刚芒神留在“柠爸”基地的另外半支部队。这半支部队通过传送门赶了回来，一边进攻一边防守，让人惊奇芒神是如何双线操作的。

“帅得让人合不拢腿！”

“我看镜头切换都晕头转向了，芒神跟我之间恐怕有一百个柠爸的差距。”

“难以想象平时浪得没边的柠爸现在还在挖矿……在挖矿……矿……”

凌檬直播间里大部分水友都是芒神的粉丝，为了不错过两边的直播，很多人双开了两个窗口。于是他们有幸目睹了这旷世难寻的一幕：一边犀利地大杀特杀，一边欢脱地放飞自我，配合那诡异的BGM（背景音乐），硬生生把观众逼成了精神分裂。

“难以相信，我关注的两个主播居然在打同一个游戏。生无可恋。”

“不，芒神和柠爸从来打的都不是同一个游戏！”

“论男生和非男生打游戏的差别。”

“现在你们知道为什么这两个人之间有次元壁了吧？”

单竺一波推平了Anchor B，又把前来进犯的Anchor C打了个半残。抽空去凌檬的地盘上看了一眼，发现他承包了西南边小半个地图的矿脉，愣是把策略游戏玩成了模拟经营。

“你的资源溢出了，还打吗？再不打我要推平了。”

可怜的Anchor C还在垂死挣扎等待队友前来救援，可惜单竺不打算给他东山再起的机会。

凌檬有点舍不得他的矿："再等等，等我挖完这块矿。"

"你开心就好。"

一直默默发育与世无争的Anchor D冷不丁发现Lemon居然把矿站修到了自家附近。

Anchor D："这也太目中无人了吧。"

Anchor D只用了一个间谍就解决了这件事——间谍是联邦特有的地面兵种，生命力极其脆弱，但可以偷取敌人的建筑。

由于帝国和异人都没有间谍这种特殊兵种，如果没有提前发现间谍，就只能眼睁睁看着自家建筑归联邦所有，不能收回，只能销毁。

然而这是Anchor D整场战斗中做出的最错误的一个决定，一直没心没肺采着矿的凌檬在发现自家矿站被入侵后，发出了柠爸的滔天怒火。

"你可以炸我的老家，但不能偷我的矿！"

盛怒之下的柠爸派出强化版蚁后，率领异人军团大举进攻，将Anchor D的老家瞬间夷为平地。Anchor D也是一位开摄像头的主播，他完全不知道发生了什么事，在摄像头前一脸蒙。

Anchor D："我是谁？我家在哪儿？我做错了什么？"

在铲平了一个对手后，凌檬怒火未消，指挥部队向北方压去，大军过境寸草不生。他先不费吹灰之力收割了Anchor C残血的基地，又朝唯一幸存的Anchor A进军，观众隔着屏幕都感受到了柠爸的杀气。

全程活跃的单竺此刻反倒变成打酱油的，优哉游哉地跟在凌檬后面解说："谁说Lemon的打法不适合异人，这不是很好吗？"

"是是是，你帅你说的都对。"

"柠爸此刻真·超凶！"

"一个矿脉引发的悲剧。"

"有没有跟我一样双开的小伙伴，柠爸直播间这会儿还在放奇奇怪怪的歌，他本人又杀气腾腾，后面还有人在跳PPAP（日本艺人古坂的歌舞），我……”

系统：“经过一番激烈的苦战，异人取得了最终的胜利！”

异人 Lemon：“在我的 BGM 下，没人能动爸爸的矿！”

联邦Anchor D:“柠爸，我错了，你跟男生一起打游戏真的好厉害！”

3

直播开通第二天，凌檬醒来后发现自己再一次走红了。热心网友们截取他直播时的动态图，做成了表情包，一夜之间火遍了整个星河圈，甚至大有蔓延开来的迹象。

他最先是从班级群知道的这个消息。习惯睁眼先刷手机的凌檬看到班级群 99+ 的消息提示，以为有什么重要通知，第一时间点开查看，却神奇地在群里看见了自己。

莫不是错手点开了粉丝群？凌檬退出去，对着群名发了半天呆，确认他没有点错。

一定是刚刚打开群的方式不对。

于是他再一次战战兢兢地打开班级群，怀揣着忐忑的心情往上翻聊天记录，一连翻了十几页……居然全是会动的自己！在他不知道的时间里，他相亲相爱的同学们竟然在拿他的表情包尬图（斗图）？！

“是谁把我的表情包发到班级群里的？”凌檬跳下床，愤慨地摇着熟睡中的室友。

“表情包？什么表情包？哦，我想想……是刘连发的，昨天半夜，你睡着以后发的……”室友嘟嘟囔囔地说。

刘连，就是那个被他打败，又把他打了一顿，从此成就了“柠爸”江湖传说的隔壁寝室同学。

“淡定点，你的表情包现在到处都是，就算他不发，也会有其他人发的。”室友说完打了个哈欠，翻个身又睡了过去。在群里斗了一宿的图，他也很困啊。

凌檬不相信这是事实，他迫不及待地打开粉丝群，瞬间被扑面而来的表情海淹没。而且这才过了区区一夜，五百人的超级群怎么就满员了？

Lemon：“怎么突然多了这么多人？”

Fan A：“爸爸来了 .gif（动图）。”

Fan B：“叫爸爸 .gif。”

Lemon：“说人话 .gif。”

Fan C：“爸爸不想听 .gif。”

Lemon：“够！”

Fan E：“爸爸好气哦 .gif。”

Fan F：“气成一只河豚 .gif。”

微博也不出意料地沦陷了，热门评论从 1 到无数，每条都是图片评论，张张都不带重样的。

热门第一当然还是“你们男生打游戏好厉害哦”，剩下的据凌檬不完全统计了一下，出镜率较高的有——

“超凶。”

“宇宙超凶。”

“爸爸好气哦。”

“气成一只河豚。”

“仓鼠修炼成精。”

“爸爸酒窝纯天然。”

“知道爸爸的厉害了吧。”

“社会我柠爸，问你怕不怕。”

“一股清流。”

“爸爸谁也打不过。”

“不想挖矿只想浪。”

“沉迷挖矿无法自拔。”

“你负责 Carry 我负责浪。”

“我的 BGM 里只有我能浪。”

就连凌檬之前手持某成人用品的照片都被人翻了出来，同他的脸 P 到一起，配上搞怪文字。

凌檬深刻地觉得自己被玩坏了。

4

一夜醒来发现自己变成表情包了怎么办？

凌檬在二食堂排队买早餐，冷不防被人在肩膀上拍了一下。

“凌檬！”

凌檬循声扭头，系花笑意盈盈地跟他打招呼。

“曹……曹枚？”

“早上好。”

“早上好啊。”

在游戏里叱咤风云的柠爸不仅结巴，还诡异地脸红了。

“来买早餐呀？”系花寒暄道。

“是啊……你吃包子吗？我请你……”

系花“扑哧”一声笑出来，一字未回转身就走了。没走几步她又回过头：“表情包很可爱。”

凌檬脸红了。

“原来你跟女生说话会脸红是真的。”

凌檬吓了一跳，发现单竺不知什么时候排到了他身后。

“你想吓死人啊？”凌檬呛声，一点也不结巴，也不脸红了。

“不对……什么是真的？你听谁说的？”

单竺亦笑而不语。

凌檬低头扫了一眼，单竺的脚上还穿着拖鞋。

“你就不能不穿拖鞋出门吗？让你粉丝看了多幻灭啊。”当红主播天天穿拖鞋在户外闲晃。啧啧，凌檬觉得自己掌握了什么了不起的八卦。

“只是出来买个早餐，”单竺满不在乎地笑笑，“我早上没课。”

“没课还起这么早？”凌檬十分惊奇，“我没课的时候从来不吃早饭。”

岂止是凌檬，这差不多是所有大学男生的通病。

“不吃早饭对胃不好，你哪天没课？我给你送过去。”

“啊？”

他嘴巴圆成一个“O”字，让人很难想象这种傻乎乎的表情会出现在游戏里不可一世的柠爸脸上。

单竺见他这样就有捏脸的冲动：“反正我也是要买的，再说我们住得又近。”

“周二和周五……”天上掉包子？凌檬总觉得有点怪怪的。

“知道了。晚上直播吗？”单竺故意岔开话题，不给他机会拒绝。

“播呗。”话题转换太快，凌檬有点跟不上节奏。

“还直播挖矿吗？”

“明明是我 Carry 全场好吗？”凌檬反驳。

“是，是，是。”单竺推了他一把，“到你了。”

“咦，表情包！”前面的同学刚买完，回头一看，兴奋地叫了出来。

“我居然看到了活的！”

“我本来也没死！”

“表情包，能合影吗？”

“不能。”

“那我回去自己 P。”至于 P 成什么样可就不好说了。

“来合影吧，我最喜欢跟人合影了！”

同学高兴地掏出手机，按下拍照键的一刹那单竺挤了进来，还亲切地搂住凌檬的肩，双人合影变成了三人行。

“我也想跟表情包合影啊。”单竺这样解释。

“哈哈，同学是同道中人啊，加我微信我发给你。”

两个人进行地下交易去了，凌檬气呼呼地买早餐：“一杯豆浆、一个包子。”

“同学，你是不是明星啊？”窗口大叔问他。

“不是。”

“别骗我，我刚才都看到有人抢着跟你合影了。”

“当然是！”要求合影的同学不知道怎么听着了，“他现在可红了！”

“真的吗？我女儿特喜欢追星，也跟我合张影呗，这个包子我不收你钱。”

凌檬气到想掀桌，不禁在心中腹诽：“我不过就是想安静地吃个包子。”

5

Lemon：“今晚八点开播……喵喵！”

预告微博一发出去，各路人马带着表情包火速杀到。

Fan A：“猫爬架已备好！”附带“父爱如山”表情包。

Fan B：“我早上八点钟就在蹲守了，你告诉我晚上八点钟才开播？”附带“气成一只河豚”表情包。

在一片乌烟瘴气的评论中，凌檬意外地发现了一股清流，一张表情可爱的“大柠檬”Q版（可爱版）图在诸多真人表情包中显得特别清新。

Lemon：“哇，超可爱！是自己画的吗？”

秋秋小泰迪：“是的！柠爸喜欢吗？我再多画几张！”

于是凌檬收获了好多“大柠檬”，有龇牙的、生气的，他把微博、QQ、直播间的头像都换了，一高兴还给了“秋秋小泰迪”一个房管。

顶着大柠檬头像开直播的凌檬心情愉快了不少，直到他看到

Mangosteen 的直播间头像上明晃晃的大芒果。

他连忙检查了企鹅和微博，果不其然，对方都换成了同款。

Lemon：“怎么回事，为什么芒神有跟我同款的头像？！”

秋秋小泰迪：“他来找我要的呀，说看到你的很喜欢……你们不是好朋友吗？”

这个装芒果的山竹！自己那么多粉丝，还骗他的粉丝给他画头像！

气呼呼的凌檬接连两次拒绝了来自 Mangosteen 的开房邀请。

凌檬：“我今天不想直播打游戏。”

“那直播什么？跳舞吗？那不是背后灵大哥的工作吗？”

“柠爸直播抠脚我也爱看。”

小划水：“激情直播。”

公告：“房管 Mangosteen 将用户小划水禁言一小时。”

凌檬：“你这个骗头像的家伙为什么又在啊？”

房管 Mangosteen：“我是房管，当然是在查房了。”

凌檬：“你原来的头像不好吗？”

房管 Mangosteen：“新头像比较萌啊。”

“真的萌。”

“非常萌。”

“搭配柠爸的头像一同食用，格外萌。”

有水友建议：“既然不想直播打游戏，干脆直播吃芒果吧。”

“芒果？”凌檬“呵呵”一声，“他直播吃柠檬，我就直播吃芒果。”

凌檬没点名，不过大家心知肚明，跟风起哄要求芒神直播吃柠檬。

房管 Mangosteen：“我吃柠檬不直播。”

“不直播，谁知道你吃没吃？”

房管 Mangosteen：“柠檬知道。”

凌檬一头雾水，直到弹幕充满提示才后知后觉单竺话里有话。

“新来的房管在哪里？快点封了他！”

房管秋秋小泰迪："柠爸，我在！可芒神是大房管，我是二房管，我管不了他呀……"

凌檬突然想起来有人在微博圈了他一个B站的视频，他还没有看。

"我来直播看视频好了。"

他把链接找出来，点进去，视频的名字叫《不想挖矿只想浪》。他后悔了，突然有种不祥的预感。

凌檬："这一看就不是很好看，要不算了吧。"

"不，一看就很好看！快看！"

"看，看，看！"

"自己点播的视频，哭着也要看完！"

凌檬只好硬着头皮播放了视频，熟悉的BGM响起，正是昨天凌檬直播时放的那首《欢沁》。

"我柠爸的BGM就是这么霸气！"

"光听前奏就有拯救地球的冲动！"

"昨天的RAP我都会唱了！"

视频才放了开头，凌檬便看懂了，这是拿昨天他跟单竺直播的画面剪了段鬼畜。视频画面被一分为二，左边是芒神的游戏界面，右边自己在摇头晃脑地采着矿。

视频一开始就截取了他跟单竺的对话。

柠爸："不想挖矿只想浪。"

芒神："你随便浪。"

然后芒神与对手开战，"柠爸"开着小矿车开开心心地到处挖矿。

他怎么不知道自己昨天挖得那么投入！

"请新来的观众朋友们注意了，这是同一个游戏，而且是同一场！"

"男左柠右满分！UP主（上传者）超级懂！"

"这个同框我能笑一年，哈哈哈……"

"前方高能！柠爸即将使用大招：背后灵召唤术！"

“我记得我到这里就没有继续挖了。

“这个视频肯定是经过处理了。

“时间轴都对不上。”

“柠爸强行解释，现场三十万观众表示不服。”

“你是爸爸你啥就是啥。”

“不是我说，本来就是！”凌檬挣扎着做最后的辩驳。

视频进入到高潮，画面左边芒神率领着蜥蜴人大军大杀特杀，英勇无敌；画面右边“柠爸”沉迷挖矿无法自拔，身后还有一个壮汉在跳狂热桑巴。

左声道——

“你已摧毁敌方原子炮台。”

“你已摧毁敌方核电站。”

“你已摧毁敌方雷达。”

右声道：“东边采一采，啊我西边挖一挖，采满一车矿开心带回家……”

凌檬捂住眼睛：“不，这不是我，这是谁？”

Fan A：“柠爸看不下去了啊，哈哈哈。”

Fan B：“不要逃避现实啊！”

凌檬：“我跟你们说这绝对不是我，这个视频博主太过分了，怎么能P图呢？”

Fan C：“视频P图，UP主劳模！”

凌檬：“我不可能做出这种表情，诽谤，绝对是诽谤。”

Fan A：“是他是他就是他，少年英雄柠爸！”

凌檬：“在哪儿找的演员，长得还挺像我。”

Fan B：“特型演员，片酬贵一百。”

凌檬：“配音演员也不错，口型对得准。”

Fan C：“UP主听到了吗？CV（声优）报酬也要加一百块。”

Fan B：“柠爸开启话痨模式。”

Fan A：“社会我柠爸，人狠话又多！”

“这个 UP 主绝对是在搞事情我跟你说。

“是我的黑吧，我的黑可多了。绝对被我打败过，百分百。

“左边肯定是做了加速处理的，蜥蜴人怎么可能跑得那么快。

“两边一起打，看给他牛的，怎么不叉腰呢？我不出手就是想给队友多一点表现的机会。”

“不不，我绝对不可能采了这么久的矿，我就只挖了一点点。”

视频在敌军基地被炸毁和 Lemon 溢出的资源特写中结束，结尾还不忘给主题慢镜头回放。

柠爸：“不想挖矿只想浪。”

柠爸：“不——想——挖——矿——只——想——浪——”

柠爸：“只——想——浪——”

芒神：“你开心就好。”

凌檬扔了耳机：“我早就说过，看标题就知道肯定不好看。”

半分钟后，凌檬又把耳机捡回来：“有点好笑，再看一遍……”

6

声称今日不打游戏的凌檬在看了两遍单竺的战斗录像后心痒手痒，到底还是上了对方的黑车，畅快淋漓地激战了一整晚。

水友们也终于不用百分之八十的时间在看凌檬挖矿，毫不吝啬地投喂了大量猫粮，立志要把凌檬喂成一只两百斤的胖猫。

单竺的企鹅消息几乎是跟凌檬直播结束同一时间发过来的。

一组单竺：“下播后去吃宵夜？”

凌檬今晚五局连胜，兴奋期还没过，收到邀约便一口答应下来。

Lemon：“好啊，我请你！”

发完后，他发现单竺的企鹅备注还是之前比赛时留下的，于是顺手改成了“浊流主播”。

浊流主播：“我去找你？”

Lemon：“不用，宿舍区门口见！”

烟大北门外的小吃街，入夜后最为热闹，凌檬常去的烧烤摊只剩下一个角落的位子。

凌檬拿完自己的标配，却看到旁边的单竺两手空空。

“你怎么不拿？”

单竺诧异地瞅了一眼被他端在手里的满满一托盘的烤串：“你拿的难道不是两人份的？”

“当然不是，我一个人就能吃完这么多。”

单竺要对他刮目相看了：“看不出来你这么能吃。”

“我还在长身体。”

单竺一副不忍心打击他的表情被看了出来，凌檬嚷嚷道：“怎么了，我才十九岁，不是说二十五还能蹿一蹿吗？”

“是，是，你多吃点。”单竺索性又往他盘子里堆了几根肉串。

等单竺也挑选完，凌檬把托盘递给老板，又叫了两瓶啤酒：“我那份加辣！”

“记得呢，记得呢。”

看得出来凌檬真的是常客，老板对他的态度比寻常人要热络：“只有边边上那个位子啦。”

“我就相中那块了。”

二人落座，服务生小妹笑意盈盈地端上来一盘毛豆：“我爸说这是送你的。”

凌檬的脸又红了：“谢谢啊。”

小妹见惯了凌檬这样，抿着嘴笑着跑去端菜。

“你是无差别见到女生都会脸红吗？”单竺原以为他只会对漂亮女生脸红。

凌檬不想回答这个问题，抓起一把毛豆佯装对吃的有着浓厚的兴趣。

“还是坐角落比较安全，不怕被人认出来。”凌檬顾左右而言他，“我现在理解你为什么直播不开摄像头了。”

“是你太可爱了，我在的几个群里都有人刷你的表情包。”

凌檬做了个超凶的表情，示意自己跟可爱这个词不沾边：“那还不是怪你！”

单竺惊讶：“怪我？”

“当然！我就是抱着抢你观众的想法才开直播的！”

难怪连摄像头这样的大招都用上了，单竺顿悟。

“原来是这样……”

“谁让你的粉丝那么多，我不过说了一句话，走到哪里都被人刷屏。日日刷，月月刷，你懂我的心情吗？”凌檬郁闷地灌下一杯酒。

“我懂。”单竺默默地帮他满上，“但我记得柠爸以前的粉丝也不少。”

“那能一样吗？你的粉丝天天给你刷礼物，我的粉丝只会刷我的表情包。”

单竺被凌檬逗笑：“那我也天天给你刷礼物好了。”

“拒绝，你也不要再送猫爬架给我了，送那么多我爬得过来吗？又要被平台抽成白白浪费钱，还不如直接转账给我。”

“我送你猫爬架是肯定你身为主播的能力，直接转账算什么？”单竺的声音突然低了几度，伴随着笑意，“买你的人吗？”

凌檬打了个寒战，和当初从耳机里听到芒神轻笑时的反应一模一样。单竺突然这样讲话时，有一种连身为直男的他都能捕捉到的致命吸引力，难怪会有那么多声控女粉连模样都没见过就视芒神为偶像。

“你能不要三句话不到就‘开车’吗？”凌檬抗议，“现在又不是直播。我们能不能'步行'？"

"你是不是觉得我直播时跟你的互动都是为了直播效果？"

"难道不是？炒人气就那么几种套路，我懂。"

"你也是蹲过我直播间的人，除了你，你还见过我跟谁这样？"

"无外乎是你那几个平台上的狐朋狗友……"凌檬嘴硬心虚，因为他确实说不上来。以芒神的人气，单竺不需要跟任何人炒热度。

烧烤拯救了他，凌檬把刚端上来的热气腾腾的烤串塞到单竺手里："趁热吃，凉了就不好吃了。"

单竺头一次见凌檬吃东西，着实被他的饭量震惊了。原来他的"一人份"不是吹牛，甚至还有些谦虚了。

"原来你真的吃得下这么多，早上我看你包子也只买了一个。"

"那可是二食堂的包子，难不成你吃得下两个？"

"吃不下。"

凌檬一副"那不就得了"的样子。

"你这么能吃，怎么还这么瘦？"

"你是想说长得这么矮吧？其实我在老家不算矮的，我哪里知道到了这儿，男生的标准身高都是从一米八零起步的，你是本地人吗？"

"是。"

"啧，"凌檬咂舌，"你们湖朔人从小一定是吃增高剂长大的。对了，我看你昨天的录像，有一段迂回打法特别棒，手速是怎么做到那么快的？"

凌檬聊起游戏来精神百倍，劲头十足，似乎能探讨上三天三夜不停歇，完全没有留意到不远处的一桌在向他们这个方向频频张望。

"你看坐在角落里的男生，像不像你今天微信上发我的那个表情包？"

"哎，好像真是呢！"

"他是谁啊？"

“一个游戏主播，超级萌，想不到我们跟本尊离得这么近！”

“要不要拍下来？”

“怎么拍？”

“你过来我们装成自拍的样子……”

凌檬的视线扫到某处，口中高谈阔论一顿。单竺下意识地回头瞄了一眼，只看到两个女生在自拍。

“怎么了？”单竺问。

“没什么。”自拍而已，凌檬想，应该是自己多心了，又滔滔不绝地讲下去。

“哇，坐在他对面的男生好帅！”偷拍中的女生激动地道。

“是啊是啊！你拍到了吗？”

“没有！他突然回头，我吓得动都不敢动，还以为被发现了。”

“哎呀，真是太可惜了……”

两个人翻看相册，烧烤摊夜间光线不好，就只拍到了“表情包”模糊的脸和同桌帅哥的背影，两个人顿时感到失望。

7

单竺同凌檬聊到快熄灯才回寝室，一到寝室就收到自家房管姑娘的狂轰滥炸。

芒果点点：“老大，你人呢？再不出现你要变青芒了！”

Mangosteen：“怎么？”

芒果点点：“给你个链接自己看！！http://www.xinghebagua.hs/post-10086.html”

八卦新晋网红男主播（实则表情包）深夜约会帅哥，两个人有说有笑关系十分亲密

LZ 发送了一张模糊的照片。

1L：“沙发！”

2L：“板凳？”

3L：“这么模糊，能看出来个鬼啊？摊手。”

4L：“鬼没看到，看到柠爸微笑，真人辨识度还是挺高的。”

5L：“楼主居然看到了活的柠爸？求楼主坐标！”

6L：“回楼上，柠爸自己说过他在湖朔念书，如果是念大学，有很大概率在大学城偶遇了。”

LZ：“没错，就是在大学城小吃街捕捉到的！可惜忘带大师球（游戏道具），哭唧唧”

……

38L：“帅哥在哪里？楼主标题党差评。”

LZ：“在这里！”标了红圈的模糊照片。

40L：“这回真的是能看出鬼了。（摊手.jpg）”

LZ：“是真的！他们坐在角落里，帅哥全程背对着我们，就回头看了一眼，没拍到！我闺密可以作证！”

……

95L：“我证明，真的超帅的！两个人聊得超开心，真人表情比表情包还要丰富！我们十一点钟左右走的，他们两个人还在，表情包一直在吃，就这样！”

96L：“如果这是真的的话，@芒神快来呀，柠爸跟人跑啦！”

97L：“不可能！柠爸跟这个只有背影的家伙才没有关系呢，呜呜呜……”

……

256L：“我家芒神一直是正经主播，自从柠爸来了，就被叫成了不正经主播，我也好心疼哦。为了清流主播，不正经就不正经吧，可是怎么清流主播又跑去夜会帅哥了呢？这根本一点也不清流！”

……

Mangosteen：“哦。”

芒果点点：“哦？”

芒果点点：“老大你的淡定出乎我的想象。”

Mangosteen：“不然呢？”

芒果点点：“找柠爸澄清一下啊，男生晚上一起吃宵夜很正常吧！我也不想改名叫青芒点点啊！”

Mangosteen：“既然很正常，又有什么好澄清的？”

芒果点点：“难不成……是我们误会你了吗？就像柠爸说的，装啥啥啥……都是直播效果。”

芒果点点：“看来是我们想多了！唉，可惜老大那几个猫爬架了！”

Mangosteen：“拍头，别想太多。”

芒果点点：“明白！”

Mangosteen：“也别想太少。”

芒果点点：“啥？”

芒果点点：“等等！老大你看，481 楼有新料！”

481L：“那个……我今天在微博上不小心刷到了这个，有没有人来鉴定一下？ http://www.weibo.hs/watermelon”

482L：“这是个大……料啊……”

483L：“什么什么？”

484L：“帮 481L 贴，话说这样直接贴人家私照会不会不好？侵删。”

watermelon：“今早在食堂偶遇表情包，表情包本人非常亲切，主动要求合影留念，嘿嘿！”附上一张清晰的照片。

485L：“哈哈，柠爸果然好矮，旁边两个人已经故意弓背了还比柠爸高半头。”

486L：“自拍比直播画质清晰好评，酒窝美。”

487L：“右一真帅。”

488L：“我刚刚也想说！”

489L：“谁知道这个博主是左一还是右一啊？”

490L：“是左一，他微博里还有其他照片。”

491L：“很好，求右一微博，微笑。”

……

555L：“没有人注意到这个细节吗？”标了红圈的模糊照片，标了红圈的清晰照片。

556L：“楼上真相了。”

557L：“同一件衣服，所以是同一个人。”

558L：“本来还以为是抢镜的路人甲，结果人家是男主角。”

LZ：“楼主刚刚洗澡去了！没错就是他，跟柠爸深夜吃烧烤的帅哥就是照片上右边的人！虽然只看了一眼，但印象深刻！”

……

第四章

1

凌檬是第二天直播时看到这个帖子的。有水友要他直播看帖，他想最糟糕不外乎是什么鬼故事，于是坦然地戳了进去，结果看了一个比鬼故事还离谱的故事。

以表情丰富著称的凌檬都不知道该露出什么表情好了。于是观众就看到了一个表情僵硬，最后还勉强勾了勾嘴角，明显是在心虚的“柠爸”。

“柠爸，你怎么看？”

“怎么看？这个世界太危险了，不是被人明着拍，就是被人偷着拍……”

“跟你约会的帅哥是谁呀？和你是什么关系？”

“呵呵，难道你们没有跟同性朋友吃过宵夜吗？”

“有是有过，可没有这么帅的。”

“不开心！我承认的干爹只有一个！”

“为什么像我这样的清流主播会有你们这样的观众，你们都是隔壁派来整我的吧？”

“不要转移话题啊，给我们透露点呗？”

凌檬想了想：“他是个星河打得很厉害的人。”

“棒棒的，一听就是个男生。”

“有多厉害，难道还能有我家芒神厉害？”

“这可就不好说了。”他怎么知道单竺能不能战胜自己？

“能被柠爸认可的人不简单，应该是真的厉害。”

“柠爸亲自鉴定很厉害，有可能打得过芒神……难不成是位职业选手？”

“别猜了，你们是猜不到的。”凌檬打开客户端，他昨天跟单竺学习了不少经验，迫不及待地想付诸实践，“今晚我们打 1V1。”

凌檬主动开房邀请单竺对战，两个人的直播间里挤满了来看八卦的吃瓜群众。结果整整一个晚上，他们就只是在打游戏、打游戏、打游戏，纯洁得比阿尔卑斯山上的雪还白，连芒神的日常调戏都不见了。

“一心八卦，无心游戏。”

“你们男生打游戏好入迷哦！”

“芒神一概不问，柠爸坚决不答，就是这么默契。”

单竺有点打指导局的意思，没有使出全力，两个人奋战了一晚，各自有赢有输。

临近熄灯，尽兴的凌檬舒展地伸了个懒腰。

“感谢大家来我的直播间，新来的朋友欢迎点一波关注。今天就到这里啦，明天再见。”

房管 Mangosteen：“等一下。”

“怎么？”

平台播报：“用户Mangosteen给主播Lemon赠送猫咪庭院，并赠言‘今天打得不错，辛苦了。’”

2

为了彰显尊贵，粉丝给主播送猫咪庭院这样的阔绰手笔是会在全平台播报的，一时间斗猫的直播间最醒目的区域都浮现同样的消息。

在芒神和“柠爸”的直播间守了一晚上，几乎要失望而归的观众们冷不丁迎来这样的压轴大戏，第一反应跟凌檬一样，是蒙的。

然而当他们反应过来后，不知谁先带起节奏，两个直播间的弹幕里疯狂地刷起了“爱的小巢”。

“芒神送柠爸大房子了！”

“我有房，你有人吗？”

“受到刺激的芒神决定展示他财大气粗的一面！”

凌檬蹲守芒神直播间时见过不少土豪给女主播刷庭院的系统播报，有时也会有粉丝送芒神，可他没有料到单竺会来这么一出。他莫名有点紧张，慌乱之下做的第一件事竟是抬手关了摄像头。

看到主播视频画面突然转黑，迫不及待想要看“凌爸爸”反应的水友们不干了，集体刷屏以示抗议。

“干吗关摄像头啊？”

“莫非是感动到哭不好意思让我们看？”

凌檬干咳一声：“不是，那什么，我的摄像头没电了。”

“哦，你家摄像头是插电的？”

“有大房子的主播说什么都对。”

“下次直播记得带充电宝哦！”

“柠爸，不要躲，该‘浪’就‘浪’！”

“连送猫粮都要感谢的柠爸，此刻不该说点什么吗？”

“谢谢芒神送猫咪庭院……肯定我身为主播的能力。”凌檬说了一句只有他们两个人能懂的台词，然而在观众听来那可就相当敷衍了。

“套路，满满的套路。”

“真诚，多一点真诚！”

“那你的能力真是很棒棒哦！”

“我们要熄灯了，再不关机电脑会被闪的。”凌檬干巴巴地解释，然而没有人信。

房管 Mangosteen：“快点下吧，CPU（中央处理器）会闪坏的。”

凌檬松了口气，果然只有校友才能懂熄灯的痛。他迅速道别并关闭电脑，灯火通明的宿舍区转眼陷入一片黑暗。

3

凌檬捧着发光的手机在床上纠结，他打开单竺的微信聊天窗口已经十分钟了，一直在犹豫要不要把钱还给单竺。

虽然说主播收到礼物都会很开心，但认识的人跟素未谋面的人送的礼物，感觉还是不大一样，他会有点不好意思。

单竺：“晚安。”

就在凌檬摇摆不定的时候，单竺的消息反倒先发了过来。凌檬脑子一热，发过去一个两百块钱的红包。

刚发完他就有些后悔，这两百块钱不高不低算什么呢？也就能买个猫咪庭院的大门。

对面秒收，随即显示“正在输入”。

单竺：“我肯定你身为主播的能力，你却只想要打钱给我？”

突然一点也不纠结了怎么办？甚至还有点想把红包要回来！

凌檬：“老司机，教教我，你是怎么做到原地起步两百速的？”

单竺："加了两百块的油。"

凌檬："我要是给你两千块钱，你还不得上天？"

单竺："爸爸带你飞。（摊手 . jpg）"

很好，又多了一个刷他表情包的！

这个聊天截图要是泄露出去，凌檬都能猜到帖子的标题会怎么编——"震惊！斗猫平台主播私底下竟然进行这种交易……"

"震惊！大名鼎鼎的芒神捧新主播的原因竟然是……"

"震惊！男主播为了上位竟然金钱贿赂当红主播……"

凌檬："有没有主播贿赂你，要你帮忙炒人气的？"

单竺："有，很多。"

凌檬："真的？"

凌檬的八卦之魂熊熊燃烧。

凌檬："怎么搞？"

单竺："就是你总结的套路。"

单竺："刷一个庭院，给两个庭院的钱。"

凌檬细细一算，自己竟然欠了单竺好多钱。

凌檬："你答应过？"

单竺："没有。"

凌檬："为什么？"

单竺："不为金钱所动。"

凌檬不好打听单竺的收入，只知道他不差钱，毕竟江湖上有那么多大主播月入百万元的传说。这样的话，单竺肯定不会为金钱所动。

单竺："还有色诱的。"

凌檬："这个你答应了？"

单竺："也没有。"

凌檬："为什么？"

单竺："没有你好看。"

——我谢谢你哦！

凌檬：“我是认真的！以后不要给我刷礼物了！”

凌檬：“不要让金钱玷污我们之间的友谊！”

单竺：“那就不要友谊了。”

凌檬：“你要跟我绝交？”

单竺：“早点睡。”

单竺发过来这三个字后就再也没有回复，弄得凌檬一头雾水。他不过是说了不要单竺再给自己刷礼物，居然连朋友都没得做？

4

想不通的凌檬迷迷糊糊地睡着了，第二天早上是被敲门声吵醒的。单竺拎着包子和豆浆站在门口，一点都没有要绝交的意思。

尚未完全清醒的凌檬愣了愣神，才想起这天是周五，单竺说过要给他带早餐。

“你还真给我送早饭啊？”凌檬难为情地抓着乱蓬蓬的头，“这多不好意思。”

“你昨天不是把餐费都转给我了吗？”

餐费，什么餐费？凌檬仔细回忆了一下，才想起那个两百块钱的红包。敢情这柠檬皮还出在柠檬身上？

“那个不是餐费啊，那个是……”凌檬卡住了。

“嗯？”

凌檬哑口无言，能说自己脑抽发错了吗？

“难不成真的是……”

“不是！”凌檬飞快地按住他踩油门的脚。

室友闻到味道醒过来，看到这两个人站在门口。

“芒神，你怎么来了？”

“给檬檬送早餐。”

“为什么芒神会给檬檬送早餐啊？”室友一脸羡慕，“你点了芒团外卖吗？”

“我还有课，先走了。”单竺把手里的豆浆和包子塞给凌檬，嘱咐道，“早饭一定要吃。”

“哦，好。”

凌檬咬着包子进了屋，习惯性打开电脑，上线转了一圈。大清早游戏里没有什么人，好友都处于离线状态，想来排位也很难匹配到对手，凌檬就随便排了个娱乐局。

娱乐局不分段位，大神也可以跟新手撞到一起，毁灭他们对游戏的美好憧憬。

凌檬就遇到这样一个人，账号等级不高，战阶为零。

联邦 Lemon：“宇宙新丁？爸爸会手下留情的。”

对面没说话，像是连怎么打字都没弄清。

凌檬边吃边玩，发挥出五成实力，直到西南角被对方攻陷才意识到不妙。

看来不是新手啊，那就极有可能是小号。凌檬放下食物，认真起来。

尽管处于下风，凌檬还是有信心翻盘的。毕竟在单竺的陪练下，凌檬的技术又有了显著提升，国服排名也上升到了二百五十名。身为一个神级选手，在娱乐局输给路人，传出去有点丢人。

二十分钟后，凌檬僵硬地坐在电脑前，面色凝重地盯着眼前的黑白画面，不敢相信他居然真的输了，而且输得很惨。哪怕他从一开始就使出全力，也未必能赢。

游戏结束界面的停留时间只有短短几秒钟，凌檬回过神来，以多年赠送临终关怀的手速飞快地敲下一行字。

联邦 Lemon：“你的大号叫什么？”

对手没有回复，很快退出了房间。

凌檬郁闷地靠在椅背上，胸中一口郁结之气。哪怕当初输给芒神也没让他这么憋气，对方是已知的大神，即便输掉也没有心理压力。

凌檬点开对手的对战记录，惊讶地发现，这个完全没有参与过排位赛的小号在他仅有的五十七场对战生涯中，竟然没有一场败绩。

五十七连胜，即便全是娱乐局，也是一个令人吃惊的成绩。

凌檬："我被人完虐了。"

如果凌檬说的是"我被人打败了"，单竺可能还不会特别吃惊，毕竟凌檬在国服还不属于顶尖的高手。

但他说的是"我被人完虐了"，这就有点意外。能做到完虐柠爸，起码得有排名前十的水平。

单竺："被谁？"

凌檬："不知道，一个小号。"

他拍了两张截图发过去，一张是方才比赛的战斗记录，另一张是小号的连胜战绩。

经验丰富的单竺一看便知凌檬碰到的不是普通人。

单竺："保存战斗录像了吗？"

凌檬："存了。"

单竺："等我去看。"

中午单竺来到凌檬的寝室，跟他一起复盘了整场比赛。

可以看得出凌檬前期打得比较随性，显然是没把对手放在眼里。中期开始认真，可碍于对手实力太强，凌檬使出全力也未能挽回，后期全线崩溃。

单竺认真地看了两遍，得出结论："确实很强，可能连我也未必是他的对手。"

"连你都不是对手，难不成是职业选手？"

"不好说，也不是没有这种可能，而且他没有使出全力。"

“什么？”凌檬不敢相信。

“看他每场比赛点的科技树都不同，而且都不是主流的升级路线，可见他是在拿这个小号试验，试验他不熟悉的打法。”

凌檬不说话了，如果对方真的像单竺说的这么厉害，那他会输掉也不奇怪。

“我想跟他打一场。”单竺的食指轻敲鼠标左键，像是在思考。

“你想跟他约战？怎么约？”

“不知道，先把这个人找到吧。”

5

Mangosteen：“如果有人认识这位叫Guava（番石榴）的朋友，请帮我转告一声，我很倾慕他的实力，有机会想向他讨教一局，感谢。”

然后附上了Guava的游戏资料截图。

众人纷纷前来评论——

Fan A：“这是什么？芒神公开下战书？”

Fan B：“我去查了一下这个人的战绩，五十七连胜零败绩，这是常胜将军啊。”附上了Guava的历史战绩截图。

Fan C：“肯定是小号，就是不知道是谁的小号。”

Fan D：“芒神VS神秘大神小号，有点期待。”

……

Fan J：“这个ID最后一场比赛是今早打的，对手是Lemon，而且是大比分获胜。”

Fan K：“所以……这是柠爸被惨烈KO（击倒），芒神替他找场子来了吗？”

Fan L：“芒神护犊心切可以理解，但是恕我直言，未必能赢啊。”

……

直到过了二十四小时，才有一个刚注册的账号回复了这条微博。

Guava："好。"

Mangosteen和Guava的约战定在了周日晚上，除了芒神，柠爸的直播间也挤满了人，因为他要客串这场比赛的解说。

从没担任过解说的凌檬做了很多准备工作，不过他也只有单竺这一方的选手资料。对于Guava，除了五十七连胜和一次亲身对战经历外，他所知道的信息也几近为零。

趁着比赛还没开始，凌檬给单竺发微信。

凌檬："我好紧张。"

单竺："是我要比赛，你紧张什么？"

凌檬："对手很可能是打职业的，我怕你输。"

单竺："我输了你会失望吗？"

凌檬："别闹了，输给职业选手很正常。"

凌檬："就是有这么多人看着，我怕输了你的粉丝会失望。"

如果凌檬在身边，单竺真的要捏他的脸了。

单竺："我只是想跟他切磋一盘，输赢都无所谓。"

单竺："即便输了也是对方实力所在，没什么可担心的。"

单竺："你也不用紧张，别忘了你可是无所畏惧的柠爸啊。"

单竺发过去一张"爸爸无所畏惧"的表情包。

凌檬被自己的表情包逗乐，紧张的心情也冲淡了许多。

凌檬："要是赢了我也给你送大房子！"

单竺："还是私下转账吧，我宁愿你……"

凌檬："刹车！"

凌檬发现自己跟单竺相处久了，踩刹车的水平越来越好了。

单竺："万一输掉，我也已经准备好说什么了。"

凌檬："说什么？"

单竺发过去一张“你们男生打游戏好厉害哦”的表情包。

凌檬：“你够了！”

弹幕迎来一波高潮，今晚的另一个主人公到场了。还是那个没有战阶的小号，连头像都没有，越是简陋越显得深藏不露。

Mangosteen：“谢谢你来。”

Guava：“没什么，娱乐而已。”

观众看到这里都倒吸了一口气，对方显然没把这场比赛放在眼里，纯粹就是来打发时间的。

Mangosteen：“我和我的朋友都开着直播，你不介意吧？”

Guava：“哦，放心吧。我不看直播，不会窥屏的。”

对面一下就明白了单竺的潜台词，单竺也不再多说什么，直接进入比赛。他们进行的是非随机制对战局，也就是在开局前可以选择自己想要使用的势力。

凌檬戴好耳麦，正常比赛时解说和观众都能看到两边选手的比赛画面，然而这场约战比较特殊，凌檬只能从单竺单方面的视角进行讲解。

“对于这位 Guava 我们真的是知道得少之甚少，他擅长什么势力、擅用什么打法，都一概不知，芒神这一局恐怕真的是要盲打。

“现在芒神不出意外选择了异人，大家都知道异人是芒神最拿手的势力，玩异人的人比较少，普通玩家应战的经验也没有那么丰富。

“芒神锁定了势力，倒计时读秒中，我们马上就可以看到对手的选择了，他选择的是……”

凌檬突然拔高了音量：“也是异人！”

6

凌檬拔高音量的一瞬间，气氛骤然变得紧张。

星河圈众所周知，芒神是个可以将异人用得出神入化的主播，哪怕是完全不关注直播的人，花上几分钟也能通过任意渠道了解。选择用同样的势力与芒神对打，究竟是本身也擅长这个势力，还是自信到就是要用对手的强项击败对手呢？

异人的开场发育是漫长而沉闷的，通常解说会趁此机会介绍一下双方选手，可凌檬在这一环节无话可说。

“这两个选手都没有什么好介绍的，”凌檬非常无奈地说，“芒神想必你们已经非常熟悉了，至于 Guava 这个选手的资料少之又少。我跟他有过一次交手，被他打得很惨，加上我他一共有五十七局胜绩，而他这个小号一共只进行了五十七场比赛。五十七场比赛遇到的都是菜鸟的概率是多少我想不用我说，更何况我觉得自己还算不到菜鸟那一挂吧。”

弹幕——

“当然了，你怎么会是菜鸟啊，你是柠爸！”

“柠爸如果是菜鸟，那我只能是颗鸟蛋了。”

“能把二百五十强的柠爸打得很惨的人，搞不好大号是国服十强，甚至前五都有可能。”

……

“虽说解说要中立不能有偏颇，但我想提前解释下，首先我们这一局只能看到芒神的视角，看不到对手的发育，也只能从芒神的角度去分析大局。仅这一点，我就无法做到中立。

“其次我也不是什么专业解说，如果等一下解说时有什么偏向性，大家请不要介意。”

弹幕——

“更重要的原因怎么不说？你跟芒神的私交难道不是偏心的最主要因素？”

“不用解释那么多，我们都懂。”

“解说有两种，专业解说和选手朋友解说。后者有偏向的权利，我们挺你！”

……

“芒神的开局位置不错，有一个天然的地理屏障。唯一的入口是一个斜坡，可以说是易守难攻。只要守住这个斜坡，Guava 的地面兵种就很难攻进来。

“现在芒神的矿站已经修建完工，与此同时派出了侦查眼。异人的侦查眼是无法被选中和无法攻击的，这是异人前期得天独厚的优势。

“好，我们看到对手也派出了侦查眼，两个侦查眼在地图中央碰面了。恭喜你们，你们可以凑成一对了。”

屏幕上飘过一串“哈哈哈”，凌檬其实也是想借机放松一下紧张的心情。

“发现对手了，在芒神的十一点钟方向。双方离得比较远，可以尽情发育了。

“异人发育时间真的是非常久，不像帝国从一开局就可以不停地骚扰对手，这就是为什么我喜欢用帝国的原因。但异人的后劲相当可怕，所以我建议三国战中联邦和帝国前期一定要联手压制异人发育，否则后期被一打二也是妥妥的。”

“对，尤其不能让异人前期挖太多的矿。”

弹幕：“是尤其不能动异人的矿才对吧？”

单竺钟情于异人小兵种，这次他没有大量造蜥蜴人，而是选择了体积最小、动作最灵敏的跳蚤人。这种造价不高的兵种是定向攻击导弹的噩梦，几乎无法被瞄准。

托侦查眼的福，观众们总算能窥得 Guava 的基地一角了。他不慌不忙地修建基础设施，没有造兵，看来是打算囤资源等待更高级的兵种。

“芒神出兵了！芒神这一局出兵相当早，这一点都不符合他平时的作风！

“他的跳蚤兵兵分三路，一路偷袭矿场，一路骚扰主线，还有一路直奔Guava的电站！这是一个精彩的三线操作，非常考验手速和反应能力！因为要同时兼顾三个方向，水平不够的话很可能连一路都顾不过来。

“Guava展开防守的速度非常快，很显然是身经百战。一个只有五十七场比赛经验的人，是不可能做到这一点的。

“芒神的首支突击部队被全部歼灭，但是他带走了Guava的电站，这一波芒神小赚。他现在在补兵，Guava也不甘示弱，他强化了侦查眼，侦查眼爆炸了！两边都损失了很多经济，这是一个两败俱伤的开局。”

凌檬咽了一口口水，接着分析：“双方一上来就很有火药味，看来想让他们相安无事地度过发育期已经是不可能了。”

果然如凌檬所说，接下来两个人相互展开攻防，不是你拆我炮台，就是我攻你兵营，场面一度十分胶着。

比赛进行到二十分钟，Guava的主要作战兵种现身战场。

“是飞龙！看来Guava是打算主打空中作业了。考虑到芒神老家的地形特征，这一决策可谓相当正确。”

Guava的第一批飞龙抵达，单竺的跳蚤人无法进行地对空打击，靠仅有的炮塔撑过一波，损失有点惨重。

第二批飞龙过来时单竺已经有了蜂兵，早早地将飞龙拦截在基地以外。两支飞行部队在空中交火，此时就是纯粹操作与手速的比拼。

“芒神的风筝走位依然风骚，很好地发挥出蜂兵移动快速的优点。而且蜂兵的最大长处是可以倒退飞行，边飞边发射蜂针，可以说应对起来非常棘手。

“再看Guava，Guava居然躲了过去，简直不可思议！飞龙的特性决定了他们移动速度是相对缓慢的，即便少量没躲过去也没有关系。飞龙的防御性非常高，这点伤害可以忽略不计。但Guava究竟是怎么躲过去的？这一点真是匪夷所思。”

时间过去半个小时，双方小规模骚动不断，却没有人大举进攻。

“大家不要着急，高手对决往往前三十分钟都没有动静，等到第三十一分钟时你发现，咦？战斗结束了？”

凌檬突然语速加快：“芒神已经点出最终科技树，他开始造蚁后了！蚁后出巢需要八分钟，谁先出蚁后可能就决定着这场比赛的胜负！”

只听一声巨响，画面晃了几下，凌檬同现场所有观众一样，瞠目结舌。

“Guava 核爆芒神蚁穴？这神乎其神的精准度让我想起跟芒神打赌那一次，他盲炸我基地的那一次。

“芒神现在的劣势非常明显了，他会再花费十五分钟重新建造蚁穴，还是选择其他策略……他要做什么？天哪！”

只见单竺在对方领域点选了几处标记，计算中心点，同样一个核弹回敬过去，系统立即提示敌方蚁穴被摧毁。

“好一招以彼之道还施彼身！”凌檬兴奋地喊了出来，“现在我们知道他们是怎么锁定彼此位置的了！他们前期探路时记录好了基础建筑的坐标点，而蚁穴占地面积高达十六个单位，只有少数几处位置才能容纳得下。再分析对手最后可能选择哪一个点，看来他们有的不仅仅是运气！”

“现在双方再度打平，他们会按兵不动继续发育吗？

“芒神出兵了！看来他放弃了终极武器，打算利用现有军队速战速决！

“Guava 的飞龙军团抵达战场，他们没有在中场交手，非常默契地避开彼此，直奔对方的基地！”

画面上，芒神和 Guava 的军团各自推进，将对手的建筑一路铲平，两个人几乎同时攻到对方的老家。

比赛进入白热化，双方的基地同时被攻击，没有人回防，两个人都在赌一个胜利。

“现在双方全部放弃防守，同时攻打对方的基地！谁率先把基地血量打到零，谁就将获得最终的胜利！这种简单粗暴地拼个你死我活的较量太少见了！”

凌檬紧张得微微离开凳子，只为了看得更清楚些："现在两边的血量基本相同，都在百分之七十五左右，百分之七十、百分之六十五……

"芒神要稍微领先一些，他的跳蚤人和蜂兵虽然属于基础兵种，但数量很多，而且攻击的速度极快！尤其是在他强化了攻速的情况下，攻速可以达到飞龙的二点五倍，弥补了攻击力的不足！

"Guava 的飞龙军团攻防十分均衡，而且有火属性的加成，火属性会造成建筑持续性损血，究竟哪边打得更快现在还不好说！芒神已经率先把血量打下了百分之五十！Guava 目测还剩百分之五十五左右，芒神的 DPS（秒伤害）显然要略胜一筹！"

"等一下！"凌檬的屁股整个离开了凳子，"Guava 启动了飞龙的特殊技能——时空凝结！芒神的军队受到技能影响明显慢了下来！时空凝结会减少对手百分之七十五的攻击移动速度整整三秒钟，关键时刻，哪怕一秒钟也有可能逆转战局！"

凌檬有些暴躁："因为我们只有芒神的视角，看不到对面的科技树和技能冷却，不知道他手里还有多少底牌，观众和解说跟选手一样，只能靠猜。既然他点出时空凝结，那就不会出时空逆转，否则基地回血会更麻烦！但是经过刚才的减速，芒神已经落后了！"

"等等！等等！等等！"凌檬激动地咆哮，"芒神启动了蜂巢激光束！他想做什么？太远了！离得太远了，这么远的距离很难命中的！"

"中了，他打中了！整整八秒钟，全部命中目标，没有一丝一毫的偏差！刚刚那个镜头足以入选星河年度十佳精彩瞬间！不愧是行走的计算器，太准了！"

两边的血线同时下了百分之十，不停闪烁的红色警报令人内心焦灼，凌檬更是恨不得亲自上阵去打。

"最后百分之五！Guava 还有时空凝结吗？没有了，他已经没有大招了！芒神用了一个加速，他居然到这时还留了一个加速！芒神再度反超，这场异人之间的对决究竟谁能获胜？！"

凌檬握紧双拳，视线紧紧地盯着Guava的基地血条，心跳到了嗓子眼：“芒神能不能终结Guava的五十七连胜，就看这一刻了！只要保持现有的优势，芒神胜利在望！Guava还能不能翻盘？恐怕不能了！”

倒数五秒钟时，凌檬吼了出来：“还有最后百分之三！二！一！芒神抢先打爆了对手的基地，成功终结了对方的五十七连胜！Guava的基地爆炸了，芒神赢了！”

凌檬激动地摘下耳机摔到桌上，抱住显示器狠狠地亲了一口：“太棒了！”

7

系统经过一番激烈的苦战，异人叛军取得了最终的胜利！

异人叛军Mangosteen：“GG（好比赛）。”

异人援军Guava：“GG。”

这边的凌檬重新戴回耳机，剧烈的心跳尚未平复，见到如此不痛不痒的结束语，自是感到不满意。

“打什么GG啊，这个时候就应该说：‘你已经成长得很强大了，可爸爸依然是爸爸’。”

弹幕——

“就算当了解说，柠爸也依然是柠爸。”

“那种话等你跟芒神合体之后再说吧。”

“柠爸的解说超燃！最后几秒钟，我都跳起来了！”

“我能说结局柠爸激吻显示器的时候我也狠狠地吻了我家猫一下吗？哈哈，现在还一嘴毛。”

“你也应该吻显示器啊，吻什么猫啊，那不就等于跟柠爸隔着屏幕亲嘴了吗？”

对于弹幕中的各种过分解读，凌檬早已开启无视大法。他的嗓子都喊哑了，一口气灌下五百毫升的水。

屏幕上，结算画面终了，两个人返回房间。单竺正打算说点承让之类的谦辞，却见屏幕上跳出一行字。

Guava：“你想打职业吗？”

Mangosteen：“抱歉，暂不考虑。”

Guava：“好。”

系统：“Guava 退出了房间。”

纵观整场比赛，战况激烈，局势胶着，过程高潮迭起，结局惊心动魄，落幕却令人难以想象地迅速。神秘的 Guava 依然寡言而冷酷，只留给众人一个虽败犹荣的背影。

凌檬心头一凛，原来 Guava 真的是职业的，单竺竟然打赢了职业选手。虽然对战的人不是他，但是他感觉自己可以出去吹一年。

“看过这么激烈的比赛，想必大家都累了，那就早点休息，我也下播了，拜拜。”

说完凌檬火速关闭直播，留下一群意犹未尽的水友对着漆黑的直播画面目瞪口呆。

“谁说我们累了？我们还能再看三百局呢。”

“我还以为芒神赢了比赛，柠爸起码能唱首歌呢。”

“主播？Hello？主播，你在吗？”

8

单竺在解答水友们对今晚比赛的一些疑问，寝室的门被人悄悄推开，一个小脑袋探了进来。

单竺一脸疑惑地看着他。凌檬无声地指了指电脑，单竺会意。

“今晚就先到这里，明天有时间的话我会做一次复盘。”

“搞什么，柠爸刚走芒神也下播了，商量好的？”

“没有柠爸和芒神的直播，今晚我该怎么过？”

“隔着网线，我闻到了猫腻的味道。”

单竺：“下播了，大家晚安。”

单竺关掉直播软件，抬头问凌檬：“怎么过来了？”

凌檬其实就是鸡血上头想过来看看：“没什么，想当面恭喜你呗。”

“一次友谊切磋而已，看你们一个个重视得跟世界杯决赛一样。”

“本来就打出了世界杯决赛的水平。”

凌檬拉了张凳子在电脑旁坐下，他第一次来单竺的寝室，对方的键鼠也是专业赛级的配置。

“说起来我还没看过你的解说版，他们都在说什么柠爸之吻，那是什么？”

“什么也不是！”凌檬连忙澄清，“没什么好看的，不用看了，没有你打得好看。”

单竺也不急，今晚的比赛肯定有人录像，这会儿估计还在压缩上传，最晚明天就可以看了。

“你为什么不打职业啊？”凌檬问。

“打职业很辛苦，每天要练十几个小时，我只想把游戏当爱好……你希望我打职业？”

“那倒不是，就是觉得挺可惜，你业余玩玩也赢了每天练十几个小时的人了。”

“仅仅一次说明不了什么，职业选手也有失手的时候，业余玩家也有发挥超常的时候。”

凌檬点点头，表示认同单竺的话。

单竺看着这样的凌檬，突然心思一动。

“其实我打不了职业。”他双眸微微下垂，看似有几分失落。

不想打和打不了是截然不同的两种心境，凌檬迫切地追问：“为什么？”

“我有慢性腱鞘炎，鼠标握久了手会痛。”单竺举起五指轻拢的右手，“像刚刚那一局打得太激烈，现在手就有点僵得动不了。”

凌檬听了有点着急：“那怎么办呢？”

“也不是什么大问题，缓一缓就会自动恢复。”

“就没有什么治疗的办法吗？”

“只能通过物理治疗，多揉一揉会好得快些。”单竺面不改色地道。

揉一揉还不简单，凌檬自告奋勇抓过单竺的右手：“我帮你。”

“是这里吗？”他参照自己平时不舒服的位置，常握鼠标的人这根筋都会有点酸痛。

“稍稍往外一点，用大拇指逆时针揉，对。就是这样。”

凌檬照做，看到单竺眉头微皱：“很疼吗？忍一下。”

“揉的时候会疼，揉开了就好了。”

“你说的那个什么炎，就是俗称的鼠标手吧？”凌檬低着头卖力地工作，“有时候玩久了我也会疼。”

“那等下换我帮你揉。”

“我这会儿又不疼。”

凌檬揉着揉着分了神，把单竺的手举起来左看右看。

说起来单竺的手才是十指修长，骨节分明，指甲修剪得圆润又整齐，手上连一颗痣或一块疤都找不到。不像凌檬的右手虎口有两处消不去的牙印，是他小时候无聊时自己咬的。

想起单竺对他的评论是“手玩年”，照这个标准，单竺的手足足可以玩三年。想象一下，如此修长的手指在键盘上快速敲打的样子，任谁看了都会觉得赏心悦目。

“你在看什么？”

“没什么。”

凌檬摸到穴位处用力按了两下，然后松开手：“现在好点了吗？”

单竺见好就收，活动了一下手掌，称赞道：“好多了，你的技术可以去职业队当队医了。”

“哪有什么技术啊，”凌檬不好意思，“都是久病成医。”

“可惜还是不知道 Guava 是谁的小号。”凌檬遗憾地说。

“他很厉害，国服能有这样水准的人不多。”言下之意，只要用心，早晚能把他找出来。

“我也就是说说，他不愿意公开就算了。”凌檬摆摆手，“太晚了，我回去了。”

单竺扫了一眼时间：“还有一个多小时才熄灯，要不再排一局？”

“你不是手疼吗？还是不要啦，早点休息。”

“那你打，我看着。”

“在这里，用你的账号？”凌檬产生了兴趣。

9

十分钟后，一个不知道是倒霉还是幸运的家伙在娱乐局随机匹配到了 Mangosteen。

联邦 Guest D：“芒神？”

联邦 Guest D：“哇，娱乐局都能排到芒神，我运气真好！”

对面不说话，Guest D 一个人也能聊得很开心。

联邦 Guest D：“芒神果然像传说中一样，在游戏里高冷不爱讲话！”

五分钟后。

联邦 Guest D：“芒神不要拆我炮台啊，我好不容易修起来的。”

联邦 Guest D：“芒神，你发育得好快啊，你是怎么做到开局五分钟就能拿原子炮轰我脸的？”

联邦 Guest D：“杀了芒神一个兵，感觉我能吹一年。”

十五分钟后。

联邦 Guest D：“我不投，难得随机到芒神一次，炸了基地我也不投。”

既然他都提这种要求了，凌檬当然要满足他，动动手指炸掉了联邦基地。

联邦 Guest D：“呜呜呜……芒神，你就这么炸了我老家，一点眷恋都没有，你真狠！”

胜利的标志让凌檬很得意，全然忘了自己是谁。

系统：“经过一番激烈的苦战，帝国取得了最终的胜利！”

帝国 Mangosteen：“这是爸爸给你上的第一课，人，死于话多。”

联邦 GuestD：“啊？”

10

这天的论坛格外热闹，若干个帖子被人反复顶起，久久沉不下去。

“视频 Lemon 解说 Mangosteen VS Guava 比赛视频……”

“讨论神秘小号 Guava 真实身份猜测……”

“八卦娱乐局偶遇芒神，战败后他对我说了一句话……”

“柠爸”的直播间，凌檬为昨天的手误付出了惨痛的代价，千场游戏养成的习惯果然不是说改就能改的。后果就是此刻他不得不焦头烂额地向十万水友解释（实则编造）论坛上那张截图的来龙去脉。

“昨晚我想要爽一把芒神的号，他就把号借我了，就这么简单，真没你们想得那么复杂。我就是想体验一下，他现在排名二十五，我二百五，我想试试差一个零会不会感觉整个人变犀利了。”

“不是你们想的那样，爸爸是清流主播来着……一起下播？巧合吧，再说也没有一起，明明是我先下的。”

水友们在这个问题上纠缠不休，凌檬只能想办法转移话题。

“我们不要纠结这个了好不好？来打游戏吧，今晚我带水友上分。”

“沉迷八卦，无心上分。”

“我们就乐意待在星尘战阶搞事情。”

凌檬："那不打游戏，打点别的吧。《狗熊联盟》《守望后卫》《王者农药》……你们想看什么？"

"原来《星河传说》跟这些是游戏与非游戏的区别？"

"一个都不想看，只想看芒爸是怎么炼成的。"

凌檬："要不我唱首歌，这事翻篇好不好？"

"你先唱，我们听听看。"

凌檬无奈地清了清嗓子，开唱："两只老虎，两只老虎……"

"闭嘴，不翻。"

"月黑风高之夜，两位主播神秘合体，是游戏主播的堕落，还是娱乐主播的阴谋……"

11

相比之下，芒神直播间的氛围就和谐不少。毕竟真正的游戏粉在他粉丝群体中所占的比重还是比较大的，这些人不关心主播八卦，只关心游戏怎么打。

单竺正在依约复盘昨天的比赛，由于他没有听到凌檬的现场解说，特地找了个解说版的视频。凌檬握着拳头慷慨激昂的样子被尽数录了下来，再一次把观众带回前一日热血沸腾的情绪中。

"Lemon 这里分析得很对，我见对手迟迟没有造兵，就知道他在等兵营升级，这个时候就不能给他时间发育，越快出击越好。

"这里 Lemon 说得也没有错，对付异人就是要前期压制，异人终极兵器制造时间最久。但蚁后一旦出巢，对手很难再有还手之力。

"Guava 会炸我蚁穴倒不是特别意外，我原本也是这么打算的，只不过计划在对面蚁后即将出巢时炸。既然他出手那么早，我也不会再拖，再拖肯定就输了。

"Lemon 不愧是星河老玩家，对这个游戏的了解很透彻，第一次解说能做到这样不容易，某些地方的战术分析一针见血。

“偏心很正常，谁不偏心？专业主播做到的只是偏心不会被人看出来。”

他在很认真地复盘比赛，但现场水友们可不这么想。

“我可能看了一场假复盘。”

“这不是游戏复盘，这明明是解说复盘。”

“我芒神看柠爸什么都是好的。”

“想不到我们芒神竟然是个实力柠吹！”

“昨晚柠爸解说吹芒，今夜芒神直播吹柠，互吹才是正义！”

凌檬的解说很密集，单竺时不时需要暂停下来评论才能插上嘴。

到了决战高潮，隔着屏幕都能被凌檬的情绪感染。单竺索性也不暂停了，面带微笑地看完凌檬激情澎湃呐喊着为自己助威。

临近比赛终点的时候，有人贴心地提醒前方高能请勿眨眼。

接着就见凌檬激动地摔了耳机，伴随着响亮的“啵”的一声亲上了显示器。虽然摄像头拍摄范围有限，但也足够脑补全程了。

大家在弹幕里起哄，像凌檬那种一激动就忘我的性格，保不齐真能在现场做出这种事。

单竺：“我应该遗憾不在现场吗？”

“有想过跟柠爸现场打比赛或是一起解说吗？”

单竺：“如果有机会吧。”

“昨天难道不是已经合过体了吗？”

“他把我的账号借去玩。”单竺按照昨晚两个人串好的口供交代，“临终关怀说习惯了，改不掉，没什么。”

单竺的信誉比较好，他说的话大家普遍接受。

然而凌檬那边就不好说了，单竺都可以想象他会在这个问题上被粉丝们怎样揪住不放。

“时间还早，我们去查个房吧。”他熟练地输入了凌檬的房间号。

很意外，凌檬没有在打游戏，也没有在跟水友唠嗑，他竟然在唱歌。是很认真的，放着伴奏，照着歌词，一板一眼地在唱，许久不见的室友还在他身后跳机械舞。

凌檬唱歌没有任何技巧，唯一能做到的就是尽可能地把每一个音阶唱在调上并跟上节奏。除了认真，还有点紧张，可见唱歌并非他的强项。

单竺默默听了一会儿，居然还觉得有点好听。

“唱一首关于冬天的歌谣，漫漫长长，鸽子啊，我在你温暖的路上。”

凌檬稳稳地唱完最后一句，长舒了一口气。

“唱完了，现在你们可以放过我了吧？”

短短一句话，道出了凌檬今晚的血泪史，可见他此前曾受到水友多么惨无人道的逼供。他这个柠爸真的只是口头上的“爸爸”，“儿子”们天天都在造反。

礼物刷得很多，弹幕也不少，都是不打算放过柠爸的。

“一首歌就想把我们打发了？没那么简单。”

“漫漫长夜，不唱歌的话只好继续聊合体的话题了。”

凌檬：“说好了只唱一首的，你们这叫得寸进尺你们知道吗？”

平台播报：“Mangosteen 给主播送了一个猫爬架。”

房管 Mangosteen：“我一不在你们就欺负我家 Lemon。”

房管 Mangosteen：“P.S.（附言）：唱得好听。”

凌檬无语：“你不出现他们还能少欺负点，我好不容易才拐开话题，你又瞎带节奏。”

“并没有拐开谢谢，大家都在等着呢。”

“芒神又来给柠爸找场子了，难不成这次要跟十万水友约战？”

“芒神：我要打十万！”

凌檬：“而且你怎么又刷礼物？不是你说的再送就友尽吗？”

“你们的友谊不是尚未开始就走到了尽头吗？”

“芒柠的友谊，约等于弹吉他九十度。”

房管 Mangosteen：“我特别喜欢你的水友，脑子里都是智慧。”

“接下一句：不像你，脑子里都是水。”

“不要说出来！柠爸不要面子的啊？”

凌檬：“胡说！你们脑子里才都是水，还是污水！整天就想着搞事情，是《星河传说》不好玩，还是微积分不好解？”

“比起微积分，我选择搞事情。”

“搞事情和微积分之间有一万个《星河传说》的差距。”

凌檬病急乱投医，求助于单竺：“正好你来了，帮我澄清一下，昨晚只是我开你的账号玩，我们俩是清白的。”

房管 Mangosteen：“他确实是开我的账号玩，但清不清白就不好说了。”

“年度最佳澄清。”

“柠爸开大招舍生取义：给自己挖一个大坑并跳进去，持续六十秒钟。”

“我再续六十秒钟。”

凌檬气得鼓起腮帮子，大家嘻嘻哈哈地手动刷起文字版表情包：“气成一只河豚”“柠爸听了想摔耳机”“滚滚长江东逝水，唯留清流在人间”……

单竺的手机响了。

房管 Mangosteen：“我去接个电话。”

芒神不在，场面更加混乱，凌檬有心控场，无力回天，只好又默默清唱：“寒风飘逸洒满我的脸，吾儿叛逆伤透我的心。你讲的话像是冰锥刺入我心底，爸爸真的很受伤……”

弹幕全是起哄的，找不到一个自己人，凌檬很绝望：“就没有一个人肯安慰我吗？”

平台播报：“用户 Guava 给主播 Lemon 赠送猫咪庭院，并赠言：有。”

凌檬：“哎？！”

12

“Guava？”凌檬怀疑自己眼花了，“你不是说不看直播吗？”

弹幕滚动得厉害，想从中找到一个人的发言是很难的。

二房管默默举手。

房管秋秋小泰迪：“柠爸，我们直播间的规则是什么？有的直播间送猫爬架就给房管。”

“那送猫咪庭院给什么？”

房管秋秋小泰迪：“给主播微信。”

房管Mangosteen：“什么给微信？不能给。”

单竺接完电话回来的时候平台通告还在直播间上方飘着，紧接着就看到二房管说要给主播微信的话。

平台播报：“用户Guava给主播Lemon赠送猫咪庭院，并赠言‘不用。’”

平台播报：“用户Guava给主播Lemon赠送猫咪庭院，并赠言‘第一次看，有点好笑。’”

看到这条播报，不知为何，所有人瞬间脑补了一张完全没有在笑的脸，冷冰冰地说：“有点好笑。”

凌檬吓坏了：“不要拿平台播报当聊天框使啊！”

“喵喵喵，猫咪庭院三连击？”

“我只在女主播过生日时看见过这种盛况。”

“神秘小号竟然是隐藏土豪？厉害了我的番石榴。”

“我赌一个柠檬，Guava没有在笑！”

凌檬的铲屎官榜上横空杀出的Guava高居榜首，把长期霸占首席的Mangosteen压到了下面。

单竺毫不示弱，立马回敬了三个，大有“我家主播的首席铲屎官只能是我”的霸道总裁气势。

平台播报:“用户Mangosteen给主播Lemon赠送猫咪庭院,并赠言‘这个。’”

平台播报:“用户Mangosteen给主播Lemon赠送猫咪庭院,并赠言‘位子。’”

平台播报:“用户Mangosteen给主播Lemon赠送猫咪庭院,并赠言‘是我的。’”

吃瓜群众兴奋得就像在过春节。

“我芒神月入百万,刷十个猫咪庭院眼都不眨。”

“我瓜娃(Guava)职业玩家,奖金收购斗猫也不在话下。”

“有钱也不要浪费好吗?”凌檬看着都替他们两个心疼,“你们再这样我就不播了。”

Guava 没动静,单竺也就不刷了。

房管 Mangosteen:“好的,听你的。”

“这就对了,不要总是让万恶的金钱腐蚀我们的革命同志友谊。”

房管 Mangosteen:“那我还是再刷一个。”

“666,誓将友谊腐蚀到底。”

“比个心都是财大气粗的模样。”

“那个,总之感谢 Guava 送的猫咪庭院。”凌檬挠挠头又补充,“你打游戏挺厉害的,上次我太轻敌,有机会想再认真地打一局。”

Guava 的用户等级从零级瞬间升至 SVIP,发言直接醒目居中,再也不会被淹没在洪流中了。

Guava.SVIP:“好。”

“房管你需要吗?”

Guava.SVIP:“不用。”

还是这么寡言冷酷,现在凌檬更想知道他大号是谁了。

单竺当然不会放任 Guava 一直刷存在感。

房管 Mangosteen：“主播，送猫咪庭院可以点歌吗？”

凌檬自暴自弃地认栽：“行行行，唱唱唱。你要听什么？我会的歌可不多。”

房管 Mangosteen：“那就会什么唱什么吧。”

凌檬在中华曲库里翻找了半天，找出一首自己还算拿手的。

“那就唱一首我还算比较喜欢的歌手的歌吧。”他无奈的声音伴着前奏响起，“爸爸堂堂一个游戏主播，愣是被你们逼成了娱乐主播，也是没谁了。”

“什么，你居然是游戏主播？”

“什么，这个娱乐主播原来会打游戏？！”

“不会唱歌的游戏主播不是好娱乐主播。”

单竺微笑着把耳机音量放大，听凌檬略显拘谨的声音从中传出来，宛如一个刚学唱歌的小学生，努力地咬好歌词中的每一个字。

“等你仰望，月亮之上，苍茫的天涯，守候皎白月光……”

13

当天晚上凌檬又给单竺发了个两百块钱的红包，发完后他自己也唾弃自己，简直像是个给回扣的。

对面依然秒收，还回了他一个“谢谢老板”的表情。

单竺：“明早想吃什么？”

凌檬：“馅饼……”

单竺：“你说的是，二食堂捏坏了的包子，拍扁烙成的馅饼？”

凌檬：“对……”

单竺：“好的老板，知道了老板。”

单竺：“下次不用发红包，唱首歌就抵了。”

凌檬：“今天还没唱够？我后来唱到嗓子都哑了。”

单竺："那明天再给你泡点胖大海。"

凌檬捂脸，这"芒团外卖"服务还挺到位。

他不知道的是，单竺同他发微信的时候，还在跟二房管私聊。

Mangosteen："泰迪同学。"

秋秋小泰迪："芒神，您讲！"

Mangosteen："你画的头像很可爱。"

秋秋小泰迪："这个你之前就说过了呀，啊，是又想要哪个表情头像了吗？"

Mangosteen："不，是万一还有别人想找你画……"

秋秋小泰迪："我懂你的意思了，放心吧！"

秋秋小泰迪："要是那个Guava真的找我，我就说我英语不好，给他画只香蕉！"

第五章

1

单竺早上来送馅饼的时候，还带来了一沓优惠券，拜托凌檬和室友在系里面发一发。

“这是什么？”

“这周末的文化节，我们租了个摊位卖芒果捞，请你的同学们来玩。”

文化节、迎新季、运动会和平安夜，统称湖朔大学城四大节庆日，每年都会在中央广场举行大规模的聚众撒欢活动。

去年这个时候，凌檬班弄了个鬼屋，凌檬负责扮鬼。他明明觉得自己化完装后很吓人了，可女生们一见他就哇哇大叫着喊萌，宁可在黑暗中开着闪光灯也要跟他合影，严重伤害了他身为“鬼”的自尊心。

今年，凌檬说什么也不扮鬼了。

中午下课，赶着去食堂的凌檬被系花拦住了。

“凌檬，你这个周末有空吗？”

凌檬：“有……有啊。”

“我们班女生打算在文化节上卖柠檬冰，如果你有空，可不可以过来帮忙呀？”

“啊？”凌檬有点蒙，“为什么找我？”

“因为你可爱啊，我们都觉得如果有你在，兴许能招揽不少女生来买。”

“我不可爱，我……我超凶。”

系花强忍笑意：“那么超凶的凌檬同学，请问你愿意吗？”

2

凌檬穿着白衬衫、黑马甲的侍者制服躲在摊位棚下刷手机。这制服不知道是班上女生从哪里租来的，马甲非常紧，即便凌檬这么瘦的人穿都有点透不过气来。

“同学，劳驾，一杯柠檬冰谢谢。”

“我们还没开摊……”凌檬说到一半发现不对，这声音的主人他太熟悉了。

果然一抬头，就看到同样一身执事打扮的单竺。区别在于单竺穿了一件黑色的长外套，衬托得他整个人更加挺拔修长。见惯了他穿便装加拖鞋的打扮，突然间制服上身，凌檬瞬间意识到帅这种属性是没有上限的，这让身为同性的他也有点嫉妒。

“你怎么在这儿？”

“你来了半天了，难道没发现隔壁就是我们的摊位吗？”单竺指了指隔壁摊前醒目的大芒果。

“呃……是啊，好巧哦。”凌檬才不想承认他从一来就坐在这里刷手机，根本就没有动过。

“领结。”单竺指了指他。

“什么？”

“系歪了。”

“啊？”凌檬伸手去正，结果弄得更歪了。

单竺弯下腰：“我帮你。”

凌檬放手让他去弄，随口抱怨：“这件马甲好紧，紧得我都快喘不过气了。”

单竺帮他调整好领结，又松了松马甲：“但是你穿很好看。”显得腰特别细。

“真的吗……”凌檬不敢苟同。

他的胸前别着一枚柠檬胸针，单竺顺手拨弄了一下：“柠檬也很可爱。”

“这是我们为顾客准备的小礼品，回头我也给你拿一枚。”

“凌檬！”系花捧着一摞传单过来，“拜托你把这些优惠券拿去广场发一下好吗？”

“正好我也要去，一起走吧。”单竺接道。

系花发现现场多了一位不认识的帅哥：“这位是……”

“隔壁摊位的学长，我朋友。”

“看来今天我们两边都不愁销量了。”

“啊，怎么看出来？”凌檬不明白。

系花把传单往凌檬怀里一塞：“趁还没开摊赶快去，等一下会忙的。”

凌檬红着脸接过来：“那我去了。”

两位制服帅哥同时出现在中央广场是很抢眼的，沿途有不少人偷偷掏出手机拍照。

“十一点钟方向有个小姐姐在拍我们。”凌檬看着路面，边走边说。

“你这个报点方式暴露了，只有星河玩家才爱说七点钟方向有盟友，四点钟方向有敌军。”

凌檬想了想，好像真是这么回事：“这能怪我吗？我本来就是个星河‘狗’。”

“要么装没看到，要么就把头转过去，大大方方地看镜头，然后微笑就好了。”

“你一个不露脸的网红，懂得比我还多。”凌檬嘟囔着，冷不丁一抬头跟拍照的人看了个对眼，急忙扯出一个僵硬的微笑。

现在是早上九点钟，游客已经陆陆续续入场了。像凌檬他们这样派发传单的人很多，拜这个颜控的世界所赐，他们递出去的传单很少被人拒接。然而凌檬的害羞体质是见到越是陌生的女生他越紧张，传单只敢往男生手里递，一有女生经过他就低下头装没看到。

“喜欢吃芒果捞和柠檬冰的大部分是女孩，你这样只送男生是不行的。”单竺用实际行动指导他，专挑女生来送。

凌檬顿时有了主意，跟在单竺的后面，单竺发一张他就见缝插针地塞一张，活像一个小跟班。

广场上的人越来越多，自然有胆大的女生主动上来讨要传单兼搭讪。

“这是你们的摊位吗？”

“是的，等下逛累了欢迎你过去坐坐。”单竺的邀请听起来很难让人拒绝。

女生低头看传单：“我最喜欢吃柠檬冰了，请问在哪里啊？”

单竺轻轻推了凌檬一把，凌檬条件反射地背出口：“在西区 A38，樱花树对面，摊前有个大柠檬很好认。除了柠檬冰，我们还有西瓜冰、草莓冰、柠檬茶、柚子茶和酸梅汤，凭优惠券可以满二十元减两元。”

他背书一样的回答成功逗乐了女生：“你也会在吗？”

“我……我等下就回去。”

“那我一定去。”

“哦……”凌檬努力憋出一句，“那我等你。”

凌檬转过头，发现单竺看他的眼神有点古怪。

“那我等你？你的撩妹技巧不是挺好吗？”

“我那是情急之下，想不出该说什么了。”

“你天天在游戏里自称爸爸，怎么见到女生这么紧张？”

“那能一样吗？游戏里都是糙汉子。”

“那你的女粉丝们呢？你对着她们也会害羞吗？”

凌檬觉得单竺这个问题问得有些莫名其妙：“我又不是你，哪有女粉丝啊？”

“你当然有，譬如说……你那个妈障粉，还有你的二房管。”

凌檬回想了一下：“哦……我都把她们当男生看。”

单竺叹气：“看来你只能在口头上当爸爸了。”

“什么意思？”

“没什么。”

3

单竺的同学洪茂丹正在搬芒果，远远看见单竺带着凌檬两手空空地回来了，一点也不意外他们这么快就把传单发完了。

“哟，柠爸！”单竺的朋友们没有不认识这位烟大网红的，隔得老远就开始起哄。

凌檬假装没听到往前走，洪茂丹大声招呼他：“柠爸，我请你吃芒果捞啊？”

凌檬立即折回来：“真的？”

“当然，我给你做个超大份的！”

“太好了，我最喜欢吃芒果捞了。”

后面的单竺友情提醒：“悠着点，他会把我们摊位吃空的。”

芒果很甜，泡在酸奶里，里面还加了西瓜、哈密瓜和西米露，凌檬赞不绝口。

“真的很好吃，你也尝尝。”他向搬着芒果箱路过的单竺推荐。单竺顺势一低头，把他刚刚舀起的一勺芒果吃掉了。

“嗯，好吃。”

他的本意是要单竺找洪茂丹要一份新的，没想到单竺直接就着自己用过的勺子吃，真是一点也不介意。现在轮到他纠结了，被单竺含过的勺子他还用不用呢？

系花半天等不到凌檬回来，扭头发现他在隔壁大快朵颐。

“太过分了，我好不容易找来一个男生帮忙，你们居然用一碗芒果捞就把人骗走了。”

洪茂丹见喊话的是个美女，也笑着回过去：“美女别生气，我也请你吃一碗。”

第一个客人上门了，她拿着两份优惠券，有些摇摆不定。

“我在隔壁点一份柠檬冰，在你这里吃芒果捞可以吗？”

“你就是在这里点一份芒果捞，去隔壁吃柠檬冰也没问题，我们两家是一家。”自来熟的洪茂丹这就不分彼此了。

洪茂丹的一句不分彼此让凌檬跟单竺马不停蹄地穿梭于两个摊位之间，这里有帅哥的消息透过社交软件传出去，一传十十传百，客人越来越多，而且百分之八十都是女生。

“我买一份柠檬冰、一份芒果捞，可以跟两位服务生小哥合影吗？”

还不等凌檬说话，单竺就把他给卖了：“没问题，客人的要求只要合理我们都会尽量满足。”

凌檬站在陌生的小姐姐身旁，僵硬地比了个“V”。

有人开了先河就有第二个、第三个，凌檬想不出其他姿势，统统一“V”到底。

也不是没有人认出凌檬。

“咦，你不是那个表情包吗？”

“真的不是，你认错人了。”凌檬面无表情地回。

“不可能！你鼓个腮帮子我看看。”

凌檬鼓起腮帮子。

“没错，就是你！”

继续合影。

“柠爸？我没瞎吧，真的是本人吗？”

已经放弃挣扎的凌檬：“不就是合影吗？来吧来吧。”

好在认出凌檬是柠爸的都是男生，凌檬也不那么拘谨了，反倒一脸嫌弃的表情。

合完影，凌檬回头找单竺，他早就躲到后面去了。他的声音太有辨识性，难保不会被星河玩家认出来。

如果传出芒神也在这里，凌檬心想：呵呵，芒果捞也不用卖了，直接收费合影吧。

客人越多，奇葩的要求也越多，譬如这位：

“我买一份柠檬冰、一份芒果捞，可以要这两位服务生小哥的合影吗？”

凌檬已经准备好比“V”，岂料对方并没有站到他们中间来。

“我是说，你们两个人的合影。”

凌檬无语：“这位小姐姐爱好有够特殊的。”

“爱美之心人皆有之，两个帅哥能收获双倍的快乐。”小姐姐念念有词，道理居然还让人无法反驳。

单竺：“没问题，顾客就是上帝。”

凌檬只好又摆出“V”字手。

“这个姿势有点愣，能再帅一点吗？”

“V”字游客手已经是凌檬能想到最帅的手势了，最后在小姐姐的安排下，二人背靠背，双手揣怀，面向镜头，像极了一对并肩作战的特工搭档。

还在场的顾客都被吸引了过来，举起手机抓拍，还评价凌檬："这边这位一看就是被反派抓走的人质。"

凌檬：……怎么就人质了，我也是特工！

"上帝"打包了五份柠檬冰和五份芒果捞高高兴兴地走了，两个摊位同步挂出"售罄"的告示牌。

凌檬瘫在桌子上，单竺在他身边坐下来，把私藏的最后一份冰激凌摆到他面前。

"累坏了吧？"

"主要是心累。"凌檬挣扎着爬起来，"想不到做主播和卖甜品都得曲线救国，人生真是太艰难了。

"对了，"凌檬伸出拳头，"手拿出来。"

一枚柠檬胸针落进单竺摊开的掌心里。

"我要得太晚了，所有赠品都发完了，只剩我戴的这一个了。你喜欢，送给你。"

4

今年的文化节红了两个人，一个是"芒果捞小哥"，一个是"柠檬冰小哥"，大学城内网论坛的活动专版被两个人的照片刷屏了一遍又一遍。

在捋清"柠檬冰小哥 = 表情包真身 = 网红男主播"的关系链后，又多了一股将内网照片转移到外网的"邪恶势力"。可想而知，星河论坛很快就炸开锅。

贴图："柠爸文化节返图专场，不断添加中，私照请打码，图多杀流量。"

视频："柠爸被抱起来的珍贵小视频！感谢不知名的土豪妹子的点单！"

闲聊：“今天摸到了柠爸本人！本人超级凶（真的萌）！”

求助：“谁有制服柠爸被一把抱起的正面高清照片？想求壁纸，万分感谢！”

贴图：“高调‘炫富’跟闺密去吃柠檬冰，摊主送了两个赠品，把闺密那个要来后同学又给了我一枚，三枚柠爸的同款柠檬胸针 Get ！”

讨论：“正经讨论，线上芒神线下芒果捞，论柠爸是不是对芒果情有独钟？”

闲聊：“刷了一早上论坛特别想吃芒果捞和柠檬冰的我是一个人吗？”

单竺不用上线都能预料到即将到来的血雨腥风。

青芒点点：“老大好！（微笑 . jpg）”

Mangosteen：“哟，改名了？”

青芒点点：“是呀。（微笑 . jpg）”

青芒点点：“新名字好听吗？（微笑 . jpg）”

Mangosteen：“还不错。”

青芒点点：“我懂，这件事怪不了老大。”

青芒点点：“毕竟芒果捞小哥太帅了，上次休闲装感觉还没那么强烈，换上制服后我也有一种爬墙的冲动。”

Mangosteen：“你是爬山虎吗？”

青芒点点：“上次的瓜娃也不错，技术高话不多，老大考虑考虑？”

Mangosteen：“你还是改名叫瓜娃点点吧。（再见 . jpg）”

5

Mangosteen：“今晚不直播。（微笑 . jpg）”

Fan A：“坐沙发，心疼芒神。”

Fan B：“芒神，我们懂你。”

Fan C：“心情不好就不要播了！出去走走，反正我们早就被鸽习惯了！”

Fan D：“今夜我们都是芒果人！”

Fan E：“一个微笑，隐藏了多少不可说。”

……

凌檬直播间里的人格外多，除了文化节被安利来的新粉，还有很多是隔壁过来抗议自家主播无心直播的芒粉。

“今天人好多啊。”凌檬没上微博，不知道发生了什么事。

“新粉举手！怎么装出经常看直播的样子，在线等！”

“上一个新粉第一次看直播，连刷了三个猫咪庭院。”

“嘀，文化节观光卡！吃过柠爸亲手端来的柠檬冰，就问你羡慕不羡慕，嫉妒不嫉妒？！”

“外地老粉求问，还有没有机会买到柠爸的同款柠檬胸针……”

凌檬：“那个胸针是赠品，都送光了，连我自己的都送人了。”

“假装不知道送给谁的样子。”

“反正不是送给我家芒神。（白眼 . jpg）”

“芒神伤心得都不直播了，唉。”

凌檬这才知道是怎么回事：“芒神鸽直播了？可能是有事吧，搞不好是约会去了？”

“跟谁约会？”

“跟空气约会，哇，空气，你好美哦。”

凌檬：“为什么你们就不能相信我跟朋友之间的友情呢？”

“社会你柠爸，交友遍天下！”

“友情送猫咪庭院。”

“友情抱。”

凌檬一张嘴，当然说不过几十万人，干脆不说了。

“不闲聊了，昨天预告的，今天带水友开黑，三缺二，有谁想上车？”

说着凌檬启动了客户端。

Guava.SVIP：“今天怎么不唱歌？”

凌檬暗自腹诽：“你对直播是有什么误解？”

“Guava 同学，我解释一下，我是游戏主播，大部分时间还是会打游戏。如果你喜欢听歌，隔壁有娱乐频道，那里有很多直播唱歌的主播，唱得都比我好听多了。”

Guava.SVIP：“想听你唱。”

凌檬：“可是我今晚答应带水友三黑了。”

Guava.SVIP：“那我想上车。”

“呃……”那是主播带水友，还是水友带主播呢？

Guava.SVIP：“一个庭院够车票吗？”

凌檬投降：“免票，免票，你别刷了，我拉你上车。”

三轮车上坐了两个人，还有一个位子空着。

“等下我在群里发一个邀请链接，准备好拼手速了吗？”

凌檬发出邀请，房间里秒多了一个人，那些没抢到车位的水友发出一阵哀号。

“呜呜呜……人家也想上柠爸的车。”

“别人家的网速，别人家的手速。”

“这是新人还是小号啊，等级好低，希望不坑。”

“柠爸加瓜娃二打四，还怕坑？”

Apple：“咦，是我抢到了吗？好幸运！”

别以为我不记得这是某个山竹的小号！装完芒果装苹果，难怪鸽直播！鸽直播就鸽直播，还让我背锅！

Apple：“好棒好棒，柠爸，我是你的脑残粉！”

“我能不能把他踢出去，换个正常的来？”凌檬征求大家的意见。

“能，能，能！”

“举手，这里求看到！”

“想不到柠爸对粉丝居然这么冷酷无情，无理取闹。”

Apple：“好，好，好，我不说话了，求不踢。”

凌檬心想等下一定要找机会阴他一回：“既然两个小号都没有战阶，那我们就打娱乐局了，准备好了吗？”

Apple：“准备好了！”

Guava：“开。”

凌檬替即将匹配到的对面默默点蜡——这哪里是辆柴油小三轮，这明明是辆重型装甲车！

——说好的主播带水友呢？说好的大神带粉丝呢？说好的我负责Carry（带）你负责喊666呢？一个个都比我强好多，这要本爸爸怎么炫技？

三十秒钟后，匹配结果出来，现场一片哗然。

对面同样是一辆三黑车队——“Cherry（樱桃）、Litchi（荔枝）、Pineapple（凤梨）”，隶属于FRUIT（水果）战队的三名职业选手，《星河传说》职业联赛上赛季的全国总冠军。

“围观大型车祸现场。”

“星河直播史上最惨烈车祸。”

“柠爸第一次带水友便遭遇碰瓷，这运气也是逆天了。”

“排位赛狙击芒神，娱乐局狙击FRUIT，这不是运气，这是柠爸非凡的实力！”

“快！现在集体刷‘你们男生打游戏好厉害哦’还来得及！”

“骗人的吧？高仿吧？”凌檬不信自己运气有这么好。

“柠爸，不要自欺欺人。”

“三个宇宙神级，好敬业的高仿号。”

“这年头高仿的竞争压力也这么大了吗？”

“现在车队的配置都这么豪华，还让普通玩家开黑吗？”凌檬嘴上佯装抱怨，内心却跃跃欲试。他属于对手越强越兴奋的类型，暗中其实抑制不住地在抖腿。

“柠爸也算普通玩家？”

“Guava 也算普通玩家？”

“Apple 也算普通……哦，算。”

对面的三个人看似比他们还兴奋。

联邦 Cherry：“Nice to meet you.（很高兴见到你。）”

联邦 Litchi：“帝国的朋友，你们好啊！”

联邦 Pineapple：“柠爸，我看过你的直播！我还有你的全套表情包！我是你的粉，么么哒！”

凌檬在心里吐槽：“你们身为职业玩家的偶像包袱呢！”

帝国 Lemon：“别怪爸爸不提醒，现在是直播，你们不介意吧？”

他才不像某个不厚道的家伙，隐瞒直播的事实，害他当众丢人。

联邦 Cherry：“不介意不介意。”

联邦 Litchi：“直播间的水友你们好啊！”

联邦 Pineapple：“关注我！我是你们的菠萝酱！”

帝国 Guava：“吵。”

Guava 一个字，对面立马消停，凌檬要对他刮目相看了。

“我在地图的十二点钟方向。”星河玩家的习惯就是开局报点。

帝国 Guava：“四点钟。”

帝国 Apple：“我在柠爸的左边往下一点。”

左边往下一点……往下一点……好吧。

凌檬：“别急，对手不好对付，让我酝酿一个战术。”

“柠爸酝酿战术！”

“大军事家柠爸！”

“职业玩家听了瑟瑟发抖。”

“你们两个发育，我负责游走。”凌檬讲完了战术。

“一句话战术，这局稳了。”

“‘浪’字拆开念——游走。”

“原来‘浪’还可以表达得这么优雅，学到了。”

凌檬凑齐一队士兵，朝三点钟方向 Litchi 的基地出发，出发前还拽了句英文。

“Come on！ You daddy is going to lang！（加油，你爸爸要去浪！）”

Guava 和 Apple 不约而同地发送了系统语音：“I cover you.（我掩护你。）”

“突然觉得这句系统音好苏。”

“倾帝国资源护你‘浪’得周全。”

“举全军之力保你一路平安。”

“横批：You lang，I cover.（你浪，我掩护。）”

凌檬明目张胆的突袭被联邦的侦查犬探知，队友向 Litchi 的基地派遣了援军，打算让凌檬有来无回。

岂料凌檬走到半路突然掉头，直奔 Pineapple 的老家去。Pineapple 为支援 Litchi 不被发现，特地绕路前行，待发现凌檬的真正意图后回防不及，被凌檬收割掉所有的狗（游戏道具）和近一半的矿车，有了一个损失惨重的开局。

联邦 Pineapple：“柠爸，好坏。”

他一边发着卖萌的表情，一边不依不饶地追击凌檬的残血部队，至少也要互换一波才能挽回点损失。

凌檬像狡兔一样东奔西走，没回基地修整，反而绕道去了 Apple 所在的“左边往下一点”。

Pineapple 没把 Apple 这个白板账号放在眼里，新手大多开局全力收集资源，不会冒险出兵，防御能力自然一般，遇到这种突发情况更是容易慌乱送死。Pineapple 打好了收割完柠爸再顺势照顾下对面矿区的主意，谁让柠爸故意把自己引到这边的。

凌檬的企图也被直播间众人看出来了，纷纷谴责这个坑自家水友的无良主播。

“人家主播带飞，咱家主播带躺，而且是真的躺。”

“连新手都坑，柠爸你怎么下得去手？！”

凌檬理直气壮：“要让新人见证一下这个游戏的残酷，才能激发出逆流而上的斗志，温室里的花朵是长不大的。”

Pineapple 长驱直入，眼看要达成漂亮逆转，却被先前不见踪影的 Apple 的部队从背后包抄，Lemon 残兵瞬间调头反攻，两个人配合着打出了一波完美的瓮中捉鳖。

“看，爸爸的良苦用心是不是别有成效？”凌檬这种时候都不忘吹嘘自己。

“爸爸负责坑蒙拐骗，队友全靠自学成才。”

联邦 Pineapple：“柠爸，又套路我。”

帝国 Lemon：“虽然我家 Apple 比你少了个 Pine，但也不是那么好对付的。”

“我被夹击团灭了。”电脑前的薄落向副队哭诉。

应涛头也没回，轻敌就该付出轻敌的代价。

“小心点，那个 Apple 可不是省油的灯。”

“这年头流行开小号骗人吗？呜呜呜。”

“我们白白埋伏了，”历智建议，“要不去下路晃一圈？”

“去自寻死路吗？”应涛不同意，“Lemon 空巢，去上路。”

“他们应该上路偷袭我去了。”凌檬慢悠悠地带着残兵往回走，“Guava，你到位了吗？”

就在刚刚双方在 Apple 基地混战的时候，凌檬留意到 Guava 把一队枪兵驻扎进了自己老家，瞬间领悟了他的意图——Cherry 和 Litchi 等不到他来，一定会上路骚扰，他家大门全敞开，就差没唱《柠檬欢迎你》了。

帝国 Guava：“1。”

凌檬听了更是不慌不忙，还顺道去探了一下地图，有个靠谱的队友就是放心。不，是两个。

心情愉悦的凌檬随口哼起了歌，弥补一下Guava没有被满足的缺失。

“我家大门常打开，开放怀抱等你。拥抱过就有了默契，你会长眠这里。”

“一个被打游戏耽误了歌唱事业的娱乐主播。”

“就爱看娱乐主播打游戏。”

“有谁了解FRUIT这个战队吗？”凌檬边补兵边聊天，“职业比赛我看得比较少。”

“FRUIT主力有五个人，Cherry是副队，另外两个是成员。Cherry擅长防守，Pineapple擅长辅助，Litchi各方面比较均衡。”

“应涛是队里年龄最大的，再打两年估计该退役了。”

“历智1V1特别强，没入队以前是国服单挑路人王。”

“薄落每次比赛，输了难过哭，赢了激动哭，就是一哭包。柠爸，你可不要把人打哭了。”

凌檬补习了很多战队知识后，开口道：“爸爸会尽量手下留情的。”

“但FRUIT的核心还是队长，那种水平只能用恐怖来形容。”

“拿总冠军MVP的时候被解说形容成‘攻防无死角的选手’。”

“唯独异人是短板，所以FRUIT大型赛事能避开异人的局都会避开。”

“还好这次对面没有他，不然可以开局GG。”

凌檬当然听说过这位国服现阶段排名第一的王者，只是没想到王者的年龄这么小。

凌檬：“果然是英雄出少年啊，爸爸老了。”

“不，爸爸，你不老！”

“爸爸还能再战八十年！”

帝国Apple：“柠爸八十年后也要带我飞。”

“你让我飞得起来再说，没看到我现在就被揍成狗了？”

随着战况变激烈，凌檬应对得有点吃力。对面毕竟是职业选手，虽然开局大意连环被套，但很快就调整好了节奏。丰富的经验和默契的配合让联邦逆风发育，到现在双方资源再次打平，甚至有反超的迹象。

“我出不了鹰了，后期靠你们 carry 了。”凌檬把现有资源都换成帝国巡洋舰和装甲武士。

帝国 Guava：“等我一起。”

凌檬和 Guava 同时出军进攻发育最落后的 Pineapple，Litchi 派兵支援，四支部队在地图中央正面交火，帝国方稍胜一筹，逐步推进，直到把 Pineapple 推回老家。

与此同时，凌檬的基地也受到了“Cherry”的袭击，他放弃回防，消耗所有大招及能量只为摧毁“Pineapple”。

“Litchi”见“Pineapple”败事已成定局，毫不恋战，迅速撤走，赶去正北方伙同队友一起铲平凌檬的领地。等凌檬攻下这边，自己的基地也被大规模摧毁，尚存的几个建筑全部残血，重新修建已不划算了。

联邦 Pineapple：“柠爸，你好残忍……”

帝国 Lemon：“别这么说，爸爸也无家可归了。”

帝国 Guava：“过来。”

帝国 Apple：“柠爸来我这儿，我保护你！”

凌檬分析局势，选择了相对安全的“左边往下一点”。

“柠爸无情拒绝瓜娃的邀请，转投苹果的怀抱。”

“柠爸直播开黑，carry 全靠水友。”

“别人家主播直播带水友，我们家主播直播被水友带。”

凌檬逃到单竺家后，发现 Guava 趁这点时间居然又去把 Litchi 的三个副矿点全部端掉，越发觉得此人的能力深不可测。

凌檬：“如果这是正式比赛，我宁可对面的人是 FRUIT，也不要是 Guava。”

“我也发现了，Guava 才是全场 carry。”

“主播以后还是负责唱歌吧。”

“我觉得我们这局搞不好能赢。”凌檬短暂修整了一下后迅速补兵再出发，这回他使了个阴招，在Cherry和Litchi中间隐蔽的地方修了个传送门。

帝国Guava：“先推Litchi。”

帝国Apple：“柠爸让我推哪儿，我就推哪儿。”

“听Guava的，先打Litchi。Guava从前面攻，我们从后面包抄。”

单竺的部队源源不绝地从传送门抵达战场，有两种空中兵种和四种地面兵种，每一种都数量不菲。弹幕里讨论Apple的声音越来越多。

“这是新手？这是小号吧。”

“刚才说Apple是普通玩家的人还在吗？”

“柠爸开辆黑车，上来两个大神小号，这是什么概率？”

凌檬打开监控面板，红点闪烁频率代表着己方每个人的实时手速。Apple已过三百五，而Guava更是达到了恐怖的四百加。

“这手速，职业玩家啊……”

“我们真的不是在观看职业比赛吗？”

“快看Apple，开脉冲激光炮了！”

“哇！一招秒一个，这也太准了吧！”

“在APM（手速）这么高的情况下还能保持这种精准度，柠爸的直播间真是藏龙卧虎，敢问普通水友以后谁还敢上车？”

凌檬的兵力有限，围绕Litchi的领地不停地修建星门，每修建一个星门就会有十数个血薄但行动很快的刺刀兵加入战场，Litchi必须点对点地把这些兵点掉。这种操作在平时很容易，但大型战役中会极度干扰对手的注意力。

“Cherry的飞行部队在七点钟方向！”凌檬随时随刻留意着全局并通报给盟军。

帝国Guava：“我来。”

Guava 的一小批仲裁舰掉头，将 Cherry 的大部队拦截在战场外，凌檬只能偶尔切镜头扫一眼，每一次都能捕捉到漂亮得令人惊叹的甩尾扫射。

“以一当百啊这是。”

“国服能有几个人有这样的操作？”

“太想知道 Guava 大号是谁了。”

“我也想，但我现在更想赢。”凌檬的手速从来没这么快过，左手小指几乎要抽筋，“那个装疯卖傻的 Apple，这局要是输了我就曝光你的真实身份，你自己看着办吧。”

“信息量巨大！”

“柠爸认识 Apple？”

“不想让柠爸输，却又想知道 Apple 是谁，好矛盾。”

Apple 仿佛是受到这句话的威胁，在战场中央竖起了光子炮塔。

还可以这么玩的?

在 Apple 的光子攻击下，耳机中频频传出系统提示音——

“Shut down（往下推）！”

“Shut down！”

“Destroyed（被摧毁了）！”

Guava 的手速慢了下来，似乎在观察队友的行动。凌檬再一次感叹单竺可怕的计算能力，要知道光子炮塔很难瞄准，实战中通常是用来防守或者攻击固定目标的。

“很好很好，保持这个势头我们就赢了！

“能打过职业队，要我直播唱什么都行。

“给你们跳个舞吧。”凌檬激动之下说话都是不计后果的。

“叮咚”一声低响，Cherry 航母出征，Litchi 的主基地还有三分之一的血量，Pineapple 的残余部队已全军覆没。

“快快快，我们的终极兵器呢？”

接连两声，Guava 和 Apple 的帝国之鹰先后加入战斗，终极兵器二对一，联邦已没有胜算，Cherry 投降。

联邦 Cherry：“GG。”

终于等来这句话，凌檬烫手似的扔了鼠标，拼命甩着几乎要抽筋的手。

“爸爸这辈子值了。”

“打赢职业玩家队，够不够我吹一辈子？”

“临终关怀？没有临终关怀，手都要抽筋了。”

帝国 Apple：“我给你揉一下！”

“哼哼……”凌檬发出意味不明的声音，让屏幕前的观众们更加好奇。水友们对“打赢职业队伍”这样的大事已漠不关心，只想对 Apple 的身份刨根问底。

凌檬陷害了几次单竺都未遂，此时又起了促狭之心，非得整他一次不可。

“既然大家这么好奇，我不妨就说了。”

房间 Apple：“不要这样。”

房间 Apple：“不是已经给你赢了吗？”

群众不停地起哄。

“说说说！”

“柠爸今天两米八！”

“说了就可以免除跳舞了！”

凌檬卖足了关子，邪魅一笑：“还记得我说过，芒果捞小哥打星河很厉害吗？”

6

神秘的 Apple 竟然是今日绯闻主角芒果捞小哥？现场一秒沸腾。

“真的假的？我不信！凭什么帅哥打游戏还那么厉害？让我这种不帅又不厉害的怎么活？！”

“从今天比赛的过程来看，芒果捞小哥和芒神的技术确实不相伯仲啊，难怪柠爸说两个人谁厉害不好说。”

“好想看这两个人 PK 一局。”

“求 Mangosteen 约战 Apple！是男人就堂堂正正地一决胜负！”

“奖品是一个柠檬吗？”

放在桌上的手机突然振动了一下，单竺在微信上发来一个委屈的表情。

单竺：“檬檬，你又卖我。（委屈 .jpg）”

凌檬看到消息，嘴角不受控制地上扬。

凌檬：“谁叫你精分还让我背锅。（略略略 .jpg）”

单竺：“我是故意造成你粉丝很厉害的假象，好让一些想挑战你的人知难而退。”

凌檬曲起腿蜷进椅子里，浑然忘我地跟单竺聊起了天。

凌檬：“敢情我要是不揭穿你，下次你还能再变个猕猴桃？”

凌檬：“现在群众的呼声好高，要不要发微博再约一场芒果的比赛来个左右互搏？”

凌檬：“你有没有气成一只河豚哦？给我瞧瞧。”

凌檬对自己现在这副投入的样子毫无意识，现场的几十万观众却看得一清二楚。主播溜号，观众自发聊得火热。

“柠爸的酒窝有酒。”

“你有酒，你还有故事吗？”

“浑身散发着柠檬味荷尔蒙的柠爸。”

“这个笑容有一种让人刷猫咪庭院的冲动。”

凌檬一回神想起自己还在直播中，抬头发现直播画面中的那个人确实笑得荡漾。

他立刻拍了拍自己的脸，强行扳成严肃的表情，可这严肃还没维持三秒又恢复原状，就像嘴角是铁而眼角是吸铁石，不受控制地傻笑。

“别笑了，再笑我要醉了。”

凌檬：“瞎带什么节奏呢？我笑是因为打赢职业队高兴行不行？

“二房管呢？二房管管这些带节奏的。”

房管秋秋小泰迪：“回柠爸，二房管已经醉得不省人事，管不了了。”

“就喜欢你这种带头带节奏的房管。”

单竺：“是不是开始怀念有大房管在的日子了？”

怎么忘了这家伙也在直播间窥屏，凌檬当即隔空比了个心。

“天哪！清流主播比心啦！”

“天哪！清流主播对着‘你懂’比心啦！”

“严肃警告这位主播，直播间是拿来直播的！”

“爸爸真的要禁言了啊。”凌檬努力板起脸，“不要以为大房管不在，就没人能管你们了。”

“哇，柠爸居然还能想起来大房管。”

“大房管都被你气走了。”

“从来只闻新人笑，有谁听到旧人哭。”

凌檬：“而且我赌一车芒果，你们大房管不会找 Apple 约战的。”

“为什么？我芒神才不是那么胆小的人呢。”

Guava：“Apple.”

要不是 Guava 突然说话，凌檬都忘了他们三个人还在小黑屋里。

Apple：“嗯？”

Guava：“来单挑。”

“喵喵喵？”

“这是……新一轮的血雨腥风？”

Guava：“我将代替芒神出战！”

“好久没见过这么热闹的修罗场了，我柠爸魅力惊人。”

“Guava同学你要做什么？”凌檬问。

Guava：“他打得不错。”

Apple：“谢谢夸奖。”

凌檬看懂了，敢情Guava是个游戏痴，看到高手就技痒。刚才那一局结尾单竺打得太漂亮了，难怪Guava要下战帖。

Apple：“但是我现在打不了。”

凌檬想起来，忙帮他说话：“是啊Guava，他手不好，不能长时间打游戏的。”

弹幕——

“柠爸好了解啊！”

“竟从中听出一丝维护的意思，这是我的错觉吗？”

“只听出两个人关系很好的事实。”

Guava：“那好吧。”

Guava：“你想打职业吗？”

Apple：“……”

不止单竺很无语，连凌檬听了都很无语，这个Guava是有拉人入伙的嗜好吗？

Apple：“不能，我手不好。”

倒是个前后呼应的好理由。

“Guava，我好奇地问一嘴，你们战队现在是缺人吗？”

Guava：“不缺。”

“那你为什么总问人想不想打职业？”

Guava：“可以替补。”

Guava：“也没有总问。”

“好吧……”也就问了两次，问的还是同一个人。

Guava：“不过你想来也可以。”

凌檬想笑：“我这种水平去职业战队能做什么啊？”

Guava：“吉祥物。”

没有这么凶的吉祥物好吗？！

7

手机再次响起。

霍龙国：“檬檬快下播，导员突击查寝，已经到刘连他们寝室了。”

“我这边有点突发情况，先下播了，明天见。”接到室友通风报信的凌檬匆忙结束直播，赶在导员到来之前把桌面杂乱的东西粗暴地塞进抽屉里，垃圾丢进垃圾桶里，被子一卷就算是叠过了。横竖男生寝室卫生状况都差不多，这种程度足以应付过关了。

导员来了，巡视一圈后没发现什么问题。

“凌檬不去上自习在寝室里做什么？打游戏呢？”

“没有没有，”凌檬忙否认，“我背英语单词呢。”

导员点头认可：“要考四级了，单词是要好好背一背。”

导员常规性交代了几句宿舍安全问题，正要离开，视线扫到抽屉边缘夹有某样可疑的东西。

“那是什么？”

凌檬扭头一看，顿时倒吸一口凉气。他刚刚往抽屉里塞东西的时候，没注意到有一个东西被挤出来，不多不少恰好露出一个角。

“那个……那个是……”凌檬慌乱中不知该如何解释。

导员的脸板了起来：“打开。”

凌檬只好蔫头耷脑地打开抽屉，这回怕是解释不清了。

“这是怎么回事？”导员指着抽屉里的东西，不客气地质问。

“导员，不是您想的那样。”

“那你藏着做什么？”

“这是上次跟人打赌我输了，对方为了整我让我去买的。我说的都是实话，您可以去问霍龙国，他能帮我证明。”

导员见他态度诚恳，平时又比较乖，勉强信了。

“你们男生玩起来就没个分寸，这种东西适合出现在宿舍吗？”

“不适合不适合。”

“还不赶快处理掉。”

“就处理就处理。”

“这次就这么算了。”

“谢谢导员，我已经深刻认识到错误，绝对不会再犯。”凌檬边承认错误，边在心里把罪魁祸首单竺鞭笞一百遍。

两个人说话时凌檬的手机一直在振动，凌檬当然没空理会。片刻后，手机消停了，桌面上却自动弹出一个企鹅窗口。

“浊流主播给您发送了一个窗口抖动。”

导员：“浊流主播？”

凌檬——我能怎么办啊？我也很绝望啊！

8

单竺照例来送早餐，凌檬的床却是空的。他有点意外，今早凌檬没有课，按理不会起这么早才对。

“檬檬啊？你去操场找他吧，他跑步去了。”室友给他指路。

“跑步？”真是天降红雨，宅男居然会晨起跑步？

“不是马上要开校运会了吗？他得训练啊。”

“我没想过檬檬还会参加运动会，什么项目？”

“五千米长跑。”

见单竺一脸不信的表情，室友哈哈大笑：“上大一的时候，我们所有人听到后跟你一样，也是这种反应。你去找他吧，搞不好这会儿都要跑完了。”

早晨的操场上没有太多人，穿一身鹅黄色运动装的凌檬还是很醒目的。单竺远远瞧见了凌檬的身影，在宽阔跑道的衬托下显得很小一只。很难想象这样的凌檬，居然会参加运动会上绝大多数人敬而远之的长跑项目。

慢跑中的凌檬转过弯道，单竺下意识地退后一步，站到树影里。

凌檬没有发现单竺，径直从单竺身边不远的地方跑过。单竺远远注视着，直到他跑完三圈后才停下来。

“咦，你什么时候来的？”凌檬意外地看着向他走过来的单竺。

“你跑到倒数第三圈的时候。”

“哦……我一共也就跑了八圈。”凌檬的呼吸还没稳呢，就对单竺手里的早餐产生了兴趣，“今早吃什么，蛋饼？太好了，我最喜欢吃蛋饼了。”

凌檬对食物的热情也是单竺坚持给他带早餐的动力之一，无论买什么他都会特别真诚地说“我最喜欢吃这个了”，让人觉得为他付出很值。

“你刚跑完，缓一缓再吃。”单竺没有给他，自己拎着，陪他到操场边做拉伸。

“对了，你是怎么找来这里的？”凌檬边拉伸边问。

“你室友说你在备战运动会。”

“他这么跟你说的？”凌檬转了转眼珠子，似乎想起什么，一拳捶在了单竺的胸口，“还不都怪你。”

“怎么又怪我了？”

“哪里是我主动要练，分明是我们导员要求我从今天开始每天晨跑，一直跑到运动会开始。我本来就打算运动会开始前三天随便跑跑的。”

“你们导员还抓运动会？”

“他昨晚突击查寝，不小心被他发现了我抽屉里放的那十二个安全套。就他那种封建思想，连大学生谈恋爱都要管，哪容得下这个？”

单竺想象了一下那个场面，莫名想笑。

“你还好意思笑？本来这事我也应付过去了，谁知道你突然在 QQ 上弹我，又被他抓个了正着。”

“我 QQ 弹你又有什么问题？”单竺纳闷了，这导员未免也太过苛刻，“你突然说有急事下播，微信问你不回，我担心你就弹窗试试看了。”

这回凌檬有点心虚地说：“还不是因为我把你的备注改成了浊流主播……”

“哈哈哈。”

“别笑！”凌檬埋怨他，“就因为这件事我被导员带去办公室促膝长谈，他给我讲了很多年轻人沉迷网络色情的危害。你说我是不是每次碰上你就倒霉，之前直播时那样，现在又这样。”

“还真是有点惨。为了补偿，明天开始我陪你跑吧。”

凌檬扫了一眼他脚上的拖鞋，不置可否。

“你放心，跑步我肯定不穿这个。”

9

单竺真如他所说，每天早晨六点钟就在宿舍楼下等凌檬，两个人结伴晨跑。跑完后一起去二食堂吃早餐，然后各自去上课或回宿舍。

运动会当天，单竺见识到了凌檬现实中的人气。男子五千米是运动会的压轴项目，能参加这个项目的人往往会受到系里同学们众星捧月的待遇。

“檬檬，别紧张，哥哥给你揉揉腿放松放松。”这是凌檬的室友霍龙国同学。

“赛前要保持肌肉紧张，放松还跑什么？”

“檬檬，加油跑，拿了第一爸爸请你吃饭。”这是被凌檬传染的隔壁寝室刘连同学。

“滚！”

“凌檬，这是给你买的巧克力，一定要加油哦！”

“谢……谢谢……”

这是系花曹枚同学无误了。

作为啦啦队唯一的外援单竺，隔着一段距离，看凌檬被男男女女围在中间百般关照，感觉自己走不进那个圈子。

凌檬偶然从人群的缝隙中发现了单竺，两个人交换了一个眼神。凌檬笑着向他挥了挥手，单竺仅有的一点失落瞬间被凌檬的笑容驱散。他举起拳头，向凌檬做了一个“加油”的手势。

凉风习习，云层遮住太阳。上天眷顾，这是最适合长跑的天气。

一声枪响后，凌檬随着大部队离开起跑线，聚在一起的人群随着距离拉长逐渐疏散开，慢慢由一群变成了一线。凌檬落在队尾梯队，却不疾不徐地跑着。

“没想到吧，檬檬那样的小身板还能跑长跑。”霍龙国在比赛过程中跟单竺闲聊。

“确实没有想到。”

“上大一的时候，大家互相不了解，运动会报名全凭自愿。凌檬主动报五千米的时候可把全系同学感动坏了，以为他是抱着牺牲自己拯救大家的心态去充数的，结果你猜怎么着？”

“怎么？”

“那小子跑了第一！看不出来吧，人不可貌相。”

单竺的视线锁定远处单薄的身影，哪怕他前面后面都是人，他还是能一眼就找到凌檬。

选手之间的距离拉得越来越远，第一名领先最后一名将近大半圈。单竺有点为凌檬担忧，他很难相信霍龙国口中的上届冠军是凌檬这个事实。

霍龙国倒是满怀信心，每次凌檬经过时都高喊着加油为他鼓气。

“檬檬，水！”赛程过半，霍龙国借机把拧开的矿泉水瓶递给他。

凌檬脚不停歇地接了，含了一口在嘴里，剩下的胡乱浇在头上，顺手一抛，正好抛到小跑跟在旁边的单竺手里。

“檬檬，加油！”单竺接过瓶子，不顾被溅湿的衣服，冲着他的背影喊。

四百一圈的跑道，五千米要跑十二圈半，到后半程的时候，少部分选手明显体力不支，包括从一开始就跑在前面的同学也渐渐落后了。而凌檬发挥稳定，反倒从队末升到了中间。

倒数第三圈，凌檬以肉眼可见的速度加速了，霍龙国克制不住地高呼：“檬檬，加油！超过前面的人，超过他！”

凌檬迈着稳健的步伐持续前进，从一个又一个领先于他的选手外圈跑过。有那不甘心的还想加速竞争一把，却奈何体力到达极限，很快就被凌檬甩到身后。

“套圈了！套圈了！”远处的同学们在喊，跑在第一的选手套了最后一名整整一圈，而凌檬也成功跑进最后一圈，在他前面的选手只有三个人了。

“加油，檬檬，加油！超过他，我管你叫爸爸！”

单竺耳边充斥着各种加油声，其中以霍龙国粗壮的声音最为突出。

兴许是接收到了这样的讯号，凌檬脚下的步伐加快，第三名也败下阵来。保持这样的势头，他最差也能拿块铜牌。然而凌檬显然不满足，还在奋起直追，以惊人的后劲超过了第二名。

单竺骤然变得激动起来，心跳奇快无比。哪怕是旁观自己系上同学的比赛，他也不曾有过这种与选手共情的感受，仿佛在那里跑的不是凌檬，而是他自己。

他拔腿朝终点跑去，在终点线后拼命呼喊凌檬的名字。尽管这声音淹没于一片加油海中，他还是希望自己的声音能被凌檬听到。

凌檬开始冲刺了，他与第一名还有十米的距离，五米、三米、一米……

“檬檬，加油！”现在，就连单竺都听不到自己的声音了。

凌檬并不高大的身体里仿佛蕴含着无限的力量，在这一刻统统爆发出来。云层裂开一道口子，阳光借缝挤入，大地回暖。除了源于阳光，还有运动场上的热情。

凌檬追上了第一名，保持了大半程领先的第一名当然不会将唾手可得的冠军拱手让出，两个人并排冲刺，速度几乎可以媲美百米赛跑。

“加油加油！檬檬，加油！”单竺声嘶力竭地呼喊着，同时欣喜若狂地看着凌檬速度不慢反快。而与他并列的选手显然无法长期保持这样疯狂的冲刺速度，眼睁睁看着自己落后半个身位、一个身位……终于在距离终点一步之遥的地方无缘冠军。

稳稳跑在第一的凌檬以领先第二名将近十米的差距，毫无悬念地冲过了终点线。单竺在他过线的一瞬间与他并排起跑，及时稳住对方由于速度过快而短暂踉跄的步伐，帮他缓冲掉冲刺的惯性。

“太棒了！你太棒了！”单竺罕见地情绪激动，恨不能把凌檬抱起来原地旋转三百六十度才能表达他此刻的心情。他现在十分理解凌檬怒亲显示器的举动。

凌檬喘得很急，浑身散发着运动后青春的热气。单竺架起他的胳膊，搀扶着他在跑道上慢慢行走。

“檬檬，你太棒了！”一个硕大的身躯从后面扑上来，险些把双腿乏力的凌檬扑倒在地。

霍龙国激动地搂住凌檬的脖子，另一只手在他本就凌乱的头发上揉来揉去：“你怎么这么棒啊！你太厉害了！”

更多凌檬的同学涌上来，抢着挤到凌檬和单竺的中间。凌檬的手臂被迫渐渐脱离单竺的肩膀，很快单竺就被挤出一个身位的距离，然后越来越远，越来越远。

为班级带来荣耀的功臣被激动的同学们紧紧围绕在中央，身边已经没有了单竺的立足之地。

落在人群外的单竺站定了，注视着同学们欢天喜地地簇拥着凌檬离开。阳光洒落，金黄色的凌檬散发着金黄色的光。

突然，金黄色的凌檬转过头，冲一段距离外的单竺举起疲惫的手，笑着挥了挥。

单竺从心底扬起喜悦，模仿凌檬的动作，同样微笑着朝他挥了挥手。

这天晚上，向来只聊游戏和直播的芒神微博上罕见地多出一条画风迥异，宛如鸡汤一般的文字。

Mangosteen：“欣赏一个会发光的人，就会分不清，究竟是仰慕给眼睛蒙上了滤镜，还是他本身就是光源。”

10

凌檬反复看了几遍单竺的微博，手机正过来看完又倒过来看，没弄懂他是什么意思。

凌檬：“你的微博账号是被盗了吗？”

单竺迟迟没有回复，凌檬想，难不成是他的手机被偷了，连同微博也一起被盗用了？

等单竺发来消息时，凌檬已经午睡结束了。

单竺：“没有。”

单竺：“跟朋友出去玩了，刚看到。”

凌檬生气，什么朋友哦，玩得这么专心，连手机都不看？难道世界上还有比手机更好玩的东西吗？

凌檬：“哦，你突然抄了个鸡汤段子，吓我一跳。”

单竺：“不是抄的。”

凌檬：“啊？”

单竺：“有感而发。”

有感而发？是什么人让他产生了这样的感想，让他专心致志地出去玩，都不理自己了？

以后估计都没有“芒团外卖”了，单竺每天会给另一个人送早餐了。

凌檬又把单竺的微博翻出来左看右看，心想，一个会发光的人？什么人？秃头吗？

室友们陆续收拾东西回家。第二天是端午，凌檬的室友全是本地人，都承诺回来之后给凌檬带好吃的。不消几个时辰，寝室里就只剩下凌檬一个人了。

一个人过节的凌檬特别想家，他在一家三口的微信群里呼唤亲妈。

檬檬:“妈，粽子节快乐！我想吃肉粽了，这边的粽子都是甜的！”

檬檬妈：“儿子，你老实交代。”

檬檬：“啥？”

檬檬妈：“你是不是有女朋友了？”

檬檬：“哈？”

檬檬妈：“还做了对不起人家的事？”

檬檬：“啊？”

檬檬妈发来表情包“叫爸爸”。

檬檬：“不是的！妈，你听我解释！”

檬檬妈又发来“爸爸不听”表情包。

檬檬妈继续发“爸爸不需要解释”表情包。

檬檬：“为什么连妈都刷起表情包了啊？爸，你看看她！”

檬檬爸：“儿子长大了。”附带“爸爸很欣慰”的表情包。

檬檬：“爸？！”

第六章

1

一个人过节的凌檬不孤单，还有直播间的几十万水友陪着他。过节还来看直播的人都是真爱，凌檬计划着要给真爱们一些福利。

“不是有很多主播直播吃东西吗？我今晚就直播吃东西好不好？”

“好呀好呀，直播吃粽子！”

“粽子就算了，我们食堂的粽子都是甜的。对了，我直播吃二食堂的包子吧，吃两个！”

“诚意呢？人家主播直播吃东西，起码要吃三十个包子！”

“别闹，那可是我们学校二食堂的包子，吃一个是战士，吃两个是勇士。”

“要是吃三个呢？”

“那就是‘壮士’了。”

就这么愉快地决定了。凌檬留了个“主播去买包子”的 TXT 在桌面，然后奔去二食堂买了两个包子，还顺路在隔壁二食堂附属大药房买了药，以备不时之需。

“给你们展示一下传说中的二食堂的包子。”凌檬把包子凑近摄像头，三百六十度全方位展示了一遍。

“哎？看着还不错，比我想象中好多了。”

“看着很大个，也没有露馅，比我包得好多了。”

“那是因为露馅的都改成馅饼了。”凌檬拿起其中一个，“我要开吃了。”

第一口咬下去，没咬到馅。第二口咬下去，才初见端倪。

“好像是……梅菜扣肉馅的？”

“等等！你买的包子你不知道什么馅吗？”

“二食堂所有的包子都是混在一起卖的，买到什么就吃什么，跟抽奖一样，运气好的话也能买到好吃的。”

他边吃边评论：“像这个味道的就不错。”

“从没吃过梅菜扣肉馅的包子，那是什么鬼？”

“举手！我吃过梅菜肉干馅的，还挺好吃。”

“梅菜鸭丁的也不错。”

“有梅菜的包子都不会太难吃。”

弹幕风向变成了讨论各地美食。

凌檬：“因为有时候大厨会把其他窗口上一顿没卖完的菜包成包子，我估计这个就是。”

“那岂不是吃的是剩菜？”

“这你们就不懂了吧？剩菜可比他们现做的馅要好吃多了。”

“天哪，这是怎样一种逆天的厨艺？！”

凌檬很开心：“今天运气不错，是不是端午给学生改善伙食呀？”

“看柠爸吃东西好有胃口。”

“+1，就算是二食堂包子，都让我跃跃欲试。”

“柠爸以后就直播吃饭和唱歌好吗？打游戏什么的让芒神来。”

话题一秒从美食档转到了八卦档。

“芒神的微博是真的被盗了吗？”

“今天没直播也没通知。”

“没直播是因为过节去了吧？”

“没有被盗，”凌檬看到弹幕，“我问过他了。”

“哎？”

“发光的人是说的柠爸吗？”

“不是啊，我又不会发光。”凌檬否认，“会发光的是什么？萤火虫成精吗？”

“好久没见毒舌柠爸！”

“我柠爸是仓鼠成精。”

“不是河豚成精？”

凌檬想说“你们芒神有意中人了”，又想到万一有芒神的女友粉在看直播，害人伤心多不好，索性不提。

“第一个包子很好吃，我对第二个也很有信心。”

凌檬信心满满地吃起了第二个。

“嗯，这是……”凌檬皱起眉头，“甜的？”

“甜包子？南瓜馅？”

“既然都有梅菜扣肉馅，搞不好这个是糖醋里脊馅的。”

“我投拔丝地瓜一票。”

“不不，”凌檬摆手，刚啃过包子的上唇还沾了一点奶油，“这里面不是菜，是奶油。”

“奶油？谁家包子里会放奶油？”

“甜品包吗？”

"柠爸，嘴巴上沾了东西。"

凌檬把嘴唇上的奶油舔掉。

"舔奶油的柠爸！好萌！"

"有人截了动图吗？求发！"

"是因为我今天说了想吃肉粽不想吃甜粽，遭到食物的报复了吗？"凌檬郁闷。

"什么，柠爸居然吃咸粽？我们没办法做朋友了……"

"哈哈哈！咸粽党头顶青天！"

"我家的肉粽可好吃了，给柠爸寄一点呀？"

凌檬表情凝重地盯着被咬开的包子半晌："我想我知道这是什么馅的了。"

他把包子凑近摄像头，好让观众看得清楚点："是芒果班戟馅。"

"刷新世界观！"

"芒果班戟……居然可以做成包子！"

"等等！高温蒸过的芒果和奶油……还能吃吗？"

"我们这里的芒果班戟都是冷藏保存的啊！"

"酸，真的酸。"凌檬摇头，"我觉得这个芒果已经蒸坏了。"

"可怜的柠爸，坏掉就不要吃了啊！"

凌檬："自己买的包子，含着泪也要吃完，浪费食物的人是会饿肚子的。再说了，比这还夸张的馅我也吃过。"

"吃了会生病的！"

"不怕，我买了药。"凌檬拿起药盒摇了摇，"药房常年促销，凭包子买药可以打八折。"

"因为是芒果馅，所以舍不得丢吗？"

"我家柠爸喜欢的明明是苹果。"

"芒果芒果！"

"苹果苹果！"

“番石榴党瑟瑟发抖。”

单竺：“坏的别吃。”

凌檬被突然发来的微信消息弄得一愣。

凌檬：“你在看直播？你没回家吗？”

单竺：“嗯。”

单竺：“没回。”

凌檬：“没事，常年吃二食堂的我们，谁的胃不是铁打的？”

凌檬：“吃完包子来开黑不？”

凌檬：“你要是陪人就算了。”

凌檬是个非常识趣的人。

单竺：“我在超市买东西，等会儿就回去。”

凌檬：“你在外面还看直播？流量不要钱啊！”

单竺：“不差钱。”

好讨厌土豪啊。

凌檬突然有些开心，原来单竺还是能跟他开黑的。他三两口吃掉包子，吃得快了就不用考虑是什么味道了。

“吃完啦！晚点我们继续开黑！”

“无良主播又在直播聊天骗钱。”

“唉，我柠爸每天都笑得这么甜可怎么办？”

“医生说我再吃甜的就要去补牙了，这直播我是看还是不看？”

凌檬不理会他们，找了个单机小游戏打发时间。这个游戏需要用音量操纵角色，音量低角色行走，音量高角色蹦跳。

于是直播间充斥着凌檬忽高忽低的声音——

“叫叫叫……爸爸！爸爸！

“爸啊爸！爸爸爸！啊！”

凌檬喊的时机没掌握好，角色掉进沟里，游戏重来。

“刚才喊得早了点，这回我有经验了，保证一遍过，不过我吃柠檬。”

“叫叫叫……爸爸！爸爸！

“叫叫叫……爸爸！爸！爸！爸！爸爸啊！”

“直播打脸 ×2”

“小心等会儿来人说：孩子，别难过了，就把我当成你爸。”

这样的过程一直进行到直播打脸 ×30 也没过关，凌檬气得比河豚还鼓：“这破游戏是谁设计的？删掉删掉。”

“心疼柠爸。”

“快删！再不删我要笑到窒息！”

正好单竺发来消息，说他已经到宿舍了。

“不玩啦，我们开黑。”凌檬高兴地打开星河客户端。

“今晚跟谁开黑啊，苹果还是芒果？”

“赌一个粽子是苹果。”

“不不，肯定是芒果。”

“谁来就跟谁开。”凌檬的表情变得有点不太对劲，“我怎么突然有点肚子疼。”

“都说了不要吃那个包子！”

“快吃药！”

“哦哦。”凌檬赶紧倒了杯水，挣扎着把药吃了。

“这药吃了多久能见效啊？”凌檬的肚子越来越疼，早知道就早点吃了。

“快去厕所！”

凌檬摇摇头，觉得不太对劲，吃坏肚子怎么会这么疼，右下腹剧烈地绞痛，疼得他汗都流下来了。

“柠爸的脸色不对啊！”

“这包子的杀伤力也太强了！”

“周围有没有人啊？不行就快去医院！”

“寝室室友呢？其他同学呢？”

“柠爸快说地址，给你叫救护车！”

然而现在大家说什么，凌檬已经看不见了。他痛苦地趴在桌子上，疼得几乎喘不过气来。

几十万观众焦灼地看着柠爸倒在摄像头前，都急得像热锅上的蚂蚁。

“谁有柠爸三次元的联系方式？”

“我记得柠爸是在湖朔大学城？”

“大学城多少所高校，怎么找得过来！”

“房管呢？房管有柠爸电话吗？”

房管秋秋小泰迪：“我没有啊，怎么办？我要疯了！”

“要不报警吧？”

“找平台，平台签约时肯定要留电话的！”

大家你一言我一语地出着主意，可是都束手无策。直到听到“砰”的一声巨响，好像是有人撞开了凌檬寝室的门。

“檬檬！檬檬！”

一个男生冲了进来。

“太好了，有人来了！”

“芒果捞小哥？”

“Apple！”

“檬檬，你怎么样？哪里疼？”单竺把趴在桌面上的凌檬翻过来，就见他脸色苍白，眉头紧锁，发出痛苦的呻吟声。

“有人吗？有没有人在？”单竺拔高音量，隔壁和对面寝室的同学听到喊声都跑出来查看。

“发生什么事了？檬檬，檬檬怎么了？”

“打 120！”

“哦哦哦！”

反应快的跑回去拿手机打电话，单竺的视线一瞥，看到凌檬的电脑屏幕上有好多人在焦急地刷屏。

心急如焚的观众们看见Apple的帅脸凑近摄像头，抓起耳麦快速说了一句：“我们马上就送檬檬去医院，大家不要担心。”

单竺说完便关掉直播，拦腰抱起身处剧痛中的凌檬。

“檬檬坚持一下，救护车马上到，我们先下楼。”

“嗯……”

直播间画面黑屏了，可观众一个都没走。

“希望我家柠爸没事！”

“保佑，保佑，保佑，保佑！”

“话说吃坏肚子怎么可能这么严重？该不会是急性阑尾炎吧？”

“啊，那岂不是要开刀？”

“我家柠爸搞不好要挨刀子了，呜呜呜……”

“还好芒果捞小哥来得及时！”

“芒果捞小哥搞不好也在看直播！”

“既然大家都在说芒果捞小哥，那我也说一句，难道没有人觉得芒果捞小哥的声音很耳熟吗？！”

2

Mangosteen：“@Lemon昨晚突发急性阑尾炎，被送往我校附属医院接受手术治疗，现在已经没事了。他委托我向粉丝们报个平安，对不起，害大家担心了。”

Fan A：“檬檬没事就好！”

Fan B：“可怜的檬檬，祝术后早日康复！”

Fan C：“好好照顾我家檬檬。”

Fan D：“既然檬檬已经没事了，不妨解释一下你出现在那里的原因，芒果捞小哥？”

Fan E：“你知不知道我跟闺密吵架，就因为我是芒果党，而她是苹果党，现在你告诉我芒、苹是一家？”

Fan F：“我一直脑补芒神是个声音好听的胖子，要不然为什么不开摄像头直播。因为你的不诚实，身为声控粉的我要脱粉了。从今天起，我就是你的颜控粉。”

Fan G：“我不管，我就要看Mangosteen和Apple的1V1，不给看我就要闹。”

……

凌檬躺在病床上，拿着单竺的手机刷微博。因为他自己的手机落在寝室里了。评论里全是关心他的人，他却开心不起来。

“为什么大家都叫我檬檬？”

“可能是我情急之下喊你檬檬，被他们听到了吧。”

“我经营了整整一年的柠爸形象啊！”凌檬痛心疾首。

“以后不能理直气壮地叫你了，我也不想啊。”单竺捧着个粽子吃得津津有味。

凌檬盯着他：“你在吃什么？”

“粽子，肉的。”

凌檬：“我……”

“你不能吃。”单竺斩钉截铁地打断他，“别说现在医生不让你吃东西，就算能吃，也不能吃这种油腻又不好消化的食物。”

“你哪里来的肉粽？”

“你直播里说想吃肉粽，我去超市买，谁想到你却进了医院。”单竺理直气壮地边吃边说，“寝室里没有冰箱，不吃该坏了。”

“可你为什么要在我面前吃呢？”凌檬好气啊。

“因为我要留在这里照顾你啊。”单竺面无愧色。

凌檬超级气。

“我可是很勉强才吃下去的，我还是喜欢甜粽多一些。”

“那可真是委屈你了。”凌檬咬牙切齿地说。

单竺吃完粽子擦了擦手说："乖，明天给你买粥。"

凌檬既不能吃东西也不能打游戏，一副生无可恋的样子。

"无聊吗？要不你直播？"单竺提出建议。

"在这里？"

许多担心柠爸的水友从昨晚起就留在直播间挂机，等了一天一夜，居然真的等到了。

"檬檬！你怎么样了，檬檬？"

"檬檬，你瘦了，檬檬！"

"呜呜呜……我好心疼啊！檬檬，你还好吗？"

"檬檬穿上病号服更加惹人怜爱。"

凌檬无语："虽然我一天没吃东西，却也不至于瘦得那么快吧？

"还有，谁让你们喊我檬檬的？"

"刚做完手术要保持心情愉悦哦，檬檬。"

"檬檬不高兴听，我们就不叫了好吗，檬檬？"

"不要再叫檬檬了，我家檬檬发起火来超凶！"

凌檬被大家一口一个檬檬叫得没脾气，只好催眠自己虚弱眼花，什么都看不到。

"昨晚吓到你们了吧？好在只是阑尾炎小手术，过几天就可以出院了。"

"檬檬保重身体啊！"

"多休息！直播什么的不着急！"

"猫粮拿去买点营养品，好好补一补！"

在一个水友的带领下，整个直播间的人都刷起了礼物。凌檬根本念不过来，只好统一感谢。

"谢谢大家的猫罐头、猫薄荷、猫爬架还有猫粮，差不多就可以了，再刷又该说无良主播开刀骗钱了。"

"这个骗钱的代价也太高了！"

“你都直播聊天骗钱了，还在乎这个？！”

平台播报：“用户 Guava 给主播 Lemon 赠送猫咪庭院，并赠言‘早日康复。’”

凌檬：“谢谢 Guava 的猫咪庭院，不要破费啦！”

单竺：“让他刷，刷完我再给顶下去。”

“画外音？”

“是我幻听，还是真的有画外音？”

“那位画外音同学，真当几十万水友都听不出来你的声音吗？”

“你有本事画外，你有本事同框啊！”

单竺坐到床边，跟凌檬挤了挤，两个人同时出现在直播画面里。

“你还真来……”凌檬没想到单竺真在直播里露脸了，首秀还是在他的直播间。

单竺神色自如：“感谢 Guava 给檬檬送的猫咪庭院，等檬檬病好了找时间跟你 1V1。”

自从单竺出镜的那一刻起，“帅”字出镜的频率就高到凌檬几乎快不认识这个字。

哪怕单笠只是穿着最简单的便装，也没有精心收拾过。上帝创造单竺的时候真是偏心！

“一大波女友粉还有三十秒钟抵达现场。”凌檬感慨。

“别哭，檬檬，你也有很多妈妈粉的！”

爱生活爱柠檬：“别忘了你还有我这个永不爬墙的‘妈障粉’！”

“芒神这么帅，为什么直播从来不开摄像头？”

“就是，还‘精分’骗我们，太坏了！”

“不是故意想瞒着的，”单竺解释，“知道的人多了在校园里容易被认出来，不太方便。”

“我就是在学校听他讲了一句话才把他认出来的！”凌檬得意地说。

“嗯，知道檬檬最重视我了。”

这个便宜占得真是浑然天成！

“原来芒神跟檬檬是同学哦？”

凌檬：“他是学长啦。跟你们说不要被这个人的表象骗了，他压根儿就不是什么芒果。”

“也不是苹果。要不是我揭发了他，现在兴许猕猴桃都有了。

满屏的“555”又刷了起来，让刚进直播间的粉丝搞不清楚状况，还以为凌檬怎么样了。

“口干吗？”单竺担心凌檬话说多了话嗓子不舒服。

“能喝水了吗？”

单竺看了看表：“再忍耐一下。”

他正好离得近，顺手拿起床头桌上的水杯，用棉签蘸了水后涂在凌檬的嘴唇上。

“先润一润。”

直播间里一致刷屏起哄。

“那是你们没看到他刚才在我旁边吃粽子馋我的样子，可恨，明明那粽子是给我买的。”

“哦，知道芒神给你买粽子了。”

凌檬告状未遂，反倒被粉丝曲解了意思，差点又气成一只河豚。

“我累了！下播了！”

“赶紧下播吧，早点休息，养好身体！”

“等病好了再直播，檬檬，我们等你！”

“芒神大大，一定要照顾好你家檬檬啊！”

单竺：“放心吧，我晚上睡在这里陪檬檬。”

“你不回寝室啊？”凌檬关掉直播后问，“昨晚你就守一夜，都没好好休息。”

“我在这儿也能睡好，”单竺帮他把床摇平，“我不认床。”

“你那床上连被子都没有。”可怜的单竺晚上就只有件大衣盖。

“我不冷。”

“那你过来睡。”凌檬往旁边让了让，“我瘦，不占地方。”

即使凌檬再瘦，医院的病床也是单人床。两个人挤在一张床上，彼此之间几乎没有缝隙。

在药味的掩盖下，单竺仍能闻到凌檬身上有一股非常清爽的柠檬味。

“你闻起来像个柠檬。”

“可能是因为我用的洗发水和沐浴露都是柠檬味的吧。”

单竺凑近闻了闻：“好闻。”

凌檬也装模作样地吸了吸鼻子：“你也怪好闻的。”

“是吗？”

“一股肉粽味。”凌檬故意这么说。

单竺笑着说：“等你病好了给你买一堆，吃到你腻。”

开什么玩笑，凌檬睡着前迷迷糊糊地想，他能吃一吨！

3

烟大二食堂虽然高票当选为大学城最难吃的食堂，但烟大附属医院是湖朔市鼎鼎有名的权威医院。本校学生在此就医，绝大多数费用都可以减免。

所以经常有人拿这两件事来打趣烟大学生——吃着最差的伙食，享受最棒的医疗。

凌檬年轻，身体恢复得快，在被全班同学轮流探望过一遍后，获得医生的准许提前出院了。

住院这几天可把凌檬憋坏了，他回到寝室就开始打游戏。单竺给他送午饭的时候他在玩，送晚饭的时候他还在玩，丝毫没有一个刚刚痊愈病人的自觉。

“别玩了，休息一下。”单竺用强硬的手段把他揪离了电脑前。

好在有食物安抚。

“今晚吃什么？疙瘩汤？太好了，我最喜欢吃疙瘩汤了。”

“烫，晾一晾再吃。”单竺先一步握住他准备去拿汤勺的手，帮他缓缓地揉着手背。

“那我什么时候能吃肉粽？你在做什么？”

“再等等，你最近还是尽量吃清淡……帮你揉揉手啊，打了这么久，你想跟我一样得腱鞘炎？”

凌檬的手还真有点酸，被单竺一按，酸中透着爽。

“舒服，舒服，舒服……嗷嗷嗷——”

“小声点，等会儿隔壁寝室还以为你在做什么呢。”

“对了，你把抽屉里的那些东西拿走吧，免得我再被罚跑长跑。”凌檬打发他离远点。

桌上摆着凌檬长跑冠军的奖牌，单竺拿到手里打量：“我之前就想问了，你为什么这么能跑？”

“很简单啊，当你跑到坚持不下去的时候，只要再坚持一下，后面就很轻松了。”

“你知道你冲刺的时候我在想什么吗？”

“想什么？”

单竺转身注视着他：“我要是有一身的劲，我就把一身的劲给你；我要是能透支十身的劲，我就把十身的劲给你。哪怕给你以后我就瘫了，那一刻也值了。”

听了他的话，凌檬感到有些不好意思，忙嘻哈着把话题给岔过去。

“谁还没有个长项呢，就像你游戏打得好，我也很羡慕啊。”

“你知道我游戏打得好是为什么吗？”

凌檬愣了一下，问道：“是天赋？”

“因为有个人跟我说过，凡事都要认真对待。”

“哦，他说得挺对呀。”

单竺盯着他：“你真的一点印象都没有吗？”

“什么？”凌檬一头雾水。

“我可是记得很清楚，你对我说过的每一句话。”

“我说什么了？”

“你说，凡事都要认真对待。”

凌檬有点蒙：“我还说过这么正经的话吗？”

“游戏对我来说本来只是消遣，因为有了你的这句话，才有了现在的芒神。”

“你的意思是，”凌檬还是茫然，“神创造世人，我创造芒神？”

单竺被逗笑：“你可以这么理解。”

凌檬差点跳起来，顾忌到术后才不敢放肆。

“早知道我一句话就有这么大威力，那我不如换个领域夸你，没准你现在都拿了诺贝尔、奥斯卡奖了，是不是？”

单竺莞尔：“你已经很厉害了，在我心目中你就是创造神，柠神。”

凌檬十分羞赧：“这么明目张胆的商业互吹多不好意思。”

“我说的都是真心话。”单竺走到阳台上，凌檬的寝室在七楼，从这里俯视下面过路的学生都被缩得很小。单竺想起一个不恰当的形容——上帝视角。

“你还记得我发过一条微博吗？”

“哪一条？”单竺发过的微博成百上千，凌檬的第一反应就是那一条——“欣赏一个会发光的人？”

“没错，”单竺背对着凌檬，夕阳给他镀上了一层金光，“那个人就是你。”

凌檬望着发光的他，一时失语。

单竺转过身，无比认真地看着凌檬：“你就是那个会发光的人。”

4

单竺站在逆光里，看上去才更像那个发光的人。

凌檬心想：一个发光的人，却说我会发光。一颗恒星对一颗恒星说，你好亮啊。

只要他们两个人在一起，就能彼此解决对方的照明问题。

“你在游戏里送出过那么多临终遗言，影响到的未必只有我一个人。但我是最幸运的那一个，因为我被你看到了。”

“幸运的是我才对吧。”凌檬挠挠头，“如果不是为了跟你较劲，我可能还在星钻等级派发临终遗言，更不可能成为主播。”

“据说孤独的最高等级是一个人住院，我这次住院一点都不寂寞，有那么多水友陪着我，关心我。”凌檬说着笑起来，“我超喜欢这个职业的。”

单竺伸手去拉凌檬：“走，请你吃饭。”

“啊？那疙瘩汤……”

“发个消息给你室友，请他吃了。”

过了一个星期清汤寡水的日子，凌檬听到出去吃饭当然很开心，其他烦恼都被抛之脑后，高高兴兴地跟着单竺出了门。

“不过为什么又突然出去吃饭呢？”

“吃点好的，庆祝一下。”

“庆祝什么？”

“那要看你了，是庆祝娱乐主播开刀出道……”

凌檬：“不了不了。”

单竺笑着接下去：“还是庆祝游戏主播追星成功？”

5

Mangosteen：“庆祝某人出院，吃点好的美食照片”

Fan A：“吃点好的，别让孩子亏着。”

Fan B：“医院伙食清汤寡水的，怕是已经瘦了十斤吧？”

Fan C：“我柠爸的体格再瘦十斤，减的全是柠檬汁。”

Fan D：“爬架已打赏到直播间，跪求芒神带檬檬吃顿好的！”

……

“别光刷手机，多吃点。”单竺给忙于跟手机奋战的凌檬又添了一碗粥，放到他面前。

“嗯嗯！”凌檬听话地放下手机埋头苦吃，单竺选的这家店的食物是真的好吃，而且偏清淡，非常适合他这种初愈患者。

单竺真心觉得凌檬适合转行去做吃播UP主，他全心全意享受美食的样子让人看了食欲大开。

“能找到这种好吃的店，你真不愧是本地人。”凌檬称赞道。

“湖朔还有很多好吃的店，等你彻底好了，我们每周都去吃。”

“真的？”

“你喜欢吃什么，我就带你去吃。你喜欢打游戏，我可以手把手地教你，以你的资质，打进百强没有问题。”单竺一步步地抛出诱饵，让凌檬知道，如果拒绝他，将会是一个多么大的损失。

听到自己能进百强，凌檬的眼睛发亮。他私下花费多大的精力才从星钻上神，又在单竺的陪练下苦升到二百五十强，其后就遭遇瓶颈，这么久也没能再上一层楼。如果进了百强，又可以多在一百五十个人前自称“爸爸”了。

“一言为定！”

凌檬吃完了，直到单竺问他接下来打算去哪里的时候，这个问题可难倒了宅男。

“呃，要不……去网吧好吗？”

6

凌檬自从有了自己的电脑后就很少去网吧了，更不知道现在的网吧还贴心地增设了双人间。当单竺要网管开个双人间的时候，凌檬下意识地往单竺身后躲。

网吧电脑的配置相当豪华，开机速度是凌檬电脑的一倍，网速更是快得让他想哭。

“被校园网荼毒这么久，我已经忘记真正的宽带是什么样子了。”

凌檬现在敢大言不惭地说，如果他的网速一直这么好，排名再升三十名肯定没有问题。

“你可以考虑下个学期搬出来跟我住。”单竺随口说道。

“你搬出去住？为什么不住寝室了？”

单竺非常无奈：“你难道没有发现我很快就要大四毕业了吗？”

凌檬超级无辜：“你既不考研也不找工作，我压根儿就没有把你当大四生看。”

“我有工作，跟斗猫签了一份三年的合约，就在上个月。”

凌檬大吃一惊：“你要做职业主播了？”

单竺点点头：“是的。”

“跟现在有什么区别？”

“有底薪，打赏分成比例高。但每个月必须完成规定时长，不能像现在这样想鸽就鸽了。”

虽然不自由，但听上去钱多多的样子，凌檬又想起了那个当红主播月入百万元的传说。

“明天陪我去看房子吧，我想提早准备。”

“哦，好。你打算租在校内还是校外？”

“房价涨得厉害，我打算直接买。

“买个精装小户型，先首付再月供，应该负担得起。”

凌檬像是听天方夜谭，大学毕业买房子，别人的二十几岁，再看看自己，眼看也是快二十岁的人了……

等等，为什么自己显得这么沧桑？这难道不应该是奔三奔四的人该有的想法吗？

不是他不争气，明明是单竺太超前！

7

Lemon：“临时起意直个播！@网页链接”

Mangosteen：“临时起意在隔壁直个播。”

两个人发微博的时间相差不到三秒钟，收到特别关注通知的人都早早地去占了座，还有些特别关注不起作用的纷纷扬言要卸载微博。

这是凌檬和单竺第一次并肩坐在电脑前进行双人直播，懂行的从他们背后的布置上一眼就认出这是在网咖双人间。

“敬业主播，开房直播。”

“有条件要双人直播，没条件开房也要双人直播。”

凌檬：“今天我们给大家直播一段相声。”

单竺：“嗯？”

凌檬：“逗你玩，我们今天还是直播打游戏。”

“不，我们就要听相声！”

“谁稀罕看你们打游戏！”

“娱乐主播就要有娱乐主播的样子！”

凌檬很严肃：“别怪我没提醒你们，今天大房管就在现场。”

房管 Mangosteen：“今天大房管心情好，大家畅所欲言。”

“你们真想我的直播间被封是不是？”凌檬气道。

“没事！被封了还有大房管的直播间备用！”

“我们有的是直播间，不怕封！”

“要不然这样吧，”凌檬想出一个主意，“等会儿我在微博上抽一个粉丝，被抽中的人可以提一个要求，只要不是太过分我都满足，算是我生病这段时间大家对我关心的答谢。”

“好好好，抽我，我保证不提过分要求！”

“我这辈子的运气都赌在这一次了！”

“我能抢吗？”单竺在一旁问。

“你是粉丝吗？”

“当然。”

“那也不行。”

“檬檬冷酷。”

“檬檬无情。”

“芒神心里苦。”

“就抽第六个评论的粉丝吧，准备好了吗？我发了啊。”

Lemon：“抽！”

檬檬的虎牙：“6！”

檬檬的呆毛：“6！”

檬檬的腮帮子：“666！”

檬檬的眼睫毛：“6！”

檬檬的阑尾：“66666！”

檬檬的酒窝：“66！”

……

“你们都改的什么名字啊？谁是我的虎牙、呆毛……还有檬檬的阑尾，你已经不存在了好吗？！”

檬檬的阑尾：“呜呜呜……不要这样，我是你身上掉下来的一块肉啊！”

檬檬的酒窝：“啊啊啊……是我抢到了吗？！”

檬檬的酒窝：“果然酒窝有好运啊！”

“爱喝酒的人运气不会差。”

“友军注意，千万不要提过分的要求哦！”

“好了，‘檬檬的酒窝’，你可以提要求了，但是要注意不能太过分。”

檬檬的酒窝：“我……我……我……我太激动了，让我想想！又想看主播跳舞，又想听主播唱歌，怎么办？”

“跳舞跳舞！主播唱歌已经听过了，来点不一样的！”

“不是吧，你们让我在网吧跳舞？你们也太狠了吧？”

单竺在旁边帮他说话：“檬檬才做完手术，不能做太激烈的动作。”

凌檬立刻附和：“就是就是。”

单竺：“所以只能跳慢舞。”

“你到底向着哪一边？！”

“向着人民群众喜闻乐见的那一边。”

凌檬当场变河豚。

“算了，我自己送出的水友福利，哭着也要完成，我不是那种说话不算话的主播。”

“说得好，主播有担当得像个男生！”

“这么有男子力的主播，就该表演一支女团舞！”

热心市民单竺居然都帮他选好了歌。

“你有本事放歌，你有本事教我跳啊！我怎么可能会跳女团舞？”

某热心市民又帮他打开网页：“以檬檬的聪明才智，肯定看一眼就会跳了。”

这个人为了让他表演跳舞，居然公然说谎！

视频里的女团成员跳起来，脖子、腰、胳膊、腿，整个人是一个整体，看起来无比和谐。

到了凌檬这里，脖子是脖子，腰是腰，胳膊是胳膊，腿是腿。就是那种你明明知道它是人体的一个部分，也分得清是哪一个部分，但就是无法相信它们来自同一个人，每个部分都有自己的思想。

直播间里的群众已然笑疯。

“柠爸：手请你举高。手：不，我不想。”

“不是那样的啦！檬檬，你顺拐啦！

“我要为檬檬澄清，他没有顺拐，大家现在看到的是镜头翻转的物理现象，就像照镜子一样。什么，你问为什么上半身翻转下半身没有翻转？物理学家暂时还没研究明白这种现象。”

“诺贝尔物理学奖今年要是没颁给你，一定有黑幕。”

“有没有人发现，柠爸的直播间已经被斗猫从游戏区移去娱乐区了？左邻右舍都是多才多艺的小姐姐，我柠爸是万花丛中最亮眼的那一朵。”

“凭檬檬这动人的舞姿，在娱乐区也是不虚的！”

“你们男生跳舞可太厉害了！”

凌檬把自己绊了一跤，气愤地手叉腰：“下播！”

8

听说凌檬威胁要下播，水友们的态度来了一个一百八十度的转变，一口一句“柠爸最棒”“柠爸超凶”“柠爸斗猫第一”。

傲娇的柠爸被哄开心了，也不嚷嚷着要下播了，跟单竺一起开黑搞事。单竺如约手把手地教他甩尾扫射，如此漂亮的操作凌檬只在Guava 对战的时候见过。

“我也是在看了 Guava 战斗录像后学到的。”单竺坦然承认。

凌檬很惊讶，他私下里也复盘过与 FRUIT 的对战许多次，可除了一次次感慨 Guava 操作非常溜，压根儿模拟不出他的手法。

Guava.SVIP：“鼠标要先往下再往上甩，技能在最低点瞬间用出去。”

Guava.SVIP：“我也可以教你。”

凌檬内心吐槽：“第一次见 Guava 说这么长的句子，不愧是沉迷技术的男人。”

单竺：“感谢 Guava 提供的远程指导。”

“理都懂，为何‘远程’二字要重读？”

“强调只有你能贴身指导呗？”

“无良芒神，欺瓜太甚。”

“吃瓜群众都看不下去了。”

Guava.SVIP：“背景是大学城的电竞咖，我去过。”

“Guava 暗示芒神别高傲，想去我也能去。”

“Guava 威胁芒神下播别走，我知道你们在哪儿。”

“Guava 意图带走檬檬，再把芒神收入战队，一箭双雕。”

“你也来这儿上网吗？”凌檬有些意外，这也是 Guava 第一次提到跟他三次元有关的事。

Guava.SVIP：“做活动。”

这个网吧的规模在大学城数一数二，经常承办各种联赛，请职业选手来做活动也是常有的事。

“下次再来提前告诉我啊，这个网吧离我们学校可近了，我来给你加油。”

“我们一起来给你加油。”单竺微笑着补充。

Guava.SVIP：“你的悟性很好，打职业吗？”

“不打，谢谢。”

凌檬对单竺施以嘲笑的样子被摄像头记录下来，在众人眼里又是另一番解读。

“檬檬看我芒神的目光中充满敬仰。”

“檬檬：被职业战队拼命挖角，我家芒神就是这么棒！”

“你们难道忘了檬檬是首席芒吹吗？”

“我只知道芒神无条件吹柠，看檬檬什么都是好的。”

“不是我看他什么都好，是檬檬本来就好。”单竺恰巧看到了那条弹幕。

“是是是，你首席柠吹的身份已经加V认证了，不用再拼命证实。”

凌檬：“你……大庭广众之下说这种话，不会脸红吗？”

“我说实话为什么要脸红？”单竺坦然道。

单竺凑近了，在凌檬耳边说了一句悄悄话，凌檬的脸以肉眼可见的速度迅速变红。

他那句话说的是——“我们男生跟人说话从不脸红。”潜台词就是笑话凌檬跟女生说话都会脸红。

然而凌檬莫名因为这句话血液上脸，硬是做出一副恼羞成怒的样子：“你……你胡说八道！”

“到底说什么了啊！”

“就爱听点胡说八道的，怎么还不让听呢？”

“直播说悄悄话，还有没有一点职业道德！”

“来人，把我八十万瓦特的助听器拿来！”

9

两个人第一次正式同台直播，在单竺的调笑、凌檬的跳脚，以及水友在起哄和吹捧的姿态娴熟切换中结束。要不是晚上宿舍有门禁，凌檬还真舍不得这里的网速。

考虑到凌檬不能剧烈运动，单竺拉着凌檬大步快走，可算在门禁前一分钟抵达宿舍区门口。

“明天见。”单竺没时间送他回去了，再晚一分钟，他也要被关在外面。

凌檬摆了摆手，消失在宿舍门口。单竺站在原地望了几眼，往反方向拔腿狂奔，跑上台阶时正好赶上宿管阿姨要锁门。

“阿姨，等等！”他三步并成两步挤进大门，对停下来等他的阿姨赔笑道，“谢谢阿姨。”

宿管阿姨看了二十几年宿舍，像单竺这么帅气的男娃子也不多见，何况笑得还这么迷人。

“快上去吧！下次再回来得迟就在小窗那儿喊我，不要跑，万一磕了、摔了可怎么办？”

第七章

1

系花再一次找到凌檬，这回是一个上届毕业的学姐自主创业，在小吃街开了一家蛋糕店，六月六日正式营业，想请上次文化节走红的芒果捞、柠檬冰小哥在开业当天帮忙站街。

凌檬听说酬劳是蛋糕店的代金卡后便不假思索地答应下来，单竺要了学姐的电话号码，两个人密谋了一通后，也同意了。

“这个东西要怎么穿啊？”

更衣室里，凌檬对手上这件看上去七分像围裙似的东西产生了困惑。

“我帮你。”

凌檬转身看到已经穿戴得体的单竺，不得不说他就是有穿什么像什么的本事。这一身白色厨师制服上身后，他分分钟可以进玻璃窗内冒充高级蛋糕师。

单竺协助凌檬把制服穿好，还在他胸口别了一枚芒果胸针。

“咦，你为什么戴着我的胸针？”凌檬这才发现单竺的胸前别着自己送的柠檬胸针。

“你都送给我了，还管我什么时候戴？”单竺笑着把手搭在凌檬的肩膀上，然后把人推了出去。

室友早就举着自拍杆守在更衣室门口了，凌檬一出现在镜头中，就收到好多“好萌”“好可爱”的夸奖。

凌檬这次第一次户外直播，有点矜持地冲镜头摆了摆手：“爸爸来了。”

“爸爸今天好年轻啊。”

“爸爸围裙满分。”

“芒果胸针满分。”

轮到单竺的时候，就变成了“好帅”“柠檬胸针满分”。

“你们也太双标（双重标准）了吧？”凌檬不服，明明他们的制服看起来差不多。

“我双标，我自豪。”

“哪里双标？明明两枚胸针都是满分。”

学姐笑吟吟地端着试吃托盘过来：“谢谢你们来帮忙。”

“不……不客气。”凌檬一秒被打回原形。

“檬檬惊现可疑式脸红。”

“哇，店长大美女。”

“檬檬不要看到美女就把持不住，你可是有几十万粉丝的人！”

“才……才没有把持不住呢。”凌檬有些气恼。

“檬檬不是那种人。”单竺挺他。

“芒神护犊技能点满。”

芒神：“没有人能说檬檬不好。”

凌檬和单竺各自端着试吃托盘站在店外，托盘里放了好多切成小块的蛋糕，上面插着牙签。

“你的蛋糕看上去有点好吃。”凌檬盯着单竺的托盘说。

“尝尝吗？”单竺拿起一块，递到他手里。

“嗯，好吃。”凌檬吃完，顺手拿起自己托盘里的蛋糕递给单竺，“你也尝尝我的。”

“芒果味。”

“不要试吃了好吗！把这一盘都喂给檬檬！”

“刷一个猫爬架能买一块蛋糕，点名要芒神喂檬檬吃吗？”

“刷猫爬架不能买蛋糕，不过店长姐姐给直播间的水友们准备了福利，是……”凌檬把背好的广告词忘掉了，求助单竺，“是什么来着？”

“微博转发抽十个千层盒子，可以店内自提也可以冷链派送，全国包邮。”

“对对，有芒果千层、豆乳千层、奥利奥千层……”

“来个柠檬千层！”

凌檬：“没有柠檬千层，那么酸怎么吃啊？”

“谁敢说柠檬酸？我拿直播间地址糊他一脸！”

“此外还有给湖朔水友的特别福利，今天前三名来店内消费的朋友可以享受百元以内免单，还可以现场提一个不过分的要求。我们的地址在大学城小吃街六十六号，爸爸等你哟！”拿了好处的凌檬敬业地卖了个萌。

“嗷嗷嗷——我是森蓝理工的，我这就出发了！檬檬，等我！”

“好羡慕湖朔市的小伙伴！”

“明年高考，求湖朔各大高校录取分数线。”

文化节甜品二人组再度出山的消息也被路人发到了内网 BBS 上，上次遗憾错过的人都想亲眼一睹真人的风采，蛋糕店门口迅速排起了长队。

“谢谢大家捧场，请大家按顺序一个一个地来。现场在做直播，不想出镜的朋友请站到摄像师后面这一排，多谢体谅。”

凌檬手上的试吃空了一盘又一盘，店长趁机推出试喝的饮料车，几十杯柠檬特饮又被一扫而光。

“喜欢本店产品的人请扫一下二维码吧。”凌檬举着一块印有巨大的二维码的牌子站在人群中，一本正经地做着宣传。

有小姐姐调戏他：“二维码是你的微信吗？”

“当……当然不是，是蛋糕店的公众号。”

“那关注公众号能加你的微信吗？”

凌檬脸红得不知道该怎么回答，单竺把他拉到身后：“抱歉哦，我们不提供这种服务，关注公众号消费打九折。”

直播间的人也在强烈抗议。

“什么，关注公众号就想要微信？我们檬檬连送猫咪庭院都不给微信！”

“要是我能看到真人檬檬已经开心晕了！”

“檬檬把牌子举高一点，我也要扫！”

第一位赶到现场的水友成功地报上了凌檬的直播间号，拿到了免单优惠。凌檬很庆幸这是位男生，采访起来不会紧张。

“恭喜第一位拿到百元免单的水友，你有什么话想对直播间的观众说吗？随便说点什么都可以。”

“我从很早以前就是柠爸的黑粉了，我还在星辉级别的时候就被柠爸临终关怀过，截图我保留到现在。”

“哇，那你可真是老牌黑粉了。”星辉级别都是大半年以前的事了。

“柠爸，加油，我以后也会一直努力黑你的！”

“那真是谢谢你了！”

“说重点啊说重点，提要求啊提要求啊！”

“你有什么要求呢？”凌檬不忘补充一句，“不能太过分的。”

"我想要柠爸的好友位，有空一起开黑！"

"这个没问题啊，ID 留下来，回去我加你。"

第二个水友非常直接："我是来帮我女朋友排的，她是柠爸的粉，想要一张柠爸的签名照。"

"假的，一看就是假的！"

"打星河的怎么可能有女朋友？！"

"我给这位水友的借口打一百分，多出来的九十九分送你的虚拟女友。"

第三个水友："我没有女朋友，我想跟芒神和檬檬一起合张影。"

"当面叫檬檬，你很大胆哟。"

"冲檬檬这种叫法，你的合影没了。"

凌檬拉着单竺一左一右，水友站在中间，比了个标准的"耶"的手势。

"这位水友回去把照片发上来哦，发之前记得把你自己P掉，不能侵犯你的肖像权。"

"你指的是，把中间的人P掉，两边的人往中间挪的那种P吗？"

"这还用问，两个人隔着一米距离合照，不觉得奇怪吗？"

蛋糕店的生意好极了，不仅成品一售而空，连预定单都接了好多笔。

店长把约定好的代金卡交到凌檬的手上："这是说好的酬劳，稍等一下，我们还有一份特别的礼物。"

"还有礼物，是什么？"

"祝你生日快乐，祝你生日快乐……"

单竺捧着个巨大的生日蛋糕从蛋糕间走出来，后面跟着蛋糕师傅和所有店员。负责唱歌的不是单竺，是直播全程的室友。

"啊啊啊——今天是檬檬的生日？"

"檬檬生日好 6 啊！"

"檬檬生日快乐！"

“是谁在唱歌？”

“温暖了寂寞？”

凌檬特别意外：“你怎么知道我的生日？”

室友举手：“他问我答！”

“本来想今天带你去玩的，刚好赶上这件事，于是我就跟学姐商量，在店里给你庆祝生日。”

“哇！”凌檬十分感动，“谢谢学姐，谢谢芒神，谢谢背后灵和店里的大家。”

“刚才的画外音原来是背后灵吗？”

“背后灵大哥，好想念你的舞姿！”

室友把手机转向自己，模仿印度舞蹈的姿势左右动了动脖子。

“背后灵大哥还是这么动感！”

“以后直播常来啊！”

平台播报：“用户 Guava 给主播 Lemon 赠送猫咪庭院，并赠言‘生日快乐。’”

平台播报：“用户 Pineapple 给主播 Lemon 赠送猫咪庭院，并赠言‘柠爸，生快哦！眼熟我，我是菠萝酱。’”

平台播报：“用户秋秋小泰迪给主播 Lemon 赠送猫咪庭院，并赠言‘生日快乐，想给你画一辈子头像。’”

平台播报：“用户爱生活爱柠檬给主播 Lemon 赠送猫咪庭院，并赠言‘爱你——你永远的妈障粉！’”

……

凌檬被这么多的“庭院”感动到无以复加。

“谢谢大家，这还是第一次有这么多人给我过生日。”

“别哭！檬檬，别哭！”

“谁哭了，”凌檬笑着说，“我就是有点感动好吗？”

蛋糕是学姐代表全店送的，室友送了他一副新的耳机，至于单竺，不知道什么时候又跑到后面，抱出来一个将近一人高的大柠檬玩偶。

凌檬惊呆了："你上哪儿买的这么大一个柠檬？"

"定做的，上面还有你超凶的表情呢。"

凌檬仔细一看，果然是真的。

"可这么大一个，我要往哪儿放啊？"

"跟学姐商量好了，暂时先放在店里，以后放去家里。"

单竺把柠檬送给凌檬："认识你以后每一天都过得很开心，希望以后你也每一天都过得很开心。"

凌檬傻笑着抱过柠檬玩偶，这柠檬都快比他要高了。

"谢谢。"

"这是我送给你的第二件礼物。"

"第二件？那第一件呢？"

"不是已经在你身上了吗？"

弹幕："已经在身上？"

凌檬低头看了看："你是说这个？"

他指着自己胸前的芒果胸针，得到了单竺肯定的答复。

"五毛钱的东西也算生日礼物？"凌檬笑话他。

"这可是非卖品，无价的。"单竺面无愧色地说。

点上蜡烛，大家喊着要凌檬许愿。凌檬酝酿了片刻才开口："感谢今天陪我过生日的大家，直播间里的所有水友，感谢你们不管是我卖蛋糕、打游戏、动手术、挖矿还是聊天，都来看我直播……"

"你知道就好，看看你直播时都干了些什么！"

"这么一说，你还真是一个直播花样很多的主播！"

"希望以后能有更多的直播花样呈现给大家。然后，我的愿望就是……"

“永远做宠爱你们的爸爸。”凌檬对着镜头比了一个心。

“哈哈哈……傻爸爸，你知不知道愿望说出来就不灵了！”

“算了，满足你一天吧，柠爸！”

“今晚谁都不许喊檬檬，都给我叫爹！”

……

“还想感谢一个人，如果不是他我也不会走上主播这条道路，也就不会得到这么多人的喜爱和关注，还要感谢他找来这么多人给我过生日。”凌檬抱着超大号柠檬玩偶，笑得一脸幸福，“这个人是谁我不说你们也知道，直播结束后我会私下感谢他的。”

凌檬用柠檬挡住镜头，冲单竺挤了挤眼睛，做口型说：“请你吃饭，就我们两个人。”

单竺微笑着点点头。

“我不服，主播躲在掩体后面做什么小动作呢？”

“速速取来我八百倍的透视镜！”

“只要是我们见不到的，一律打成见不得人，除非你让我们见识见识。”

凌檬把柠檬挪走：“那么就这么愉快地说定了。”

“谁跟你说定的，你跟你手里的超大号柠檬说定的？”

凌檬：“我们来直播吃蛋糕吧！”

“不看，不吃。”

“走了，拜拜。”

“别走啊，这个蛋糕看起来好好吃！”

“伤心，取关。”

“转黑，再见。”

2

在不知不觉中晋升为一名《星河传说》当红主播的凌檬，怎么都没想到，自己也会收到星河职业赛开幕式的邀请函。主办方为加强本届比赛的娱乐性，计划在开幕式当天举办一场职业选手 VS 游戏主播的表演赛，单竺和凌檬都在被邀请之列。

凌檬是第一次在这种大型比赛现场亮相，也是第一次面对这么多现场观众，笑容被频频亮起的闪光灯打得有些僵硬。

“有点紧张怎么办？”他悄声问单竺。

“想想平时直播间里几十万观众，你照样谈笑风生，现场这区区几千人又算什么？”

被单竺安抚的凌檬略感心安，突然会场掀起巨大的骚动，原本对准他们的摄像机统统转到另一个方向。在聚光灯的照射下，五名身穿战队制服的年轻人意气风发地走进会场。

“快看！”凌檬激动地扯着单竺的袖子，“是 FRUIT！”

因为一早就知道他们的对手是上赛季冠军 FRUIT，凌檬特地上网补习了对手的资料，知道走在最前面那个面容冷峻的少年就是传说中的未成年队长向蛟。哪怕隔着这么远的距离，凌檬也能感知到他周身散发着不同于常人的凌厉气场。

趁镜头没给到他们，凌檬偷偷对单竺说：“我最近补了很多 FRUIT 的比赛录像，他们真的太厉害了，尤其是队长 Banana，上次我们能赢他们纯属侥幸。”

“也未必是侥幸，”单竺提醒他，“别忘了我们还有神秘的 Guava。”

“也对，Guava 也是职业队员，不知道今天有没有来现场。”凌檬东张西望，想寻找现场有没有看上去像 Guava 的人。

凌檬没找到 Guava，视线却对上了向蛟。向蛟背着手，一看便是久经沙场的老将，全然未将千人现场放在眼里，犀利的视线直勾勾地落在凌檬身上。

凌檬默默地向左平移几厘米，又默默地向右平移几厘米，确认被向蛟的视线锁定不是自己的错觉。

主持人开始介绍双方选手，向蛟依旧目不转睛地盯着他。凌檬被盯得如芒刺背，不知自己什么时候得罪过这位天才队长。莫非在对方成长的过程中，不幸收到过柠爸的临终关怀？

凌檬想想对方的实力，再想想自己，觉得就算他们真的在漫漫星河中相遇过，他胜出的可能性也微乎其微。

主持人介绍的第一个人就是FRUIT战队队长Banana，向蛟面无表情的脸出现在大屏幕上，喊到自己名字时微微点了点下巴。

然而就是这样一个动作，引来现场几乎将棚顶掀翻的欢呼声。凌檬早就知道向蛟的人气很高，但没想到会高到这种程度。放眼望去观众席中全是写有Banana名字的灯牌，而举牌的观众中有一半以上是女生。

接下来介绍的是FRUIT战队另外四名成员，欢呼声虽也不小，但相较之前声浪明显弱了很多。凌檬依次见到了与他们交过手的Cherry、Litchi和Pineapple，还有上次没有出现的Avocado（牛油果）。表面看起来他们也是跟凌檬一样的宅男，可每个人都不止一次捧过冠军的奖杯。

介绍完职业战队，主持人转过身来介绍另一边的网络主播队。

“首先我们要欢迎的是，被广大玩家誉为芒神的星河第一主播——Mangosteen！”

当单竺那张不帅不要钱的脸透过摄像机被放大数倍时，凌檬几乎要被现场女生的尖叫声震聋耳朵。

主持人也为此调侃他：“芒神，我听说星河十个女玩家，有十一个是你的女友粉，还有一个是压根儿不打游戏的，请问这是真的吗？”

单竺回答得非常官腔：“如果能由我的直播，让一些平时不接触游戏的女生对星河产生兴趣，那是我的荣幸。”

凌檬在心里吐槽：“哪里是对游戏产生兴趣，分明是对你产生兴趣。”

“虽然你不是职业玩家，但拥有公认职业玩家的实力，请问你会考虑走职业玩家这条路吗？”

“我的年龄已经无法支持我每天十几个小时的高强度训练，每个职业玩家都是很辛苦的，我很钦佩他们。有机会的话也希望以其他方式参与到职业比赛中，发挥自己的一份力量。”

“譬如做职业解说吗？”

“可以考虑尝试。”

“那我想有你参与解说的比赛现场一定不愁卖票了。”主持人开玩笑。单竺笑了笑，再次引来一阵尖叫。

“接下来这位也是我们非常熟悉的了，”主持人的职业素养让他强忍住不笑场，“他长期的坚持不懈是广大玩家对他由黑转粉的原因，他是以一种特殊方式火遍星河圈的新晋主播，我们应该叫他什么呢？Lemon，还是……柠爸？”

“柠爸！柠爸！”台下粉丝团举着Lemon的灯牌高声齐呼，节奏惊人地统一。

凌檬被喊得非常不好意思，腼腆地挥了挥手。

“大家好，我是Lemon。”

“往常这种时候你不是应该说‘爸爸来了’吗？”主持人并不打算放过他。

伴随着全场的起哄声，凌檬红着脸说：“感谢这个游戏的玩家这么久以来没把我打死的包容，我今天能活着站在这里也完全是意料之外的事……”

“哈哈哈……”台下笑声四起。

“老实说，在你第一次获胜后留下临终关怀的时候，有想过会有这样一天吗？”

“完全没想过。”凌檬老老实实回答，“当时就是为了好玩，也没有什么恶意。”

“有为此遭遇过非议吗？”

“太多了，最早人人都骂我，但是我想，骂我我也不会怎样，反正也打不到我……”

“哈哈哈……”

“现在让你重来，你还会坚持做柠爸吗？”

“现在？现在肯定不会了，现场这么多人，分分钟都能打到我……”

“哈哈哈……”

“刚才介绍芒神的时候你有捂耳朵，能好奇地问一句，你对他的女友粉们怎么看？”

敢情这个主持人也是个八卦党啊，凌檬一边在内心吐槽，一边回答：“怎么看？用羡慕的眼光看，我想正常男生都会羡慕女粉丝多的男生吧。”

“我们男生是会羡慕女粉丝多的男生，没错。”

“哈哈哈……”

采访凌檬的时间已经超时了，主持人见好就收。

“最后，柠爸还有什么想对现场观众说的吗？”

“我想说刚才主持人提到的特殊方式不是一个正面的典范，请在座的各位不要效仿，希望每个人都能文明游戏，谢谢大家。”凌檬鞠了个躬，赢得雷鸣般的掌声。

介绍完双方选手，两边队员就要相互握手。当向蛟走到凌檬面前时，凌檬主动伸出手，向蛟却没有第一时间回握。

凌檬的手在半空不上不下有点尴尬，他现在需要重新思考自己有没有临终关怀过对方的可能性了。

“呃……”

就在凌檬纠结时，向蛟握住他的手摇了摇，然后松开，整个过程不过两秒钟。在他走以后，凌檬把手藏到背后，在镜头拍不到的地方甩手——只不过握个手而已，至于用那么大的劲吗？

双方选手落座，凌檬这一边的外设是主办方统一配备的，FRUIT 则全员自带键盘鼠标，看上去就很专业。

“看着好羡慕。”在等待对面调试过程中，凌檬表达了对职业选手专业的向往。

“我们不自带外设是对的。”单竺说。

“为什么？”

“我们没可能打得过职业战队，这本来就是一场以娱乐性质为主的表演赛。如果为此特地带装备来，未免显得过于劳师动众了。”

凌檬细想也对，如果认真还输得很惨，确实有点丢人。

“放心，对面自会把握分寸，我们只要把这场比赛的观赏性打出来就可以了。”

等待的过程颇无聊，凌檬掏出手机查阅向蛟的百度百科。

“你知道吗？刚刚 FRUIT 的队长一直盯着我看，而且表情特别阴森，好像我什么时候得罪过他。”

“这可难讲，毕竟你在游戏里得罪过的人太多了。”

凌檬不信：“你觉得我会临终关怀他？他不临终关怀我就不错了。”

“你看，”他低头复述向蛟的职业履历，“Banana 从十五岁开始加入电竞圈打职业比赛，十六岁拿到世界冠军。世界冠军，那是什么概念？而且这时他才打了短短一年。”

“那他为什么没有接着打之前的游戏了？”

“这里写的是因为运营商没有好好拓展国内市场，导致那款游戏在国内比较冷门，所以战队集体跳到《星河传说》，也是一年内便拿到了国内冠军，这其中 Banana 功不可没。”

“星河据说很快也要进军国际了，他们选择跳槽是对的。”

“还有哦，有人统计了 Banana 出道后参加的大大小小比赛拿过的所有奖金，总金额有……”

凌檬一位一位地数，数到最后时以为自己数错了，又倒回去重数一遍。

“居然有四千万那么多？！”凌檬难以相信地惊呼。

“是美金哦。”单竺提醒他。

凌檬的嘴张大得可以塞得下一个柠檬：“一个坐拥亿万资产的年轻人？”

“远远不止。十七岁正是电竞选手的黄金年龄，就算打到二十五岁退役，也还有一堆直播平台千万年薪的合同抢着要他签。”

凌檬发自肺腑地感慨：“别人家的十七岁，为什么差距可以这么大？”

“但拥有他那种天赋的人也是凤毛麟角，整个电竞圈都很难找出第二个，就像你也是。”

“像我？”凌檬指着自己的鼻子。

“就如你刚才说的，自从你有了名气以后，冒出了多少山寨者。毕竟自称爹这种事没有什么技术含量，每个人都能模仿。”

凌檬恼怒道：“可我是第一个那么做的，并且我贵在坚持！”

“没错，就因为你是开创者而他们都是山寨者，所以他们得到的永远都是嘲笑和鄙视，不会再有人因同一种方式走红。在这一点上你跟向蛟是一样的，你们的成功不能复制。”

凌檬被夸奖了，不好意思地低头佯装看手机，越看越觉得某个数字眼熟。

“你看向蛟的生日是不是很眼熟，不就是今天吗？”

“好像真的是。”

凌檬猛然恍悟：“原来他今天满十八岁了，FRUIT的队长成年了。”

3

现场解说当然不会错过这么重要的日子，从刚刚起就一直在大肆渲染这位年方十八的FRUIT战队队长的光辉战绩。正因如此，现场很多粉丝特地从各地赶来为自家偶像庆生。导播镜头频频给到面无表情的向蛟特写，每次都能在观众席掀起一小波欢呼声。

跟不苟言笑的队长比起来，四位队员始终有说有笑，轻松至极。毕竟这只是一场娱乐赛，连教练都被驱除到了观众席，理由是主播队没有教练，五业余打五职业已经很不容易了，不能再让人家五打六了。

主播队五个人除了凌檬和单竺，相互之间都是第一次见面，没有组过五人车队，更不用谈什么磨合、配合了。好在大家都觉得这一场必输无疑，谁也没有心理压力。

“我们这里属芒神段位最高，就由芒神指挥，我们听从安排。”其中一名主播建议，得到了其余几个人的附议。

“你刚刚说要打出娱乐效果，怎么打？”

凌檬征求单竺的意见，单竺计划了一下，建议大家：“要不我们开局这样……”

比赛正式开始，双方都是很普通的开局，主播队围绕着空间站发育，职业队则各自寻找到合适的矿点才落脚，显然一个主防守，一个主进攻。

开局三分钟，解说捕捉到主播队貌似在鬼鬼祟祟进行着什么阴谋，OB 镜头切过去，发现这几个不务正业的主播竟然在野区用基础兵摆出一个巨大的爱心。

属于星河主播的浪漫：出个兵都是爱你的形状。

现场观众一片沸腾，解说们也是头一次见到能在开局三分钟炒热气氛的选手，要知道每次比赛他们都要提前做大量的准备工作，才能保证冗长的开局发育不冷场。此时两个人都不约而同地感叹，不愧是斗猫知名的“娱乐”主播团，画风跟那些游戏主播就是不一样。

职业队派来的侦察兵这时也来到了主播队的领地，自然将这一幕尽收眼底。来而不往非礼也，十分钟后，职业队摆出了 FRUIT 爱心“U”的豪华阵容，惹得全场观众鼓掌叫好。

随着一个完美的娱乐开局互动，双方开始了友好的切磋。作为队伍里最不安分的凌檬，第一时间派出一支小分队出去搞事情。这么巧离他最近的就是传说中的Banana基地，他也想亲眼见识一下这位传奇队长有多么不同于常人。

不过为了顾全大局，他还是事先征求了一下临时指挥单竺的意见：“我能去Banana家吗？会不会被打到渣都不剩？”

“反正你也是要去送死的，去谁家死都一样。”单竺“支持”了他。

得到单竺的支持，凌檬的陆战兵抱成一团，从侧后方入侵Banana的老家。开局到现在的第一次主动进攻，OB镜头当然切给了Lemon。

两个闲聊中的解说看到这一幕很激动，解说A率先道：“Lemon主动出击了，这倒是很符合他一贯的行事作风。”

“但令我惊讶的是，他居然一开场就挑衅Banana？”解说B失笑道，“这应该说是初生牛犊不怕虎的精神吗？”

“不能这么说，Lemon的想法应该是反正你们五个我谁也打不过，那我不如干脆挑一个最强的骚扰一下。”

解说B懂了：“正好这个最强的离得还最近。”

“没错，是这个道理。”

凌檬本想偷偷摸摸潜入，岂料对方基地压根儿看不见一个兵影，偷偷摸摸变成了长驱直入，连他都觉得不太对劲。

“哎？哎？哎？”解说A连发三声夸张的感叹词，一声比一声音量高，“你看到没有，看到没有？”

解说B也不敢相信地笑道：“Banana把兵都撤走了，这是故意给对方放了个空门啊，打算瓮中捉鳖吗？”

“以现在的发育程度瓮中捉鳖没有什么必要啊，因为就算是Banana，开局也没有那么多兵能把对方完全包围起来。”

“没错，那是为了什么？保存实力吗？”

两个解说在那边竞相猜测，这边凌檬也是一头雾水。

“Banana 老家没人啊。”他在人家基地里兜了两圈，非常费解地道。

“会不会跟你一样出去浪了？”

“那也不至于一点防守不留吧？”即便是以浪为本的凌檬都不敢这么浪，“他就不怕有人拆家吗？”

说罢凌檬还真的跑去敲人家的基地，基地启动自动防守机制，凌檬的兵太少，打了几下就跑掉了。

连解说 A 都看不下去了：“这是我解说过的上百场比赛以来，第一次见到有人开局十分钟不到，派十几个基础小兵，直接跑到对面拆人家老家的。真是只有你想不到，没有柠爸做不到。”

解说 B 露出微笑：“关键是 Banana 没有防守，队友也没有支援，Lemon 空有想法，没有对手的配合也是做不到的。”

“现在我们明显可以看出来 Lemon 有些不知所措了，对面就差摆个‘Welcome（欢迎）’出来欢迎你，这时你能做什么，拆人家建筑？万一有埋伏呢？”

“所以我还是坚信这是 Banana 使出的一招空城计。”

“哦？ Lemon 路过 Banana 的炮塔，被炮塔的自动攻击打死两个残血的兵，现在……”

“卖……卖了？”解说 B 突然大声插嘴。

解说 A 也是一副目瞪口呆的表情：“向神把自己的炮塔卖掉了？这是什么新型战略？”

凌檬本来还想着要么硬刚一波炮塔，转眼炮塔就剩个地基，他的鼠标正好停留在地基上，现场给了他一个困惑的眨眼睛的特写。

“这回我是真的看不懂了。”解说 A 表示放弃，“你看得懂吗？”

“我也看不懂。”解说 B 也投降，“不愧是向神，我等凡人无法揣摩到他的心思。”

镜头给到了场下笑呵呵地看比赛的 FRUIT 的教练，解说借机调侃：“有没有人去跟教练反馈一下，你们战队出了一个演员。”

“这个演员的身价可有点高啊。”

“还有一种情况是 FRUIT 压根儿没有把对手放在眼里，想说你看我这么演也能赢你。”

“如果是别人我还能理解，但我熟悉的向神不是那么无聊的人。”

“那就只剩下战略战术了。”

“只能这么强行解读了。”

凌檬在 Banana 的基地傻傻地停留了一会儿，什么也没做就跑回了家。他是抱着敢死的心态去的，损失了两个兵回来。

“怎么回去了？”单竺趁机扫了一眼他的发育情况。

“对面水太深，不晓得有什么阴谋。”凌檬这样答。

Lemon 撤退后 OB 视角就给了别人，这次是职业队的 Avocado 伙同 Pineapple 一起，打出了一波声东击西。主播队的增援跑错地方，己方白白损失了一座电站。

“这个战术有点眼熟啊。”凌檬道。

“上次我们跟他们打的时候你用过。”

“真是一个记仇的战队。”

主播队暂时落后，单竺不再猥琐发育，主动要求凌檬为他打掩护，自己从极限距离超远攻击，将 Cherry 的兵营扫射得只剩一丝血皮。凌檬的飞船适时地跟上去一通扫射，兵营坍塌，大屏幕上 Cherry 无奈摇头的画面引发解说讨论。

“Mangosteen 有一个外号叫‘行走的计算器’，我一直以为他在打游戏的时候会拿个计算器在那里按。”

“还要画直角坐标系、计算曲线函数吗？”

“当然这是大家开玩笑这么说，不得不服 Mangosteen 的瞄准能力，真是太强了。就比如说刚才那一波攻击，往前推十个单位我也未必能击中。”

“往前推二十我可能能做到命中率百分之五十。”

“比赛过程中真的很怕这种远距离攻击高手，你说隔着那么远他能打到你你打不到他，你去追击他他又早就跑掉了，怎么破？”

“无解。”

“有了 Lemon 做前锋掩护的 Mangosteen 更是无敌，因为 Lemon 本身就是一个很激进的选手，敢打敢冲。”

“哪里都敢上，死了也不怕。”

“对对对。”

“而且这两个人天天在一起开黑，可以说是配合非常默契了。”

“好，现在 Mangosteen 跟 Lemon 又向 Litchi 发起了攻击。主播队另外三个人全线防守，坚决不离空间站，看来他们打的是一个二攻三防组合……”

职业队怎会这么容易任人宰割，不出手则以，一出手则五人联合，险些拆掉主播队一整个基地。若不是其他人增援及时，现在已是四打五的局面了。

“太强了，”凌檬抖腿，“感觉我再练十年也达不到他们的水准。”

“紧张吗？”

“紧张？”凌檬低头看看腿，“我这是激动！”

“还去搞事情吗？”

“走！”

于是观众们喜闻乐见地再一次看到搞事“芒柠”二人组出动。既然防守的意义甚微，他们索性化攻击为防守，东边骚扰一下，西边祸害一番，职业队伏击了好几次，都被他们逃掉了。

“我们这次真是看到了好几拨精彩的操作啊。”解说 A 感慨。

“没错，尤其是精彩的逃跑操作，刚才两个人轮流闪现给对方开传送阵，就这样从 Avocado 的追击下逃脱了，这是开黑多少场养成的默契啊。”

“Avocado 可是号称 FRUIT 的大魔王，追击能力特别强，你看他的技能带的都是拦截和定身，他的兵种也都是速度最快的。”

“可惜大魔王面对泥鳅组合也是无可奈何。”

“哦？镜头给到了大魔王，看他笑得好开心啊。”

“一种‘我就是追不上你可我有什么办法’的笑容。”

“再看主播队这边，柠爸摘掉耳机凑近芒神说了句悄悄话，说的什么内容呢？现场有没有唇语八级的观众，请举手示意我们一下。”

不知道“柠爸”说了些什么，只看见芒神听到后很愉快地伸手拍了拍对方的头。“柠爸”也没有躲，可见这样的互动在两个人之间太寻常了。

解说无语：“向神出兵了！向神蛰伏了整整半场啊，在养精蓄锐吗？”

“有可能 Banana 打的是前期发育这样一种战术。”

“Banana 第一个攻击的是主播 E，主播 E 最早被对面三家围攻过，基地半残血，Banana 的飞行部队一波带走没有悬念。”

“职业队集体出兵了，他们是打算一波流吗？现在主播 D 的基地也很快要沦陷了。”

“Litchi 的基地被 Mangosteen 打下来了，双方来了一波互换。主播队保持两攻三防的阵型没有变，反观职业队这边全部出动，他们现在的防守是相当薄弱的。”

“主播 D 倒下，所有的防守力量集中到了主播 C 家，看看他能撑多久。”

“必须要说，FRUIT 战队集体出动，根本就是势如破竹。主播队现在能做的也就是拖延时间，让泥鳅组合尽可能多打下来一点，这样结局的比分会好看些。”

“如果这是职业比赛 FRUIT 肯定不会这么浪，感谢今天的娱乐赛让我们看到一个不一样的FRUIT。”

“主播C和Pineapple的基地同时爆炸，现在职业队依然领先一城。”

“五人攻击和两个人攻击速度肯定是不一样的，芒柠二人已经做得很好了。”

“是的是的，接下来Lemon的家也该保不住了吧？等等，Banana在干什么？”

“Banana攻击了Lemon的分基地，放着无人防守的主基地不打打了一个备份？”

“重点是备份基地消失后会给主基地上一个九十秒钟的无敌防护罩，也就是说Banana变相保护了Lemon，给主播队争取了九十秒钟的时间？”解说A摇摇头，“我不觉得这是向神会犯的错误。”

“也可能他还是在演。”

“就全程在演？”

“对。”

“演一个柠爸派去FRUIT的卧底。”

“现场的观众朋友们，你们现在收看的是一场精彩的四打六对决。”

“他到底在干什么？”现场最搞不清楚状况的就是凌檬本人了。

“就是自信到给你九十秒钟你也赢不了吧。”

“放到别人身上我会觉得是自大，但对Banana我真是没脾气，他太厉害了……看！”

OB镜头也同步给出了Banana精彩绝伦的甩尾扫射，小屏幕则把镜头对准向蛟快到出现残影的左手。

“Guava的甩尾扫射，原来他也会。”

“他的操作总给我一种似曾相识感。”

Mangosteen基地失守，FRUIT所有人包围住仅存的Lemon基地，等待无敌消失。而职业队这边还剩两个基地和满血的空间站。在职业队的放水下，主播队拆了对面三家，已经是个不错的成绩，原本担心比赛会一边倒的二位解说松了一口气。

比赛没有悬念，职业队再一次用飞船在空中摆出了GG造型，而主播队内部交流了一下，以凌檬为首，五个人几乎同时在公屏上打出同一句话：“你们男生打游戏好厉害哦！”

这个柠爸的标志性语句将现场气氛推向高潮，观众们吹着口哨鼓掌欢呼，一场友好和谐的表演赛在和谐友好的气氛中结束。

赛后双方队员握手，轮到向蛟的时候，凌檬尴尬地说了声“谢谢”。他刚想再问为什么，向蛟就跟副队长应涛一起被催促去做赛后采访了。

“听说前不久你们在娱乐局曾经遇到过一次主播队，当时是翻了车，确实有这件事吗？”

应涛笑道：“不用问得那么委婉，我们的翻车视频在网上到处都是，连我都看了好几遍。”

“当时的情况是怎样？是你们故意放水吗？”

“没有没有，绝对没有。”应涛坚决否认，“那一局对面的实力很强，我们也发挥出了应有的水平。但游戏就是这样，谁也不敢保证自己能赢每一场比赛。”

“那么今天这样的结果有觉得报仇雪恨吗？”

“哪里就有什么仇恨了？不要乱带节奏啊，这两次比赛我们都打得很开心。”

“向神今天比赛过程中有过几次明显的放水行为，请问是出于什么目的呢？”

“没有什么目的。”向蛟难得回答了一句，“对面也不是职业选手。”

言下之意——我就是让着玩。

“那么你觉得对面五人谁今天发挥最好，就是说谁的水平更高？”

“Man……”

“Mangosteen？”记者帮他说了出来。

“对。”

“能得到向神的肯定真是不容易。下一场FRUIT战队即将对战VEGETABLE（蔬菜），你觉得你们获胜的概率是多少？”

“五五开。”

“对于这种问题的回答他永远都是一成不变的。”应涛在旁边补充，意思是以后不要问了，问了也是白问。

记者又问了一些比赛训练有关的问题，最后想以一点轻松的问题结束此次采访。

“我能问一下向神平时有什么业余爱好吗？我是指除了电竞。”

这个问题向蛟没有什么反应，倒是应涛强忍住笑意揭发：“我们队长以前唯一的爱好就是电竞，不管是训练还是休息时间，只要我看到他，永远都是在打游戏。但是他最近突然喜欢上了看直播，只要那个主播上播就看，还给人家打赏了很多礼物。”

“真的吗？”记者眼睛晶晶亮，“能透露一下是哪位主播吗？是游戏主播吗？”

“是娱乐主播。”向蛟纠正。

“那么这位主播的哪一点吸引了你呢？”

向蛟思考了一下，慢吞吞地回答：“就……比较好笑。”

应涛在旁边小声摆手拆台：“一次也没见他笑过。”

刚刚结束了被粉丝们狂轰滥炸的凌檬和单竺，一人抱着一堆礼物。凌檬收到的是各种零食和玩偶，单竺收到的是各种零食和情书。

凌檬还在纠结单竺收到了情书而他没有这件事，就见FRUIT的队长远远地走了过来，想起自己还有事没问他。

“对了，我要去问问他今天为什么故意给我放水。”

凌檬放下礼物，刚打算过去，向蛟却自己过来了，塞给凌檬一个本子和一支笔。

凌檬：“这是什么？”

“签名。”向蛟惜字如金地说。

“签名？”

“嗯。”

“谁的？”

“你的。”

凌檬扭头看单竺，单竺耸肩。

“你要我的签名？”凌檬再次确认了一遍。

“是。”

“为什么？”

“我是粉丝。”

向蛟说：“我是 Guava。”

“Guava 是你的小号？”

“对。”

凌檬瞪大眼睛：“他一个山竹装芒果就算了，你一个香蕉居然装番石榴？！”

4

“都说了我没有装，”单竺有点刻意地拍了拍凌檬的头，“大家英语不好这个锅不能我背。”

“我也没有装，如果你问我我会说的。”

“骗人，我明明问过你！”

“什么时候？”

“我们第一次交手的时候！”

向蛟认真地回忆了一下：“想不起来了。”

凌檬心里吐槽：“我就知道！”

凌檬抓起向蛟给他的本子和笔，写点什么呢？光签个名好像太简单，想到这天是向蛟的生日，凌檬提笔写下“祝 Guava”后又觉得不妥。

“那我现在应该写哪个 ID，Guava、Banana，还是……”

“随便你。”

既然这样，凌檬就接着方才的地方写了下去：“祝 Guava 十八岁生日快乐。恭喜踏入成年人的世界。——Lemon”

“这个生日礼物会不会太简单了啊？”凌檬挠挠头，“你还有别的生日愿望吗？”

向蛟低头看了看凌檬给他的生日祝福后面无表情地合上本子，面上看不出喜悲：“我可以提吗？”

“呃，如果是我能做到的。”

向蛟又一次慢吞吞地想了想：“以后直播少鸽。”

“我争取。”

“檬檬住寝室，直播毕竟不方便，”单竺突然插嘴，“等下学期搬到我那儿就好了？”

——我什么时候答应的？

向蛟这才第一次把注意力转移到单竺的身上：“你打职业吗？”

“你对我就只有这一句话吗？”

“如果成为队友还可以讨论战术。”

单竺微笑：“抱歉，不想。”

“那吉祥物的事呢？”向蛟问凌檬。

凌檬：“你是认真的？”

向蛟点头。

FRUIT 战队的吉祥物……凌檬想了想，居然觉得还不错！

单竺把手在他的头上拍了拍：“真是不好意思啊，檬檬要念书还要直播，这种要求恐怕是答应不了了。”

向蛟的视线落在凌檬的头顶上，仿佛那只手有点碍事。他叹了口气：“你就是占了上大学的便宜。”

凌檬没跟上这两个人的思路，还以为向蛟在遗憾自己没能上大学的事。

“Guava 想上大学吗？我听说现在有些学校开了电竞专业，你可以试试！”

“不想。我不喜欢念书。”向蛟拒绝得很干脆。

“哦……”

“柠爸！”薄落的一声吼把大家的注意力成功地吸引到了他那里。

“柠爸，我是你的粉丝啊！”他一蹦三跳地跑过来，身后还跟着几名 FRUIT 的主力。

“我知道，菠萝酱，早就眼熟你了。”凌檬对于 FRUIT 战队里有两个自己的粉丝到现在还觉得不太真实。

“哈哈，我们现在晚上的娱乐项目就是看你直播，连教练都跟着一起看。你可千万别鸽啊，你一鸽队长就要抓着我们开黑泄愤。”

凌檬在心里吐槽：这种丢脸丢到家的感觉是什么？

“你等一下看我们比赛吗？有你观战，搞不好队长一发威，吊打 VEGETABLE。”

凌檬跟单竺本来就计划留下来看比赛，还没等他说好，薄落又抢着道：“比完赛再一起去吃烤肉，给队长庆祝生日，你去他一定会很高兴的！”

凌檬看看向蛟。

“高兴在哪里啊？”

薄落也看看向蛟。

“这不是很高兴吗？！”

5

凌檬和单竺同时现身观众席的 VIP 区，引发了后排一波小小的骚动。

凌檬冲后排挥了挥手，举着柠爸灯牌的应援团像打了鸡血一样激动，后悔没把座位买得靠前些。

两个人并肩坐在观众席的照片连同比赛TAG（标签）一起被发到了微博上，时不时有一些互动的镜头被抓拍到，“芒柠党”又嚷着要去批发胰岛素了。

我萌的组合每天都在发糖，甜掉牙怎么办？

FRUIT和VEGETABLE在官方竞猜平台的赔率是1.35 ∶ 2.15，显然大家对上届冠军的信心更大一些。

竞猜币是免费领取的，凌檬全投给了FRUIT，单竺则各投了一部分，大头给了VEGETABLE。

“没看出来，你居然是蔬菜粉？”凌檬挺意外的。

“我也觉得他们赢面不大，不过要亲情支持一下。”单竺回答，不是他瞧不起蔬菜队，能打职业联赛的都不是弱队，只不过FRUIT的打法始终是VEGETABLE的克星，过往两队在联赛中的交手记录是3 ∶ 0。

凌檬只听说过友情支持：“什么是亲情支持，莫非蔬菜队里有你的亲戚在？”

他刚问完，VEGETABLE主力队员便接连入场了，走在队伍最前面的高个男生看起来跟单竺有三分神似。

凌檬也是对单竺太过熟悉，心灵感应似的指着队首：“啊，该不会就是他吧？”

单竺点头：“VEGETABLE的Yam（山药），真名叫单耀，我堂弟。他不是本地人，刚进训练营时在我家借住过一段时间。我为什么坚持不打职业，就是因为看过他训练，太辛苦了。”

凌檬的关注点总是不对：“难道不是因为手吗？”

“手当然也是其中的一个原因。”

凌檬对他肃然起敬：“想不到你还有一位职业选手亲戚，Guava也一直想挖你打职业，看来你们家的人游戏天赋很好。”

岂料单竺皱起了眉：“也未必是件好事，我亲弟弟就是受小耀的影响，总想进职业圈。”

“你还有亲弟弟？你家到底多少人？”

“你就这么想要了解我家的情况吗？”

凌檬板起脸：“闭嘴。”

单竺做出一个很委屈的表情看着他。

“进职业圈不好吗？”

“也不是说不好。我弟太小，初中还没念完，现在决定过于草率了。”

“这么小？”凌檬吓了一跳，他以为单竺大四毕业，单弟弟起码也到了念大学的年纪。

“我跟他差整整八岁，代沟太大，很难交流。”单竺摇摇头，少见的苦恼，“他跟小耀关系好。”

一边是自己的迷弟，一边是单竺的堂弟，凌檬的立场也变复杂了。双方开局，FRUIT 帝国，VEGETABLE 联邦，大屏幕上的选手表情都变得凝重而严肃，完全不像早上对战他们时那样轻松。

凌檬从开局就紧抱手机。

Lemon：“联赛首战现场，FRUIT VS VEGETABLE。”然后附上了现场照片。

Fan A：“联赛首战难道不是 FRUIT VS 你吗？”

Fan B：“檬檬看好谁啊？”

Fan C：“柠爸觉得哪边胜率比较大？”

凌檬只捡那些叫柠爸的人回，故意无视喊他檬檬的。

Lemon：“FRUIT 赢面大一些吧，不过兴许 VEGETABLE 针对 FRUIT 开发出了新战术也不好说。”

Fan D：“我向神是不败的。”

Lemon：“Banana 是真的厉害。”

Fan E：“你是因为他早上给你放水得出这样的结论吗？”

Lemon：“放水都能赢，还不厉害？”

Fan E：“厉害厉害。”附带“爸爸怕你了”表情包。

Fan F：“论颜值我VEGETABLE队长也不输。”附带“单耀照片”表情包。

Lemon：“嗯嗯，确实有点帅。”

凌檬腹诽道：“我就是看在单竺的份上才这么说的，毕竟那是跟芒神有血缘关系的人，怎么可能丑？”

单竺也在一旁刷微博。

Mangosteen：“檬檬说得对。”

变相夸自己，不要脸！

Fan H：“他夸别人帅你都挺他，你的尊严何在？”

Lemon：“打职业跟颜值是没有关系的，不然Mangosteen早就拿联赛冠军了！”

Fan I：“你的好友实力芒吹已上线。”

Lemon：“我没有吹！我这是在客观地分析事实！”

单竺见凌檬得意扬扬地吹自己，伸手在他眼前晃了晃，提醒他矜持一点。

比赛尚未进入白热化，闲得无所事事的导播眼明手快将镜头切到了VIP席。由于角度错位，看上去很像芒神在“柠爸”脸上摸了一下。

凌檬在一片吁声中抬起头来，傻乎乎不明状况的表情也被摄像师抓了个正着。

凌檬欲盖弥彰的和单竺拉开了距离。

“现场这么多摄像机呢，你注意点！”凌檬小声警告他。

“我干什么了？”单竺笑道。

凌檬认真地想了想，意识到他说的好像是真的，他什么都没做。

好在画面很快切换回了游戏界面。

FRUIT这才发挥出他们真正的实力，他们的教练是个看上去就很厉害的中年人，一直站在向蛟和应涛的身后，时不时发出指令。而VEGETABLE的教练恰恰相反，托着一个文件夹，不停地在队员身后走来走去。

凌檬起初还能边看边在微博上跟水友讨论，随着比赛越来越精彩，他也无暇再看手机，目不转睛盯着直播画面。

“你堂弟其实很厉害。”无论手速、反应，还是操作，都能在国服排到顶尖水平。

“他是以国服十九的水平进入训练营的，很快就从替补打到了主力，战队重组后又当上队长。”

“可惜他遇到的是Guava。”凌檬是真心为他惋惜，并不只是因为他是单竺的堂弟。向蛟是个为电竞而生的天才，凌檬找不出他任何一处短板。不知道是不是菠萝酱说的那个原因，向蛟比平时发挥得还出色些。凌檬感觉VEGETABLE简直是在跟外挂对打，镜头每次给到向蛟左手特写，都能引起一片哗然惊呼。

“再让我单身三十年，我也练不出这样的手速。”凌檬感慨。

“你怕是没机会练了。”单竺看了他一眼。

VEGETABLE被FRUIT打到崩盘，这在职业联赛中很少见，凌檬感觉整个V战队的心态也崩掉了。

接连基地失守导致VEGETABLE溃不成军，在空间站沦陷之前队长Yam投了GG。FRUIT除了队长，其余四人起身两两击掌庆功，特写镜头长久地停留在全场MVP向蛟的身上。解说激动地点评着他今天的表现，认为他“向观众证实了无敌的Banana还有更进一步的空间”。

反观VEGETABLE这边，全队上下愁云惨淡，队长单耀更是将头埋到双臂间，隔着厚厚的玻璃凌檬都能体会到他的难过。由于单竺的关系，凌檬对他产生了一丝同情。

双方选手无论喜悦的还是难过的，都排成列陆续走出比赛间相互握手告别。

单竺起身拍了拍凌檬的肩：“我去看看他。”

“好。”

凌檬留在现场继续看历智接受采访，本来Guava赢了对他是件很开心的事，却被脑海里挥之不去的单耀颓唐的面孔冲淡不少。

直到薄落来找他去烤肉，凌檬才意识到单竺去了好久也没回来。

“我去找他，等我一下。”

凌檬凭着嘉宾证摸到了VEGETABLE在后台的休息室，休息室已经走得没有别人，只剩单家兄弟两个。

单耀背对着他坐着，伸手抱住单竺的腰，头埋得很低，挺大的个子，此刻却显得特别无助。单竺则把手放在他的背上，像长辈那样轻轻地安抚着。

凌檬看到这样的单耀，内心有种说不出的难过。兴许是因为他跟单竺有血缘关系，又兴许是因为他跟单竺长得有几分相像，让凌檬产生了代入感。他下意识地退了一步，单竺看到了门外的他，冲他使了个眼色。

凌檬在门后等了一会儿，才等到单竺出来。

“怎么样？”

单竺摇摇头：“他的心态很糟，说想要退役。”

凌檬没想到区区一场比赛对单耀的打击那么大。

“毕竟是第四次输给FRUIT，我能理解他，有种看不到希望的感觉。”

“要不你留下陪他？”

“不用，他需要自己静一静。”

单竺看起还好，凌檬却有些闷闷不乐。

“你怎么了？”单竺不解地问。

“还好你不打职业，”凌檬有些郁闷地说，“要是赢了还好，万一输了，我可不忍心看到你像他那样。”

单竺被逗笑，想想也是，他赢了比赛凌檬都能激动得摔耳机怒吻显示器，要是输的人是他，凌檬还不得哭晕在赛场。

“放心，我已经过了打职业的年龄了，也没有那个实力。”

“我不信，Guava 可不是这么想的。”

能被顶级职业选手挖角两次的人，实力能差到哪里？

“Lemon……”向蛟清冽的声音从楼梯口传来。

说瓜娃，瓜娃到，凌檬吓了一跳。

“Guava，你什么时候来的？”

向蛟的视线在两个人身上游走了一圈，才慢悠悠地说：“烤肉，去吗？”

有烤肉吃为什么不去，吃货凌檬不假思索：“去。”

“走吧，大家都在等你。”

“不好意思啊。”

凌檬自然地拉上单竺跟在向蛟后面，向蛟走了两步突然回头。

“你跟 VG 的 Yam 什么关系？”

单竺愣了一下，不知道他是怎么发现的，却也没想隐瞒。

“他是我堂弟。”

“这就是你不肯加入 FRUIT 的原因？”

“跟这个没关系。”

向蛟一本正经地点点头：“那就好。”

凌檬隐隐有一种单竺被霸道队长看上的感觉——你可以不加入我的战队，但也不能加入别人的战队。

“你放心，我不会加入 FRUIT，也不会加入 VEGETABLE，我已经跟平台签约了，毕业后会全职做游戏主播。”单竺大概也是被向蛟追问到无奈，一口气解释了这么多。

“你毕业了？”向蛟的关注点也不太对。

“是的。”

向蛟若有所思地看着凌檬：“哦……”

凌檬满头问号地在旁边自问：“我是谁？我在这场挖人战中扮演了什么角色？”

6

凌檬说好的直播又鸽了，粉丝们怨声载道。

Fan A：“为什么职业赛第一天就要鸽直播，不能去现场看真人柠爸的粉丝已经够可怜了，连网上直播也取消了。”

凌檬一边等烤肉一边刷手机，安抚微博里哀号一片的粉丝们。

Lemon：“对不起哦，我今晚要给 Guava 过生日。”

他还顺手拍了一张烤肉的照片证明自己确实在外面。

Fan B：“什么？刷猫咪庭院的待遇竟然是主播亲自给过生日？早知道我也刷！”

Fan C：“身为一个吃播播主，吃烤肉居然不直播？”

Fan D：“求直播！我们也要看 Guava！”

凌檬一直看手机也引起了其他人的注意。

“柠爸，是不是粉丝们吵着要你直播啊，你可以直播我们烤肉啊。”

“啊？”凌檬没想到薄落会主动提出这个要求。

“我还从来没上过你直播呢，给个机会让大家眼熟我呗。”

“可是，”凌檬不确定地看向蛟，“那样 Guava 就掉马了。”

“我无所谓。”向蛟依旧面无表情地道。

“队长的马甲掉就掉啊，他不在乎的。”薄落全力以赴地怂恿他，“直播，快直播！”

斗猫知名吃播播主 Lemon 说直播又鸽、说鸽又直播了，仅存不多的信誉都喂了布拉格广场的鸽。Mangosteen 的粉丝们也闻风而至，因为他们知道，自家主播不开播，八成是在隔壁。

第一批赶到直播间的水友看到的不是“柠爸”也不是芒神，而是一脸兴奋对着镜头挥舞夹子的 Pineapple。

“大家好啊，我是菠萝酱！”

“眼熟你。”

“眼熟你。”

“眼熟你。”

“等等，为什么菠萝酱会在柠爸的直播间啊？”

“因为我在跟 FRUIT 吃烤肉。”凌檬终于出现在画面里，他向后让了让，露出正在往他盘子里夹烤肉的单竺以及 FRUIT 众人。

芒神粉们不淡定了。

“嗷嗷嗷——芒神夹的那块五花肉是我的！”

“是我的，谁也不要跟我抢！”

当然更多的还是在惊讶 Lemon 居然会跟 FRUIT 组团吃烤肉这件事。

“檬檬怎么会跟 FRUIT 同桌，这叫不打不相识吗？”

“难不成是 FRUIT 为报复上次翻车，要把柠爸灌醉后拖到基地一顿暴打？”

“等等，檬檬刚才鸽直播是为了给 Guava 过生日，FRUIT 战队里难道还有第二个人今天过生日？”

“你们问 Guava ？他在我对面啊。”凌檬把手机转了转，镜头里出现淡定地给羊排剔骨的向蛟的侧脸。

“意不意外，惊不惊喜？”凌檬今天受到了世纪性震撼，也要震撼一下别人。

“什么，Guava 是向神？！”

“向神竟然是柠爸的隐藏迷弟？不可思议！”

“你们没看向神今天的赛后采访吗？！ Cherry 爆料向神最近在捧

一个娱乐主播，原来就是柠爸！”

“我檬魅力无穷！”

“震惊！联赛首日向神放水主播队又吊打蔬菜队，真相竟然是……”

凌檬低估了FRUIT的人气，尤其是向蛟。FRUIT虽然人人有直播间，但向蛟从不开直播，他的粉丝们只能偶尔从其他队员的直播间捕捉到向神的衣角。这么难得的户外直播，饥渴的粉丝们自然不会错过，赶来观看向神、芒神等“六神花露水”的水友挤爆了凌檬的直播间，创下了在线人数百万的历史新高。

如此高人气自然也惊动了平台，凌檬在一无所知的情况下被推送到首页，因为好奇点进来一窥究竟的人更多了，其中自然也包含了许多非星河玩家。

“给误入的朋友科普一下，《星河传说》现国服排名第一的战队队员和教练，以及两大人气男主播都在这里了。”

“天哪这阵容，向神、芒神、FRUIT、柠爸……让我蹲在桌子底下我也愿意啊！”

“请问贵店还缺服务生吗？会烤肉的那种。”

“应聘！我不仅会烤肉，我还会喷火呢！”

“柠爸事先知道Guava是向神吗？”

“不知道。虽然猜到他可能是职业玩家，但完全没想到会是他。”

“向神为什么会看柠爸直播呀，难道是因为柠爸的游戏打得好？”

“我也想问这个问题啊……”凌檬都快被憋出内伤了。

“就是看了你解说他和芒神的异人比赛视频，然后就把你直播间找来看了，”应涛说，“还找我教他怎么充值。”

“啊，是吗？”凌檬依旧很蒙。

“唱歌有意思，吃东西也挺有意思，”向蛟头也没抬地评价着，“气鼓鼓的样子……很好笑。”

“跟打游戏就一点关系都没有吗？”

向蛟这才抬起头，表情有一丝困惑：“游戏打得不好也可以很开心，看起来比较励志，算吗？”

凌檬：“这是在夸我吗？我就当夸奖在听！”

弹幕也已笑惨。

“向神夸人，不同凡响。”

“手残志坚柠爸，斗猫年度励志主播。”

“檬檬此刻表情哈哈哈！”

“有种爸爸嘚瑟多年终于见到爷爷的既视感。”

“不要怪向神啊，人家上哪儿找一个游戏比他打得好的游戏主播？还好我檬是正能量娱乐主播！”

凌檬委屈地转头求助于单竺：“我是不是真的该考虑转型做娱乐主播？”

大家又在起哄。

“你对自己是有什么误解？你做娱乐主播还用得着转型吗？”

“在向神那里失去的自信只能在芒神身上找回，谁让芒神是宇宙第一柠吹。”

“你就维持现在的风格挺好，”单竺递给他一串排骨，“游戏娱乐两把抓。再说我觉得你打得不错，不能拿国服第一的眼光当标准。”

“真的吗？”凌檬有了排骨，很欣慰。

“你长得好看，无论直播什么都有人看的。”

“芒神真·暖男。”

“好想上天赐我一个芒神那样的男票。”

“打游戏向神更胜一筹，哄人开心芒神满分，向神要好好学学了。”

7

直播间里的话题跑得十八头驴都拉不回来，饭桌上酒过三巡，气氛也有些热闹，一群游戏深度中毒者，讨论的话题除了游戏还是游戏。

向蛟十八年来第一次喝酒，又是寿星，没少被敬酒，喝多了就低着头默不作声，跟他平时的表现倒也没有什么两样。

在水友的强烈要求下，他们饭后还玩起了“狼人杀”。凌檬抽到了预言家，可没有一个人信凌檬，只有单竺力挺凌檬。最后爆出来单竺是张狼，一心把单竺当自己人的凌檬心灵上受到了欺骗，直播间被“心疼檬檬”的言论刷屏。

凌檬意犹未尽还想玩，单竺接了个电话，表情瞬间变得十分严肃。

“我有点事情要先走一下。”

“我跟你一起。”凌檬虽然不知道是什么事，但从单竺的反应判断应当是不太妙。

两个人匆匆告别，打了辆车来到三公里外的酒吧。在吧台旁，凌檬见到了喝得烂醉如泥的单耀。

“你不该放他一个人静静待着的，”凌檬跟他一人一边搀扶起单耀，“现在该怎么办？”

“VEGETABLE 的训练基地离这儿不远，我们送他回去。”

单竺曾经到基地给单耀送过东西，但是没进去，所以连单耀的队友也不知道他们的关系。

当看到醉得不省人事的队长被赫赫有名的芒神送回来时，基地的每一个人都很诧异。

“芒神、柠爸？你们认识我们队长？”

“他是我堂弟，”单竺没空解释那么多，“他的房间在哪里？我带他过去。”

“哦哦。”

在队友的帮助下，单耀被送回了房间，这也是凌檬第一次进入到职业选手的宿舍。很简单的双人间，架子上摆了些星河的周边。

单竺进洗手间接水的工夫，凌檬就在参观那些周边。他听到身后有动静，一转身，发现单耀居然坐了起来。

“你怎么起来了？快躺下。”他忙去扶。

岂料单耀突然抓住他的胳膊不放，力气大到令他无法挣脱。

“哥。”单耀口齿不清地喊他。

凌檬知道他是认错人了。

“我不是你哥，你先躺下。”

单耀不听：“哥，我好没用。”

“怎么会呢？你明明已经很厉害了。”

凌檬有点着急，要是单耀这样都算没用，那“游戏打得不好也可以很开心”的他又算什么？

单耀又囫囵着说了一长串，凌檬听不清，就隐约捕捉到“没用”“不该打职业”“像你一样做个主播就好了”这样的字眼。

一个一米八几的大小伙子，抱着凌檬的胳膊不放，竟然哭了，这场景对凌檬的冲击实在太大。他试着像白天单竺那样轻抚对方的后背，才总算让人渐渐安静下来。

单竺出来时见到这一幕，赶紧放下手里的东西上来帮忙。两个人费了好大工夫才让单耀重新躺下，凌檬的手臂上留下两个红红的手掌印。

单竺打湿了毛巾替他擦脸：“他的压力太大了，我是不是没跟你说过，他出来打职业，家里人都不同意？”

“没有。”

“他当初是离家出走参加训练营的，现在跟我叔婶也接近于冷战状态，他太想拿个冠军来证明自己了。”

凌檬懂，可比赛就是这么残酷，冠军只有一个。

他们一直等到单耀睡安稳了才从他的房间里退出来，VEGETABLE 的成员都在大厅，此刻的气氛跟欢天喜地给队长过生日的 FRUIT 有着天壤之别。

看得出来他们对芒神和自家队长的关系还是很意外，时间太晚了，单竺也不便过多打扰，拜托他们多照顾单耀后便带着凌檬离开了。

凌檬临走前拍了张夜色中 VEGETABLE 训练基地正门的照片，在微博上有感而发："几家欢乐几家愁。"网友们纷纷揣测，先是跟 FRUIT 烤肉，后又去 VEGETABLE 探访，"柠爸"的真实身份是否是星河职业圈双料间谍。

凌檬顶着满天星斗，被迫思考新的人生哲学。

"这么晚，寝室都关门了，我们怎么办？"

"我有一个大胆的想法……"

凌檬的脸"唰"一下就红了，好在天黑看不清楚。

单竺把人逗够了，才悠哉道："我是说去网吧上通宵，你想什么呢？"

凌檬意识到自己被套路了："我当然……当然想的也是去网吧通宵啊！"

单竺憋笑："那就好。"

8

说好了去网吧，单竺临时又改变主意，说像凌檬这样的小朋友要早点睡，不然会变秃头。

"秃头？秃头怎么了，不秃头都会发光，秃了更加闪亮！"

最后不管他愿不愿意，还是被单竺拽去附近的宾馆开了个标间。

凌檬不管到哪儿都是标准的手机瘾患者，刚进房间就把自己摔到床上，迫不及待地刷起了手机。

仅仅一晚上，星河圈就出了好多新闻——

"某男主播劈腿被女友带人捉奸，捉奸时居然还开着直播。"

"职业联赛首日爆冷，老牌劲旅输给黑马新丁。"

“向神小号 Guava 曝光，柠爸迷弟身份非常神秘。”

“VEGETABLE 经理爆料队长 Yam 跟芒神是同姓亲属关系。”

而 Yam 的微博沦陷，一群人把失败的愤怒发泄在了队长身上。不过输了一场常规赛，大家就扬言要他退役、降级，恶评比比皆是。

凌檬路见不平，跟黑子吵了几句，竟然被打成水军。

“不要跟他们争论，没有意义的。”

“可他们一派胡言，我看不下去。”

“这些人只是在寻找一个发泄渠道，正不正确并不重要。”

“输了比赛又不是你弟弟一个人的锅，凭什么矛头都对准他一个人？”

“他做职业选手就应该有面对这些批评的准备，等赢了比赛在下面吹的还是这些人。虽然残酷，但这就是职业选手的日常。”

单竺没收了凌檬的手机，让他赶紧去睡，免得真的变秃头。

9

第二天早上退房后，两个人又特地去 VEGETABLE 的训练基地探望了单耀。

经过一晚上的消化，VEGETABLE 的队员总算不再对芒神的出现感到惊讶了。

宿醉后的单耀状态依然低迷，得知自己喝醉后误将凌檬当成堂哥抱着痛哭后，特别不好意思地向凌檬道歉。

“没什么啦，我听单竺说了你的事，不要给自己太大压力，我是真心觉得你打得超厉害。”

他又想了想：“也不要理那些黑子，更何况我看到还有很多粉丝在支持你，帮你说话。我以前受到的谩骂比你多了去了，也没有人帮我，我一个人孤军奋战不也好好活到现在？”

单耀被逗笑：“当然了，你可是一个人单挑整个国服的柠爸。”

“你再捧他他要膨胀的。”单竺插嘴。

“哥直播的时候也没少吹啊，怎么换我吹就不行了？真当我不看直播吗？”

凌檬本以为职业选手都不屑于看他们这种业余玩家直播，岂料在他不知道的情况下，早就被两大战队看了个遍，连 FRUIT 的教练都调侃式地喊他一句柠爸，令他很有挖地三尺的冲动。

他以单耀需要休息为由把单竺推出门去，自己转过身欲言又止。

“那个，你昨天抓着我哭的时候……可能因为你跟单竺很像，我很容易把他代入他。老实说，我当时非常难过。”

凌檬抓抓头，后悔自己语言“偏科”，临终关怀张口就来五百句不重样，需要安慰别人的时候，就不知道该怎么说了。

“虽然你不是他，但肯定有人对你像我对他一样，看到你比赛失意借酒浇愁，会比你还要伤心难过……”

单耀愣了一下，随即领悟凌檬的意思。

“我明白，我不会再让关心我的人失望的。”

凌檬见意思传达出去了，也就放心了。

“嘿嘿，后面的团体赛和个人赛也要加油哦！”

他转身要走，只听后面传来一句：“谢谢。”

临走前，凌檬决定以一个哥哥辈的身份劝告他：“答应我，以后专心训练，少看点浊流主播的直播，可以吗？”

单耀一扫颓态，斗志满满。

“放心吧，我们男生打游戏可是很厉害的。”

凌檬：“讨厌的一家人！”

第八章

1

暑假来临，毕业生单竺早早地就被要求离校，凌檬也到了不回家不行的时间了。

凌檬想念老家的食物，也想念他妈，唯独不想念这里的交通。湖朔的车辆礼让行人这一美德把他惯成了螃蟹成精，上街都是横着走，结果下火车没多久就差点连人带行李被呼啸而过的公交车给刮倒。

“我差点就被撞到了！”凌檬在微信上用语音跟单竺大声抱怨，“这边的公交车司机都把公交车当 F1 赛车开！”

“你当心点，”单竺拿他没有办法，“走路就不要看手机了。”

“我想让你看看我长大的地方啊。”凌檬过了一会儿发了张照片过去，“这是我的高中学校，这是我的初中学校，这是我的小学学校，这是我小时候撒尿和泥的地方……”

单竺就这样参观完凌檬的成长史，直到照片里出现一栋居民楼，看上去有点年代感了。

“这是我家！”凌檬高兴地宣布。

“到家了好好休息一下。”

“我都闻到我妈做饭的香味了！”

“你家住几楼？”

“六楼！”

单竺有点好笑地在心里吐槽：狗鼻子。

凌檬拖着行李“吭哧吭哧”上了六楼，放假过了一周才回家，果不其然一进家门就被檬妈数落了。

“儿子长大了，考完试都不回家了。”

凌檬连忙把准备好的礼物一样样拿出来孝敬她，把人哄开心了。

“真是长大了，还知道给妈妈带礼物。”

“嘿嘿，其实都是我一个朋友送的。”

“朋友，那你怎么不邀请人家来家里玩？”

“啊？”凌檬从没想过还能这样。

“人家送了这么多东西，你不该请人来家里做客？”

他只是试探地问了一下，谁知单竺二话不说就订了次日的机票飞过来，比他买房的效率还高。

单竺进了家门先点头问好做自我介绍，随后又左右打量。

“阿姨不在家吗？”

凌檬不解：“这就是我妈啊。”

单竺做出吃惊的表情：“这是阿姨？这么年轻还以为是你姐姐呢。”

凌檬：“演得真像！”

檬妈居然真的吃这一套，拉着他的手问东问西。

“我家檬檬在学校一定给你添了不少麻烦。”

凌檬：“怎么会呢妈，明明是我照顾他比较多。”

檬妈瞪凌檬一眼：“你是我儿子，我还能不知道你？”

敢情干儿子刚进门三分钟，就没他这个亲儿子什么事了？！

单竺的外形很加印象分，连檬爸都夸他：“小伙子长得真不错。”

“他靠脸吃饭的。”凌檬忙说。

檬妈一愣：“演员、模特？”

“阿姨，您别听他瞎说。我刚毕业，之前兼职在网络上做教学解说，今后主业也打算从事这方面的工作。”

原来游戏主播还能这么解释？凌檬学到了新操作。

单竺花了点时间向两位家长详细解释了什么是网络主播，毕竟在网上直播打游戏这种事在上一辈人眼中怎么都看不像是一份正经工作。

“你是说我家檬檬也在做这个？”

“对，只不过他跟我以前一样，是业余的，不会影响学业。”

“你们不是经常发我的表情包吗？就是网友们在直播时截的。”凌檬补充说。

“你长得好看有人看我能理解，但真的有人会去看檬檬主播吗？”

“对你儿子有点信心啊妈！”

檬爸也批评她：“儿子长得像你，怎么会没人看呢？”

檬妈高兴道：“那是不是我去做主播也会有观众？”

单竺看到这家人的互动，有点明白凌檬乐观的性格是怎么来的了。

柠吹大队长单竺开启了吹柠模式，一半时间吹凌檬，一半时间捧凌檬爸妈，偶尔谦虚地介绍一下自己。一番交流过后，凌檬就算是瞎子也看出来爹妈对单竺很满意，几乎要拉着手叫干儿子了。

“一大早赶过来饿了吧？跟阿姨去买点菜，回来做饭给你吃。”

“妈，不是你说去外面随便找个馆子解决，特地没买菜吗？”

“外面吃的东西怎么会干净呢？对了，你去把书房的沙发床铺上。”

“妈，不是你说让他随便在外面找个地方住吗？我宾馆都订好了。”

“一家人怎么能让人睡宾馆呢？赶紧退了去。住家里多方便，沙发床虽然小了点，但是也睡得下，快去快去！”

凌檬被赶去给单竺铺床，忙完后发现单竺已经被拉进他们三口之家的群聊里，这会儿正在给他亲妈发自己新一代的表情包。

凌檬气呼呼：“能不能别再给他们发这些了？你知不知道现在连我管我爸要生活费，他都拿我的表情包回复我！”

就是那张经典的“想要吗？要就叫我一声爸爸”表情包。

“那你叫了吗？”

“当然没叫，我也是有骨气的人，反手就给我妈发了一张‘妈’，然后他们两个就在群里愉快地斗起了表情包。”

“你放心，从今往后我不会再让你爸妈互斗你的表情包了。”单竺认真地说。

凌檬的眼睛发亮：“真的？你有什么方法？”

“我会加入他们，我们三个人一起斗，会斗得更欢。”

凌檬：“滚滚滚啊！”

2

暑假是直播平台人流量最多的日子，斗猫为了在假期多聚拢一些人气，早早就跟单竺签了合同。

单竺被限制了活动范围，只能白天跟凌檬去近郊转转，晚上准时回去直播。凌檬把他高中时用过的台式机收拾出来给单竺用，家里的网速也很理想，美中不足的就是没有摄像头。

芒神的颜粉们不干了，每天哭天抢地万人血书求开视频，技术粉们幸灾乐祸地看着这帮肤浅的粉丝：想不到吧？芒神从前直播也是不开摄像头的！

但也是拜这点所赐，没有人知道单竺偷偷去了凌檬的老家。在他们的情报里，“柠爸”放假回家，芒神还在湖朔，斗猫主播组合短期被分隔两地。

时值夏季赛，精彩比赛复盘成了芒神直播间每晚的固定节目，真心想学打游戏的、爱看比赛的，没有摄像头也要顽强听的、连带着思爹心切的“柠爸孝子们”都聚集在这里。

单竺解说中途，心有灵犀地回头一瞅，正逮到一只在门口探头探脑的仓鼠。

凌檬手里端着檬妈准备的果盘，鼓着腮帮子将门挤开一条小缝，一看就知道已经偷吃掉几块了。单竺冲仓鼠勾了勾手指，凌檬转身关了门，蹑手蹑脚地溜了进去。

凌檬走近后发现单竺复盘的是 VEGETABLE 下午的比赛，蔬菜队这个赛季成绩卓越，自从开幕赛憾负 FRUIT 后，至今一场未输。队长单耀尤其 Carry，很多人都看好他们。

凌檬坐在单竺旁边，一边吃水果，一边美滋滋地看起了比赛。

单竺身边多了一个人，解说节奏却丝毫不乱，选手的操作、意图及比赛形势，都分析得一清二楚。

凌檬听着听着就发现这个人不受干扰的能力强得离谱，而他最喜欢挑战人的极限了。

凌檬开始在旁边做小动作，“川剧变脸”、表情陶醉地吃水果，竭尽所能地对对手造成干扰，完美体现了一个星河狗的基本素养。

有几次凌檬都觉得单竺肯定要破功，谁知他居然一点也不受干扰。

泰山压顶都面不改色，这是个人才啊。凌檬遭遇劲敌，使出浑身绝学，变本加厉。

单竺终于警告地瞥了凌檬一眼，凌檬一看有戏，正想追加一个大招，却见他从座位上站了起来，冲自己招了招手，又指了指凳子，竟是让自己坐下的意思。

凌檬不知他葫芦里卖的什么药，傻乎乎地坐了上去。单竺食指放在嘴边，比了个嘘声的手势。

不就是不能出声吗？这个道理凌檬当然懂，水友们都以为芒神还在湖朔，他也没有卖了自己的想法。他自信地朝单竺比了个“OK”，看他能变出什么芒果花来。

单竺狡黠地勾了勾嘴角，按住凌檬咯吱他的腋下。凌檬生平最怕痒，第一下就差点没忍住，迅速用两只手捂着嘴，笑得浑身打滚，想挣脱又挣脱不开，想叫又不敢出声。

而单竺居然还戴着耳麦，有条不紊地复盘比赛，下手则一点都不轻饶。

弹幕不甘寂寞。

“为什么我刚刚好像听到了奇怪的声音？”

“我也听到了，原来不是我的错觉。”

“好像是……椅子摇动的声音？”

“那是什么神奇的场景，芒神一边解说比赛，一边激动地在椅子上摇摆？”

凌檬笑得浑身脱力，拼命地用眼神求饶。

单竺暂时停手，同样用眼神问他：“还胡闹不？”

凌檬连忙摇头：“我再也不敢了。”

凌檬这才被放开，像条死鱼一样瘫在单竺的椅子上。单竺没有赶他，而是坐了他的位子，继续认真地解说比赛。

凌檬缓过劲来，边吃水果边听，听着听着就被比赛吸引了。

又过了一段时间，单竺突然听到耳边传来轻微的鼾声，竟是凌檬看比赛看困了，直接坐着睡着了。他的脖子支撑不住脑袋，左一点右一点，像极了某些人上课时的样子。

单竺无声地笑笑，继续若无其事地解说。一局比赛结束，单竺开始总结："说到帝国兵种的天赋……"

"不正经主播！"凌檬突然大吼了一声。

单竺一脸问号。

弹幕全是问号。

凌檬的眼睛还没睁开："就数你最不正经！"

单竺："……"

弹幕依旧是问号。

"我跟你说爸爸才不是……"

凌檬动了动身子，后面的话含含糊糊听不清了。单竺低头看看熟睡的凌檬，嘴角还挂着可疑的口水，看起来好气又好笑。

弹幕上已经密密麻麻布满了问号。

"檬檬睡着了，在说梦话。"

弹幕上依旧是满屏的问号。

单竺按下暂停："稍等，我先把他搬到床上去。"

"搬到床上？所以刚刚在哪儿？"

"你现在告诉我这些天你都是跟清流主播在一起，不是异地？"

"这就是你不开摄像头的理由？"

"不愧是斗猫第一浊流主播，呵呵！"

"新粉弱弱地举手，刚来几天，这个主播不是很正经吗？为什么你们都叫他浊流主播？清流主播又是谁？"

……

单竺把凌檬转移到旁边的床上，盖上被子，被凌檬一脚踹开，翻身睡得香甜。

还好是夏天，单竺也就由着他去。回到电脑前，弹幕里老粉丝在热心地给新粉丝科普浊流主播和清流主播的二三事。

"好了，小点声我们继续。"

"继续，谁跟你继续？"

“继续……解释檬檬为什么会跟你在一起？”

“小点声就吵不到清流主播睡觉了？你要是真关心他就开视频打手语。”

“暑假回家？短期异地？”

“来人，举报这对骗人主播。”

“再看你们直播我就是狗。（微笑、汪汪汪 . jpg）”

四十分钟后。

凌檬伸了一个大大的懒腰，翻身一看单竺还在直播。

单竺用余光扫了他一眼：“你醒了。”

凌檬一脸茫然。

“来跟大家打个招呼吧。”

凌檬一脸问号。

3

“知名主播，欺骗观众！表面分开，天理难容！

继“你们男生打游戏好厉害哦”后，凌檬又一次体会到了语言的匮乏，连续若干天，芒神的直播间都被同一句话霸屏。

错过那天直播的水友在这样的盛世谴责推动下，自然免不了上 B 站补习功课，转头纷纷加入讨伐无良主播的大军。

凌檬起初是装死，后来发现蒙混不过关不得不出来解释——

“真的没有欺骗观众，我本来一放假就回家了的……好吧是过了几天才回家的……

“我家是真没有摄像头，不是故意不开……不是为了干见不得人的事，不相信芒神还不相信我吗？我这么正经的清流主播……好吧，我错了，我真的错了！原谅爸爸吧！”

“清流主播，举报了。”

“言而无信，愧为人父！”

这回换单竺端着果盘进屋，看凌檬正焦头烂额地解释，幸好没有摄像头，否则大家都能看到他那个被揉得像鸡窝一样的脑袋了。

“别急，吃点水果，慢慢说。”单竺不嫌事大地在他旁边坐下。

凌檬：真想把他切成芒果花，一口一朵！

“我跟你们说这家伙真不要脸，天天哄我妈开心，我妈现在对他比对我还好。看到这个果盘了吗？以前我在家的时候最多给我洗洗，现在就差没雕只凤凰了……哦，对，你们看不到。”

粉丝——

“别叫差辈了，爸爸的妈妈是奶奶。”

“我奶奶刀工真好，这凤求凰雕得栩栩如生！（假装看得到）”

“不愧是我亲奶奶，被我奶奶雕过的柠檬都不酸了。”

……

4

最后，凌檬在水友们的强烈呼吁下开启了手机直播。

“这就是我从小长大的卧室，还不错吧，就是小了点。那是我的床，芒神睡隔壁书房。”

“那边是我的电脑，芒神最近就用它直播。”凌檬给了台式机一个特写，“看，真的没有摄像头，不是故意不开。”

“芒神？芒神在旁边吃芒果。”凌檬把手机转了三十度，发现果盘隐约见底了，而单竺连溅到指尖的芒果汁都不放过，“你倒是留点给我啊。”

“我本来想买一个的，反正也没有多少钱，”单竺边嗦手指边说，“但是檬檬说不行。”

凌檬：“我是说他们会看到你在我家不行。”

“你说得对，”单竺正经地说，“会被他们看到我们独处一室，这样不行。”

“你胡说什么呢？我们这种情况能叫独处一室吗？这屋里除了你我，不是还有百万热心水友吗？”

“震惊！区区一间卧室竟容纳得下一百万零二人！”

“檬檬的卧室——真能装啊。”

“谁踩我脚了？床上的朋友能不能让让，给我腾个观众席。”

“百万水友：打扰了！”

“喀，对了，给你们看我的奖状。”

他卧室有小半面墙贴着奖状，一旁还挂着几枚奖牌：“这些都是我中学六年运动会得的。这是我初一第一次参加长跑比赛，拿了第三名，后面大部分都是第一……”

他一一给大家介绍：“还有这个，区运动会长跑冠军奖杯，厉害不？发给我的时候我还以为是纯金的。”

“厉害了我的爹！”

“长跑冠军？你？别逗了，就你那细胳膊细腿。”

“檬檬中学参加的小学生运动会，反正裁判也看不出来。”

凌檬：“是真的！我从小就比较瘦，看起来很容易被欺负的样子，老师说我最好练一项运动，我就练了长跑……

“练长跑是打不过别人，但可以跑得掉啊！”

“没有又矮又瘦，就是瘦！我都说了我在我们这里不算矮！”

眼看质疑的人占多数，凌檬急得求助场外观众。

“不信你们问芒神，我是不是很能跑？”

“是，”单竺很认真地附和，“跑起来会发光的那一种。”

“动……动能发电？”

“注意，这个柠檬是涂了荧光剂的。”

“画重点：发光梗的出处。”

“课代表记性真好！我要去翻那条微博了。”

“提问，你们对彼此的第一印象是什么？”

“我来替你们采访一下芒神对我的第一印象是什么吧？”

凌檬随手拿起细长的奖杯，装模作样地对准单竺。

“第一印象？想不到柠爸真人是这种画风，有点反差萌。”

“那不叫反差萌，那叫网络有欺骗性！”凌檬坚决不肯承认自己萌。

“有句话叫始于颜值……”

“肤浅。”

“陷于颜值，忠于颜值。”

“我是不是该去隔壁感谢我妈给了我这张脸？”

“不要吧，还是让阿姨觉得我是注重内在的好一点。”

“那当然，我内在也是很美的。”

“芒神已经回答完毕。檬檬，该你了。”

凌檬假意思考：“算正式见面的话，觉得这个人不怎么样，比赛故意输给我。”

“芒神想不故意输给你，怕是也不怎么容易。”观众吐槽。

“不过接触下来发现这个人还行，有句话怎么说来着？始于猫粮，陷于爬架，忠于庭院？”

“Excuse me（不好意思）？”

“向神：这我也能做到啊？”

单竺：“你是在暗示我给你刷庭院吗？”

“开玩笑，开玩笑。”凌檬赶紧改口，“让我想想，嗯……始于外卖，陷于陪跑，忠于带打，是这样了。”

“带打可以的。”

“向神：这我也没问题啊！”

5

两天后，单竺带着满满一箱凌檬的家乡特产回了湖朔，凌檬特地发了条微博昭告天下：“恭送@ Mangosteen 返乡！这回真的真的真的分隔两地了！”

Fan A：“都是虚的，我们懂。”

Lemon：“是真的，骗你我不酸！”

Fan B：“这次打算异地几天，还是几个小时？”

Lemon：“不到开学我是不会回去的，绝对不打脸！”

Fan C：“我听芒神这两天直播的声音有点哑，没事吧？”

Lemon：“你们的芒神水土不服，有点感冒！”

……

单竺走后，凌檬的假期过得有点索然无味。单竺两地奔波直播也没有断，凌檬每晚准时守在直播间“听”他直播。

颜粉又万人血书了，扬言要众筹给主播买摄像头，猫爬架刷了一个又一个，奈何斗猫“颜值一哥”丝毫不为所动。

连凌檬都很不解。

凌檬：“为什么不开摄像头？”

单竺：“你想看？”

凌檬还没弄懂他说的看是怎么看，就收到了视频通话请求。

视频接通，单竺在镜头用食指在嘴唇上一点，示意他不要说话。

凌檬点头如捣蒜，末了还给了他一个有力的“OK”手势。单竺继续解说，凌檬捧着大脸趴在床上看。

百万水友听直播，唯有我能看主播！

单竺的视线偶尔移过来，两个人默契地相视一笑。

下一次单竺的视线移过来，凌檬吐了吐舌头。

再下一次单竺的视线移过来，凌檬挤了挤眼睛。

凌檬开发了新的乐趣，他可是被做成表情包的男人，一分钟换六十个鬼脸不带重样的。

水友们很不解，明明挺严肃一比赛，主播是怎么做到声带笑意的？

“主播家有喜事？”

“莫非这场买赢了？”

凌檬看到单竺低头快速写着什么，片刻后把纸举起来给他看。

“再搞怪就关了。”

凌檬正在做一个难度很高的鬼脸，他眯成缝的眼睛看清了那六个字，伸手在脸上一抹，原本很夸张的一张脸瞬间面无表情。

这下单竺真的没忍住，“扑哧”一声笑了出来。

“主播家到底有什么喜事，说出来让我们也高兴高兴呗。”

“檬檬，起来吃水果了。”

凌檬吓得跳了起来：“妈！”

他一跳起来，檬妈自然也看到了视频里的单竺。

“哎哟，这不小单吗？”

单竺顿了一下：“阿姨好。”

弹幕问号大军集体走了一拨。

凌檬赶紧把自己妈往外推：“妈，你进屋怎么不敲门的啊？”

檬妈无辜地托着果盘被推出去：“我敲了半天你没听到呀，谁知道你在干什么那么投入。”

“别说得那么大声，他在直播呢！”

“啊，我不会也上镜了吧？”

……

声音渐远，单竺若无其事地清了清嗓子。

“不好意思，发生一点意外，我们继续。”

“继续，谁跟你继续？”

“继续……解释檬檬为什么会跟你在一起？”

“现在真的没有在一起。”

“这个主播充满欺骗！”

单竺头疼：“明天我就去买摄像头，这件事翻篇好不好？”

“如果这是你的欺骗，我上当得心甘情愿！”

“主播，请继续你的解说！”

“不要让不相干的言论打扰到你，我们来到这里只有一个目的，那就是看游戏直播！”

6

买摄像头这个决策是正确的，都说平时不感冒的人一旦感冒就很难好，单竺回了湖朔以后感冒不但没好转，反倒日益加重了，说话带着明显的沙哑，听起来就令人心疼。

不能解说他就打打游戏，还好有摄像头安抚粉丝。从首页推荐点进来的路人一看——嗯，这个主播不说话的？关注了。

芒神生病这件事可急坏了他的“女友粉”，又是嘘寒问暖又是打赏巨款。凌檬甚至见到有人刷了个庭院就为了留言四个字：“多喝热水。”

凌檬本人也挺急的，急到食欲都减退了。

檬妈心焦地发现儿子的饭量从三碗降到了两碗，他本来就瘦，再这样下去可怎么行。

于是两天后，单竺收到凌檬的微信叫他开门，开门后吃惊地发现凌檬就站在外面。

“你是怎么找到这里的？”

“我要过你家地址啊。”

“可你说是帮我叫送药上门。”

“没错啊，”凌檬从口袋里掏出一包板蓝根，“送药上门。”

单竺笑着把人拉进来：“我的病只有吃这个药才能好。”

单妈妈听到动静出来看：“咦，这是……”

凌檬在单竺之前抢着开口：“阿姨您好，我是单竺的学弟，听说他病了，来看看他。”

单竺用同情的眼神看着他，单妈妈愣了下，随即换上热情的表情招呼他：“这孩子相当有心啊，快进来坐。”

单竺直接把他拖到自己房间里：“阿姨是怎么同意你没开学就返校的？我这两天已经好得差不多了。”

“跟你没关系，是我妈。”凌檬放下背包，“她嫌我每天吃饭太多，主动打包行李把我发配到湖朔。”

“吃饭太多？”单竺上下打量他，“确实胖了点。”

“不是吧，胖了二两你也能看出来？”

“不骗你，小肚子都出来了。”

单竺一本正经地说，甚至还上手掐了掐。凌檬怕痒，笑着躲开。

他指了指卧室门口：“有人来了。”

一个中学生模样的男孩懒散地靠着门框，十分嫌弃地看着他们。

“这是你弟弟吧？”

单竺放开凌檬：“单吒，跟你檬檬哥哥打个招呼。”

“弟弟好。”

单吒撇了撇嘴，没理他：“哥，给我签字。”

“签什么字？”

单吒扬了扬手里的A4纸：“VEGETABLE的青训入队同意书。”

单竺拒绝：“爸妈不同意我签了也没用，况且我也不同意，你的年龄条件都不满足。”

单吒也觉得来找他哥没什么用：“那算了，我去找单耀哥哥签。”

“如果你真的觉得有用那就去吧。”

“等等，”凌檬叫住他，“我记得你才十四岁吧？青训不是只收十六岁以上的吗？”

“我虚岁十五岁，四舍五入就是十六岁。”

“哈？那我十九岁，四舍五入还是奔三呢。”

“你，十九岁？”

单吒转向他哥：“他都能改年龄我为什么不行？”

凌檬：“我没有改！我真的十九岁！”

单竺的弟弟就是他的弟弟，凌檬燃起一股做家长的责任感。

“孩子，你不要觉得打职业很简单，做职业选手可比念书累多了，每天训练十几个小时，周六和周日也没有休息。”

“我不怕累。”

“光努力也是不够的，你的对手个个都是天才，可你恐怕连我——一个优秀的游戏主播都打不过。”

单吒望天：“不试试看怎么知道。”

“SOLO（单挑）三局敢不敢？你要是赢了，我就承认你有打职业的潜力。”

单竺用同情的眼神看着他，凌檬总觉得这眼神似乎不久前才见过。

“别担心，我一定会对初中生手下留情的。不过等会儿要是把你亲弟弟打哭了，你可别怪我。”

三局后，凌檬被打哭了。

“你怎么不告诉我你弟打游戏这么厉害？你不是反对他打职业吗？”

“我反对是因为他太小，不是因为他打得不好。”

“这是个天才啊，你们单家什么基因哪？”

“我现在是不是能打职业了？”单吒从他的房间出来，故意说道，“优秀的游戏主播檬檬哥哥。”

“你等等！”

凌檬凑到单竺的耳边小声说了几句，单竺半信半疑：“他会答应吗？”

“不知道，试试呗。”

7

这是单吒第一次拜访职业战队的基地，可他看起来并不开心的样子。

“我要去的是VEGETABLE，你带我来FRUIT做什么？”

“你瞧不起FRUIT吗？人家上赛季、上上赛季都是冠军，你真的加入VEGETABLE，以后可就是他们的对手了。提前带你查探一下敌情还不好吗？小孩就是小孩。”

单吒斜眼：“是谁刚刚被一个小孩3：0的？”

凌檬：“就让你再得意一下下，一会儿就把你打哭！”

“刚刚你也是这么说的。”

“住嘴。”

一行人被领到二楼训练室，许久不见的FRUIT队员们一见凌檬就很高兴。

“柠爸，你一个赛季都没怎么直播！”

“菠萝酱好久不见，还有应涛、历智、牛佑国大哥……你们要专心打比赛，少看直播。”

向蛟刚刚结束一把排位，慢吞吞地从椅子上站起来。

“给你们介绍一下，这是芒神的弟弟Potato（土豆）。”

“Potato？谁是Potato？”单吒抗议。

“你以后要进VEGETABLE就得取这种艺名，不然人家不收你。”

“我不管！我就叫Hawthorn（山楂）！”

“好吧，那边那位是你单耀哥哥一生之敌，FRUIT现任队长Banana。”

单吒哼了一声：“我当然知道Banana。”

“你3：0赢了我没什么，等你成了职业选手，面对的就是Banana这样的天才选手，连你单耀哥哥都不是他的对手，你觉得你行吗？”

单吒抿了一下嘴唇：“天才选手又怎样？我都没有放在眼里。他不也是辍学打游戏吗？凭什么我就不行？”

单吒从小一紧张就会抿嘴唇，但在场的只有单竺知道他有这个习惯。

“那就来吧。”向蛟问凌檬，“SOLO三局是吗？”

“对，谢谢你答应我啊。”

向蛟又慢吞吞地坐回去：“没什么，反正今天放假。你随便选一台吧。”

“选我的选我的！”薄落把单吒推到自己的电脑前，“我的外设可好用了！”

凌檬给了单竺一个眼神让他体会：“我厉害吗？”

单竺也没想到向蛟能那么爽快地答应下来，想打职业的人多去了，但是跟现役第一人1V1 SOLO？怕是很多人求都求不来的机会。

“挺厉害的，”单竺小声道，“就是我有点嫉妒。”

凌檬轻轻捅了他一肘子：“柠檬精啊你。”

“你刚才三局用什么打的？”向蛟的手指在鼠标按键上佯击，看似漫不经心地问。

“联盟、帝国、异人，三个都用了。”

“哦，那科技树呢？”

凌檬大致给他描述了一遍，很快他就知道向蛟为什么这样问了。因为对方三局用了跟自己一模一样的发展策略，就是想用被单吒打败的战术打赢他。

“会不会太过火了呀？”凌檬悄声问单竺。

“不是你说的，对热血上头的小孩子就是要打醒他吗？”

“我没想到向神下手这么不留情面。哇，刚刚那一下也太过分了，换了是我以后可能都不想打游戏了。”

三局花费的时间比刚才凌檬他们的用时还短，三局过后，单吒面对屏幕里基地爆炸的画面咬紧嘴唇，手不甘地攥紧成拳，眼泪在眼眶里倔强地打转。

凌檬看他这副样子，那句事先准备好的“怎么样，看到你跟职业选手之间的差距了吗”就不太能说得出口了。

“Guava，麻烦你了，那我们就先不打扰了……”

“你想打职业吗？”

“你只会这一句话吗？”要不是跟向蛟没有熟到那种地步，凌檬真想摇着他的领子质问他，我带他来是想让你打醒他而不是招揽他啊！

“打得不错。虽然输了，但水平还可以。”

“我也觉得不错。”不知什么时候出现的教练吓了凌檬一跳，“你几岁？”

凌檬：“十四岁。”

单吒：“虚岁十五岁！”

凌檬：“四舍五入就是十六岁对吧？我帮你说。”

“哇，十四岁就这么厉害？不容易！”薄落搂着他的肩膀，“听说你要去VEGETABLE？不要啦，来我们FRUIT，我们FRUIT可有爱了！”

“我们不收十六岁以下的，”向蛟面无表情地说，“不过如果两年后你还能保持现在这种水平，我可以推荐你进青训。”

“真难得队长也会推荐新人，”薄落高兴地拍着他，“希望两年后我还能在这里看见你。”

再看向蛟，已经开了一局新的排位。单吒来还是不来，好像跟他都没什么关系。

“不好好训练以后就只能给新人打替补。”向蛟头也不回地说。

“啥？教练你看队长他恐吓我！”

“我觉得队长说得很对。”

“我这就去打排位！”

“两年以后，我不会保持现在这种水平的！”单吒冲着他的背影喊。

凌檬：“嗯？”

“两年以后，我会变得比现在更强，我要打赢你！”

“等等，”凌檬拽住这个冲动BOY（男孩），“VEGETABLE那边？”

“我改变主意了，我不要去VEGETABLE，我要来FRUIT！我要把他打退役！”

向蛟：“哦。”

FRUIT其他成员：“赞！”

8

从FRUIT基地出来的三个人，单吒看上去心情很好，凌檬看上去心情复杂，单竺看不出什么心情。

“怎么办，我本来是想让他知难而退的，结果好像把他往职业的道路上推了一把。”凌檬的内心十分纠结。

单竺笑道：“算了，儿孙自有儿孙福，当爹的也不要太操心了。”

“而且我好像无意中抹杀了VEGETABLE未来的希望Potato，感觉非常对不起单耀了。”

走在前面的单吒回头莞尔一笑，露出一口小白牙：“檬檬哥哥。”

“哎呀！”凌檬抱住胳膊，“你叫得我鸡皮疙瘩都起来了。拜托恢复到我们刚见面时那个版本可以吗？”

单吒：“哦。”

凌檬松了一口气："这下舒服多了。对了，我晚上住哪儿啊？你家旁边有宾馆吗？"

"为什么要去住宾馆？当然是住我家啊。"单竺不解。

"学弟初次拜访就留宿，不大好吧？"

"檬檬。"

"嗯。"

"我忘了告诉你。"

"嗯？"

"我妈很早就看过我直播，时间上肯定要比你早，只是因为看不懂所以才看得不多。"

"嗯……嗯？"

"所以她也很早就认识你了，你第一天直播她就去了，还跟我说这孩子长得可爱。"

凌檬："嗯？"

"记得我直播间有个 ID 是一串数字的房管吗？"

"记得啊，我还管他叫电话号码。"

"那就是我妈。"

"这么重要的信息你怎么不早告诉我？"

"你一进门就 COS（扮演）小学弟，我没机会说。"

"关键是阿姨还配合我的演出！"

"大概是觉得你好玩。"

单吒嫌他们走得太慢，有些不耐烦。

"你们在后面说什么呢？嘀嘀咕咕的。"

"我们在讨论大人的事，小孩子就别操心了。"

叛逆儿童不要他管，他就非要跑过来。

"你不让我叫你檬檬哥哥，那我叫你什么呀？"

"随便。"

“二檬。”

“啥？”

“你身份证年龄在哪儿改的？我也想改。”

“我没有改！”

“看起来跟我差不多大。”

“我看起来比你大多了好吗？我跟你说，Banana 是我的粉丝，你再胡说八道我就……我就让他拒绝推荐你入队！”

单吒嗤笑：“Banana 是你的粉丝？他崇拜你什么啊？崇拜你被我 3 ∶ 0 吗？”

“被人 3 ∶ 0 的人没资格嘲笑别人！”

“被职业选手 3 ∶ 0 和被初中生 3 ∶ 0，我们不一样！”

“嘿，还唱起来了你个熊孩子，快叫哥！”

“二檬。”

“叫哥！”

“二檬。”

“哥！”

“哎。”

……

9

Peach（桃子）：“外地果粉，来湖朔旅游特地跑了趟电竞镇探访传说中的 FRUIT 基地，想着即便进不去在门外拍个照留念也行，没想到竟然碰到两个长得很像正在异地的@ Lemon @ Mangosteen 的人。大家鉴定一下，有图有真相。”

Fan A：“博主，这就是你的不对了，虽然照片上这两个人跟@ Lemon @ Mangosteen 长得一模一样，但信誉主播说他们异地中。那就是异地中。

你拍到的只是恰巧长得跟他们一模一样的路人而已，干吗要把路人的照片发出来？”

Fan B：“博主，这就是你的不对了，@Lemon @Mangosteen 伪装得那么努力，你为什么要拆穿他们？你有没有考虑到他们的良苦用心？你没有，你只考虑到自己。”

Fan C：“博主，这就是你的不对了，@Lemon @Mangosteen 为什么会在这个时间出现在FRUIT基地？显然他们想搞个新赛季芒神签约水果的大新闻，给广大电竞粉一个惊喜。而你破坏了这个惊喜，各家电竞媒体都不会原谅你。”

Fan D：“博主，这就是你的不对了，他们把你不对的地方都说完了，我也不知道该说什么了，反正你就是不对。”

……

凌檬一回到单竺家，就受到了单妈妈的热情接待——

“你们回来啦？吃饭了吗？小凌刚回湖朔吧，晚上有地方住吗？”

凌檬的笑容有点尴尬，单竺打断她：“妈，我都跟他说了。”

“不用演了哦？”单妈妈一秒切成居家姿态，“檬檬的被子我找出来了，你们三个去洗手吃饭。单吒，你暑假作业写了吗？又出去玩一天，今天不许打游戏了。”

凌檬把这些天掉的二两肉一顿就吃了回来，他揉着被撑得溜圆的肚皮来到单竺的卧室，果然看到床上比离开之前多了一套被枕。

“我还是觉得一来就睡你房间有点尴尬。”

“我家没有客卧，要么你就只能去跟单吒挤一挤了。”

凌檬顿时觉得尬睡就尬睡吧，总比跟叛逆儿童挤一张床好得多。

“你等会儿是不是还要直播？等我先找个摄像头死角，我放话不开学不回来，可不能被打脸。”

单竺刷了一下微博：“怕是已经肿成猪头了。”

10

单竺还未开播，直播间在线人数已达峰值，大家都抱着看好戏的心态，等着看异地主播要怎么交代。

在百万水友的期待下，柠爸厚颜无耻地出现在芒神直播间的镜头里。

“异地主播还敢出镜？是梁静茹给你的勇气吗？”

“出镜是为了让我们看看你的脸有没有肿成猪头吗？”

“不要以为长得可爱我们就会原谅你，可爱的钱我们可以另付！”

凌檬的回答也是很理直气壮：“爸爸还会怕出镜？另付的猫粮请去我的直播间里刷……脸是不会肿成猪头的，这辈子都不可能肿成猪头。毕竟我只是一个小柠檬，就算肿了也只能是个大芒果。”

檬檬的脸：“我是檬檬的脸，他不要我了。”

檬檬的酒窝：“他不敢不要你，他不要你就是不要我。”

檬檬的虎牙：“他敢不要你，我就让他尝尝唇亡齿寒的滋味。”

檬檬的阑尾：“别伤心，你还有我！”

单竺旁若无人地开了一局游戏，他的身后就是床，凌檬跪坐在床沿。

“本来我是打算开学返校的，要不是芒神病了我才不想回呢。”

“芒神只是感冒谢谢，感冒。”

“我感冒了我妈都只会让我多喝热水。”

“你们不懂，关心的人打个喷嚏也是会紧张的。”凌檬故作痛心疾首地摇头，“孤独限制了你们的想象。”

“其实异地什么的都是骗人的，搞不好根本就没分开过。”

“被芒神装在行李箱里拎回来的，还骗我们刚回来。”

“我不是，我没有，别瞎说。”

“柠爸否认三连。”

“表情包预定。”

“檬檬的新卧室——更能装了。”

“真的，我今天才到，不信你们问芒神！”

单竺掐着喉咙咳了一声，又摆了摆手，示意自己不方便说话。

“明知芒神感冒嗓子哑不能说话，还让我们问他，心机爸！”

满头问号的凌檬：“你变了，你以前不是这样的！你以前在直播间话可多了！”

“你们今天去 FRUIT 基地做什么，粉丝见面会吗？”

凌檬：“咦，今天 FRUIT 有粉丝见面会吗？”

“你跟你的粉丝见面会。”

凌檬这才反应过来他们说的是向蛟。

“别闹。我是去找向神了，找他帮我一个忙。什么忙？这个不能说。”

“跟你们一起的正太是谁啊？”

“这个能说吗？”凌檬歪着脑袋问，单竺点了点头。

“正太是芒神的弟弟，别看长得乖，本性十分恶劣。”

“什么，芒神还有一个弟弟？芒家这么盛产弟弟的吗？”

“与《狗熊联盟》妹妹光环齐名的《星河传说》弟弟光环？”

“VEGETABLE 不允许队员谈恋爱，老阿姨准备玩养成了。”

“他才只有十四岁啊，你们这些丧心病狂的家伙！”

说曹操曹操到，大概是白天受了刺激，单吒决定打游戏之余也要好好学习，于是跑来找他哥讲题。知道单竺这个时间在直播，他还礼貌地敲了敲门。

门是凌檬开的：“数学题不会？你哥直播呢，我来教你。”

单吒表示怀疑：“你会吗？”

“我好歹也是烟大的学生，你瞧不起我，岂不是变相瞧不起你哥？”

单吒被他说得半信半疑：“那好吧……”

“一筐柠檬分给甲、乙、丙三人，甲分得全部柠檬的五分之一加五个柠檬，乙分得全部柠檬的四分之一加七个柠檬，丙分得余下柠檬的一半，最后剩下的是一筐柠檬的八分之一，求筐里总共有多少个柠檬。”

凌檬趴在床上，把题干读了一遍，皱了皱眉头，又读了一遍。

“你行不行啊？”单吒在一旁不耐烦地问他。

“别急，”凌檬往远处挪了挪，“这个问题列个方程就能解，我们先设个X……”

摄像头被单吒挡住，直播间里的人看不到后面的画面，只能听到他们之间的对话。

“一筐柠檬考倒柠檬。”

“柠檬算柠檬，柠檬酸，柠檬算。”

“芒神的弟弟初中生无疑了，这道题我前两天才做过。”

凌檬这个X求了好久也没求出来，气得直抱怨：“现在初中数学这么难了吗？筐里还剩柠檬丙为什么不全拿走，这不是浪费吗？”

单吒也不遗余力地吐槽他：“二檬，你这个X都算出小数点后面七位了，是要把柠檬切片分吗？”

“去去，我还没算完呢。”

单竺也听不下去了，不再装哑：“檬檬替我打一下，我来算。”

“不行，我一定要算出来不可。”

单竺知道他轴劲又上来了，不得出答案是不会放弃的，只好把电脑交给单吒，自己过去帮凌檬算题。

单吒接替了单竺的位置，正在进行的是宇宙神级排位赛。能打到这个段位的谁也不是菜鸟，就交接的这么一会儿工夫，单竺就被对面吃了一波陆战兵，替哥出战的单吒见状颇为不屑地撇了撇嘴。

弹幕不可避免地迎来一波小高潮——

“芒神弟弟出镜！摄像头比照片清晰好评！”

“这模样几年后也是帅哥一枚，芒家基因不同凡响！”

“弟弟看我，我就是那个要玩养成的老阿姨！”

“芒神打的可是排位，这么随随便便交给初中生心真大啊。”

“对面要是知道对手换成了初中生估计会笑出声。”

“一局排位而已，反正芒神输了也能再打回来。”

……

单吒根本无视弹幕，在看了一眼他哥的科技树后，三下五除二便扭转了败势，再一鼓作气端了对方的老窝，末了还十分鄙夷地评价：“这种水平也能上神级？代练上来的吧。”

单竺不仅解完了凌檬那个冗长的方程式，还多给出了两种更简单的解法，回头一看单吒已经打完了，弹幕上尽是喵喵问号。

“这是初中生？”

“最强小学生的进阶版——最强初中生。”

“这是假的吧？其实鼠标键盘还在芒神手里，弟弟只是在摄像头前坐了一下？”

“仿佛看到了有着柠爸毒舌和芒神技术的合体版。”

“有实力的毒舌是爸爸，没实力的毒舌就只是欠打。”

“暗示柠爸欠打？举报了。”

……

“二吒快来，我算出来了。”凌檬得意地招呼他。

单吒跟单竺又换了位置，听凌数学老师给他讲一元一次方程式。虽然最终是讲懂了，但并未赢得单吒对师长的尊重。

“是我哥教你的吧？你是怎么考上烟大的？特长生吗？”

凌檬气呼呼地道：“你知不知道我是外地人，考烟大比你哥难多了！”

“那你到底是不是啊？”

凌檬漏气了：“好吧我是体育特长生，但烟大对特长生的文化课要求也是很高的。”

“你是体育特长生？烟大还招呼啦圈特长生哦？”

“单吒，不要总欺负你檬檬哥哥，他粉丝很多的。”

凌檬有群众撑腰，底气也足了很多：“没错，你要与我的全球粉丝后援会为敌吗？”

“你的粉丝？都是黑粉吧。”单吒一语中的。

“谁说的，谁说都是黑粉的？直播间里不是我黑粉的扣个 1！”

屏幕上充满了阿拉伯数字，什么都有就是没有 1。

单吒也被全屏无 1 的盛况惊呆了：“二檬，你的黑粉们真给力啊。”

“闭嘴！”凌檬训斥他，转头又训斥水友，“闭键盘！”

“我查了檬檬的战绩，发现他今天跟一个 ID 叫 Hawthorn 的人开房 SOLO 了三局全败，这个人不会就是芒神弟弟吧？”

大家受到启发，都跑去查 Lemon 战绩，一查还真是这样。不仅如此，在稍晚些的时间里，这个 Hawthorn 同样以 0 ∶ 3 的战绩败给了 Guava，这样就可以解释他们一行三人为什么会出现在 FRUIT 训练基地了。

“芒神今天带弟弟去 FRUIT，难不成是去考青训了？”

“怎么 FRUIT 青训考试是由向神亲自筛选吗？那我也要报考，3 ∶ 0，我上我也行！”

小划水：“别做梦了，能跟 Banana 本人 SOLO 怕是走了偶像主播的后门了。”

公告：“房主 Mangosteen 将用户小划水禁言二十四小时。”

“小划水，怎么老是你？”

“二十四小时，芒神下手真的狠啊。”

“还有人想陪同吗？”单竺略显沙哑的声音里带着几分阴森。

“没有了没有了，不该说的我们一句都不说。”

“报告芒神，我已经把这个键和那个键从键盘上抠下来了，请组织放心！”

“其实我重感冒，根本说不出话来，咯咯咯！”

“咦，芒神的感冒什么时候好了？开播时他不是还说不了话吗？”

单吒火上浇油：“看看我哥这威信，再看看你。”

“回去做作业吧，求你了！”

第九章

1

单竺的新房交了钥匙，可以拎包入住了。

新房是单竺看了很久才敲定的，满足他的一切要求——精装公寓，交通便利，坐落于电竞镇内，对他今后的发展计划有很大助力。

唯一美中不足的是，公寓离大学城有三十分钟左右的车程，这样他想让凌檬开学就搬过来的计划就落空了。

单竺把二居室改造成半居住半办公的个人工作室，只保留了一间卧室，另一间作为专门的直播间使用。他配了全新的电脑及直播外设，看起来不再是个业余主播。他之前用过的设备正好摆在旁边，凌檬周末过来就可以一起直播了。

在好奇宝宝粉丝们的强烈要求下，凌檬选了一个良辰吉日，直播了单竺的新居。

“这里就是芒神的直播间，看起来很专业对不对？”凌檬全方位展示了单竺的设备，“据说这个电容麦淘宝价格四位数起步，你们说芒神是不是打算转型做音乐主播？”

弹幕里都在打听芒神唱歌好不好听。

“唱歌？我没听过他唱歌，应该五音不全吧，不然为什么从来都没听他唱过？”

“声音好听有什么用？声音好听唱歌跑调的人多了去了。”

“我唱还不是被你们逼的……他不唱能够理解，偶像包袱重，还好我身上不存在那种东西。”

凌檬把镜头平移：“这边是我的电脑，确切地说是芒神用过的。你们之前看的直播就是芒神用这台电脑播的。

“他的摄像头好像也没有美颜功能，我要不要换一个，好像可以自动把人拍成锥子脸……算了这年头像我们这样的诚信主播不多了。

“对，这一套都是他的，我自己的都在宿舍里没搬过来……因为我不住这里啊，我还要念书呢……

“还有这两把电竞椅，是 VEGETABLE 战队代言的牌子，耀神送的乔迁礼物，非常感谢他。给他打个广告吧，椅子坐起来很舒服。”

粉丝：“向神也有代言啊，让向神也送你！”

“我要那么多椅子做什么？打麻将吗？不过我们的键鼠都是 FRUIT 代言的那个品牌，他家的外设很好用。”

“向神在看直播吗？！主播已明示，快看看屋里还缺点什么！”

Guava.SVIP：“可以有。”

“Guava，你在啊，别听他们瞎说，我什么都不缺。”

“缺心眼。”

“我想到了，缺真心实意喜欢我的粉丝。”凌檬非常诚恳地说。

“那种东西想想就行了。”

“我就喜欢你这种志向远大的励志主播。”

“主播小柠檬，挑战不可能。”

“@ Guava @ Banana @向蛟这就三个了。”

Guava.SVIP：“可以有。”

“Guava，你大可不必跟这群人同流合污的。”

“大房管哪儿去了？为什么我有种再继续这样下去，大房管迟早要把向神关小黑屋的预感。”

“你们的大房管在做饭，等参观完我带你们去找他。”

直播间里的东西暂时不是很多，除了两台电脑和简易家具，还有一整面墙的投屏，以后有比赛用这个看起来一定很过瘾。

“这个东西还有人记得吗？”凌檬来到隔壁卧室，特地跟大家炫耀占据了很大一片角落的大柠檬，“我们把它从蛋糕店搬过来了，店长学姐还一副很舍不得的样子，据说这已经是她们店的招牌了。”

他翻转镜头，跟大柠檬拍了一张超凶的合影。小伙伴们一边惊呼“吓死我了”，一边娴熟地截图配字，做成新的表情包四处散播。

“芒神的闺房……好像没什么可看的，床上用品是阿姨带我们买的……阿姨是谁？芒神的妈妈……她人很好。”

凌檬想到第一次跟单竺妈妈见面的场景，嘴角不受控制地抽了抽。

“那边是浴室，应该不用看了吧……浴室也要看？偷窥狂啊你们……要看浴室里有几套牙具？芒神就爱一个人用两把牙刷不行吗？！”

“还是看客厅吧，不过客厅也没什么好看的，家具都是开发商配的，以后有空了再慢慢布置。这里楼层高，视野很好。”凌檬向大家展示窗外，“从这个方向看过去就是湖朔电竞镇全景了，隐隐约约可以看到 FRUIT、VEGETABLE 等战队的基地，距离比赛场馆也很近。”

“到 FRUIT 基地？步行大概十到十五分钟吧。真的很近，在这里架个望远镜就可以做电竞狗仔了。”

“那是什么职业？你开发的吗？”

“蹲守三天三夜后发现电竞宅男压根儿不出门。”

“向神：他能架望远镜，岂不是我也能架？反向狗仔 Get。”

凌檬真怕向蛟再来个“可以有”，赶紧换到厨房。他对着镜头做了个嘘声的手势，然后蹑手蹑脚地溜过去。观众们虽然看不到他的动作，但八成也猜到了他想干什么。

“我方打野绕过十八个眼位躲进上路草丛，准备发起一波 GANK（游戏术语，指偷袭，包抄）。”

“敌方上单毫无危机意识，还在塔下清兵。”

“我方打野出手了！闪现接 EQ（游戏里的技能快捷键）二连，成功拿下第一滴血！”

“新来的，这里不是《星河传说》的游戏主播直播间？”

群众口中的第一滴血就是单竺成功被跳出来的凌檬吓了一跳，失手打翻了醋瓶。好在他反应灵敏，及时扶起，并没有损失太多，但空气中已是弥漫了浓浓的醋味。

单竺非常无奈地看着他：“皮这一下你真的开心？”

水友们当然热情帮答——

“皮这一下非常开心。”

“皮使我忘我，皮使我快乐。”

“皮中带着稳哪，稳中带着皮。”

“皮又怎样？反正你舍不得打我。”

而肇事者凌檬这会儿正捂着鼻子：“好酸啊，我不喜欢醋酸，它不是柠檬香型。”

“怪我咯？”芒神忙把料理台清理了，他的一举一动都被记录在镜头里，水友们没见过这么居家的芒神，一时间说什么的都有。

“芒神打翻醋瓶，向神你还不撤？”

“金芒下线，青芒上线！”

“居家芒神好评！芒神的围裙还是柠檬图案的！”

“你们男生下厨好厉害哦！”

“芒神还会做饭？濒危好男人！”

凌檬：“偷偷告诉你们芒神不会做饭，他也是这几天现学的。”

单竺：“那也没见你少吃。”

“水平，我承认进步很快，至少我学这么几天做出来的东西肯定是不能吃的。”凌檬的“民生大计”掌握在单笠手里，赶紧吹捧他一番。

单竺学习做饭其实源于凌檬那句“始于外卖”，外卖谁都可以送，他得做些与众不同的事才行。

凌檬探头往锅里看：“今晚吃什么，烧排骨？太好了，我最爱吃排骨了。”

单竺夹了块小的，晾凉了给凌檬试吃：“尝尝味道怎么样？”

凌檬边嚼边点评：“嗯，很烂，再辣一点。”

“还要再辣？”

“要，我妈给我带的那瓶辣椒酱呢？”

这两个人去研究菜色了，芒神的“女友粉”被刚才那一幕撩得春心荡漾。

“谁注意到了刚才的芒神视角？！”

“随手一截就是一张SSR（游戏卡牌稀有度级别分类的一种）！”

“看直播可比乙女恋爱游戏好玩多了，重点是不用氪金就有神卡！”

2

吃播主播凌檬以杰出的饭量向大家证明了芒神的厨艺天下第一，很多声称今晚不吃饭的小姐姐都没忍住点了外卖，并愤怒地表示今后再也不看檬檬吃播了。

单竺烹饪新手，自知厨艺一般，但看到满屏的“看起来好好吃，好想吃”，心道：“你们还是不够了解檬檬，他可是连二食堂包子都能吃得津津有味的无差别吃货，食物对他来说只有好吃和不能吃之分，根本不存在难吃那一档。”

凌檬大快朵颐到中途，发现对面的单竺手托着脸颊，全神贯注地盯着自己看，根本没有在吃。他很纳闷：“难道是我的吃相让人太没有食欲了？”

“你怎么不吃？”

“我在享受劳动成果。”单竺如实回答。

“你的劳动成果不是在桌上吗？”

“看到你吃得毫无形象，就是我最大的劳动成果。”单竺说完故意点了点自己的嘴角。

“沾到东西了吗？”凌檬懒得拿就放在桌边的餐巾纸，直接伸舌头去舔。

单竺看不下去了，怎么会有这么懒的人，于是抽了张纸巾帮他擦。

平台播报：“用户 Guava 给主播 Lemon 赠送猫咪庭院，并赠言‘云吃排骨。’”

“你的粉丝冲浪越来越熟练了，都会‘云吃’这个词了。”

凌檬替他心疼：“你打赏的钱能吃好多顿糖醋排骨了，你知道吗？”

Guava. SVIP：“跟你吃的不一样。”

“那倒是……不过我吃的这个是芒神做的，你要是想吃，也应该去他的直播间打赏才对。”

单竺故意把最大的一块排骨夹到凌檬碗里：“就算打赏了他也吃不到。我的糖醋排骨只做给打游戏不那么厉害的男生吃。”

水友们听了在弹幕上踊跃报名。

“打游戏不那么厉害的男生？说的不就是我吗？”

“打游戏、不厉害、男生，这几个关键词我占全了。”

“芒神说话算话，今天这个排骨我吃定了！”

“想请我吃排骨就直接说，不用这么拐弯抹角。”

“糖（来自芒果）醋（来自柠檬）排骨，芒神做菜真省调料啊。”

……

3

汤足饭饱，凌檬一屁股坐到电脑前准备借打游戏消食。

还没到单竺直播的时间，单竺开了直播间但并未开播，自己则是拿了本书，歪在一旁细细翻阅。单看气质他像是在读《百年孤独》，可只有凌檬知道他看的是《家常菜谱300道》。

单竺搬了新居，又找理由好几天不开摄像头，粉丝们只好跑去找凌檬曲线救国，让他督促单竺赶紧开视频直播。

“你怎么不开摄像头了？你的颜粉都快把我的直播间爆破了。”

凌檬往隔壁瞄了一眼，发现屏幕上的弹幕不太和谐，脏得有点过分。

“你惹了什么众怒，这些喷子骂得这么难听，还要问候家人？”凌檬仔细回想，实在想不出电竞圈最近有什么大节奏。

单竺把视线从书本转移到凌檬身上，盯了他片刻：“你说得对，是有点过分了。”

他开麦：“有房管在吗？把那些刷柠檬脏话的都封一封。”

字母党瞬间消失了，所有人集体改口“柠爸对不起”。

管你开不开摄像头，爸爸是真的生气了！

河豚凌檬气呼呼地点开水友推荐给他的链接，大家都知道凌檬爱看B站视频，没事就推荐一些鬼畜搞笑的给他，让他可以在排位的等待间隙轻松一刻。

但这个视频不鬼畜也不搞笑，相反还有一点温馨。UP主用两个人的直播素材剪了一支MV（短片）——从两个人第一次直播，到凌檬手术单竺陪伴；从甜品店开业生日聚会，到日常直播的点点滴滴。凌檬从不知道还有人如此细心地收集了他们每一次直播的影像，看完仿佛完整地回顾了一遍两个人相识以来的所有经历，配上动人的 BGM，凌檬承认自己被感动到了。

他又变成当初直播聊天的小甜檬，嘴角情不自禁地上扬，酒窝里洒满了蜜。

“谢谢 UP 主，UP 主有心了。”

“感谢 UP 主！我家吃可爱多长大的檬檬又上线了！”

凌檬狡辩：“我什么时候下线了？不够甜一定是因为最近吃可爱多吃得不够多！”

“猫粮都给你，拿去买可爱多！”

笑出小虎牙的凌檬：“谢谢老板，我会‘大吃一斤’的！”

“救命！我的牙医又要收到我的挂号了！”

“别伤心，听说拔牙可以瘦脸。”

“我更惨，糖尿病已经二百五十个‘+’了！”

“你的病例是拿纸胶带打的吗？”

……

也有夸 UP 主选歌有眼光的。

“BGM 好评点赞，这首歌十分契合我心目中芒神和檬檬的感觉。”

“我也很喜欢，”凌檬打开百度，“这歌叫什么名字啊？”

“我男神的《刚好遇见你》，强烈推荐！”

“同！第一次听这歌就觉得很适合他们两个！”

凌檬通过歌名搜过去，直接设置成单曲循环。悠扬的歌声飘出来，仿佛带着甜味剂，将空气中每一个分子染成柠檬黄，两个直播间同时被混杂着芒果、山竹和苹果等复合果香的歌声填满。

“我们哭了，我们笑着，我们抬头望天空，星星还亮着几颗……”

凌檬跟着音乐摇头晃脑，对口型假唱，他可不想把这么好听的歌推上电竞死歌榜。

“你有本事对口型，你有本事唱出声啊？”

“音乐主播假唱，举报了。”

大家听得正投入，音乐戛然而止，现场逼死了不少强迫症患者。

“挺好听的，主播干吗暂停啊？”

“我没暂停，”凌檬也很郁闷，“大概是网卡了？”

凌檬在网络诊断里戳来戳去也没连上网，耳边却传来一阵清唱。

“我们唱着，时间的歌，才懂得相互拥抱，到底是为了什么……”

单竺依旧懒洋洋地靠在椅背上，注意力全放在《家常菜谱300道》上，口中十分随意地哼着歌词。

凌檬也是第一次听单竺唱歌，没想到从不唱歌的单笠唱起歌来依然很男神，偶像人设丝毫未崩，这令他很惊讶。

他是全场唯一能看到单竺的人，其他人就只能通过直播画面看到一动不动将头扭向一旁的凌檬的侧颜。

“是谁在唱歌？”

“温暖了寂寞，风吹花落泪如雨，因为不想分离。”

“无缝衔接？”

“难不成是我芒神在唱歌？”

“柠爸，转一下摄像头可以吗？我们也想看芒神唱歌，拜托！”

网络经过短暂的卡顿又重新连接上，原唱再次响起，单竺也终于接收到了来自隔壁的关注。

他抬起头，在被染成柠檬黄的空气里，在混杂着芒果、山竹、苹果等复合果香的歌声里，两个人四目相对。

凌檬的眼中有困惑、不解，一如单竺当初看到凌檬在赛场上夺冠时的心情——是错觉吗？这个人竟然散发着耀眼的光芒。

副歌跟单竺的哼唱恰如其分地接上，他目不转睛地注视着凌檬的眼睛，和着伴奏，完完整整地将后半段唱完——

“因为我刚好遇见你，留下足迹才美丽，风吹花落泪如雨，因为不想分离。

“因为刚好遇见你，留下十年的期许，如果再相遇，我想我会记得你。”

凌檬愣愣地听完，愣愣地转回来，又愣愣地对着镜头。

“哎，原来人真的会发光。”

4

单竺买房这件事实际上对凌檬刺激挺大的，虽然凌檬也知道大学毕业完全靠自己承担首付的人百里挑一，但这样的例子就在身边，带来的冲击也更直观些。

况且凌檬比别人清楚，直播只是单竺的跳板，他的志向在更广阔的解说台。在排除所有的干扰因素后，单竺尝试挑选了两场比赛做直播解说，成功地分流了官方近十分之一的流量，在私人解说中已属极其骄人的成绩。

在斗猫的积极牵线下，单竺终于收到了人生中第一次现场解说嘉宾的登台邀请，向既定的目标迈出了一大步。

相处久了，凌檬发现单竺是一个目标非常明确的人，想直播就播了，想做解说就做了，一步一个目标，永远不会在人生的道路上迷路。

反观自己，活体咸鱼一枚，每天都在被时间推着走。做主播纯属一时冲动，尽管自己也挺喜欢这份工作，但若要让他像单竺那样签约职业，每天定点开播，他又有些犹豫。

在此之前，凌檬觉得毕业还是一件很遥远的事。但单竺让他意识到，现在做人生规划并不算早。

凌檬初中田径队的教练对他的影响颇大，他曾经一度想过当中学体育老师，但叛逆儿童单吒成功地让他打消了这个念头。

他想来想去，唯一能确定的是《星河传说》对他的吸引力依旧如初。他在电竞圈里认识的人都很友好，他想留在这个圈子里。

FRUIT战队招工作人员，一群人在招聘微博下疯狂地@Lemon搞事。凌檬仔细对照后发现，自己唯一满足的岗位就是生活助理，负责帮选手点点外卖、拿拿快递，再按摩按摩肩颈。

可当他将这个想法跟单竺随口一提时，却遭到了对方的反对。

“你去FRUIT做什么？你要真的去了，向蛟岂不是一天三次头疼脑热，手伤发作？你要是真想做助理就来帮我，我给你开工资。”

凌檬不想拿单竺的工资，不过无巧不成书，就在凌檬起了心思的那几天，一档网络节目的制作人找上了凌檬。

制作人描述得特别美好：“我们这档节目在业内点击率最高，虽然非官方制作，但由于太受欢迎，常被官方选中在比赛场间播放。之前负责采访的记者生病了，需要有人临时带几期班，每周只占用几个小时，最好是星河的熟面孔，我看就非柠爸你莫属了。”

凌檬觉得各方面都很完美，很高兴地答应下来，然后才发现自己上当了。制作人一点都没吹牛，他们就是——当今点击率第一名，备受百万星河玩家好评的《我不是黑粉》节目组。

这档节目每期都会挑选最刁钻的问题向职业选手提问，专戳对方痛处，常把受访对象问得哑口无言，直接动手。正应了那句“人民群众喜闻乐见，记者常冒生命危险”。

凌檬无比怀疑上一任记者生病生的是什么“病”，不过自己已经登上了贼船，也只能秉承着大无畏的自我牺牲精神硬着头皮上了。

第十章

1

新一期《我不是黑粉》从预告片就开始走红，三十秒钟的小视频被转发了四千多次。制作人有预想到这期会爆，可怎么也没想到还未开播就会大火。

因为凌檬直播前就是因喷玩家走红的，直播后大家发现他本人看上去软萌得像谁也喷不过，一脑补之前的喷点，就都变成了萌点。

这样一个“萌萌”现在要真身上阵喷职业玩家了，究竟是“柠爸”雄风再震江湖，还是被职业玩家“揍”得滚来滚去，承包了这一天星河玩家的话题热点。

待到正片上线前，很多星河主播游戏都不打了，专门守着节目组官博刷新。各个直播间里的水友也早早地打好“哈哈哈”，随时准备发出去。

连单竺都特地提前了半小时开播，甚至很有诚意地打开摄像头，利用自己直播间的超高人气为凌檬采访首秀增加曝光率。

只有凌檬一脸冷漠地直播人机对战，无情地驳回水友们的换台请求："看什么看，一点都不好看，我才不要看，你们也别看。"

不过这也不影响正片上线后，隔壁单竺不时地笑得肩头抽动。凌檬偷偷往旁边瞄了好几眼，想知道到底是哪段采访导致他笑得乐不可支。

凌檬采访的第一站是 VEGETABLE 战队。

"你好，我是《我不是黑粉》节目组的，能打扰你几分钟吗？"

正在打游戏的单耀回头还没来得及开口，就被凌檬打断了。

"叫我 Lemon！"

单耀强忍着笑意："Lemon，你好。"

特效师火上浇油地给单耀 P 了一滴汗。

"原来这个节目负责采访的人是你呀。"

凌檬："不是，我第一天带班……怎么你之前没上过这个节目吗？"

"怎么可能？我可是常客了。"

"那你怎么都不知道采访的人是谁？"

"我之前见他都是戴着头盔来的。"

凌檬一脸震惊："那为什么节目组没给我？！"

"他们大概不把你当人吧。"

后期帮表情惊悚的凌檬 P 了个钢盔："好吧好吧，给你一个。"

单耀对着镜头做自我介绍："大家好，我是 VEGETABLE 战队的 YAM。"

凌檬平复了惊魂未定的心情，低头念手里的卡片："YAM 你打了四个赛季，拿了三个亚军，请问二是你的幸运数字吗？"

"其实我的幸运数字是一，至于为什么三次第二，我想……可能是因为之前的我加倍幸运，一加一等于二，哪天等我只是普通幸运了，就能拿第一了。"

节目后期加上“数学真好”的字幕。

“谣传 TUBER PLANT 队花一千万买你，你为什么没有转会？是看不上这点钱吗？”

“因为他们承诺首付五十万元，剩下的九百五十万元以实物的形式用等价土豆分期支付，我想我这辈子也吃不完这么多土豆，所以就拒绝了。”

后期加上被土豆埋住的单耀 Q 版动画。

凌檬有点蒙：“真的？”

“当然是假的了，这就是个谣言，相信的人应该多吃土豆保智商。”

一个箭头指向凌檬：天真。

凌檬：“绣花枕头，如果按颜值评比早就是星河职业联赛的冠军了。”

单耀：“这真的是黑粉说的吗？真爱粉都不好意思这么吹捧我。”

凌檬一本正经地念着网友的留言：“不要追求不切实际的冠军梦了，退役做主播我养你。”

单耀：“我卖松花饼、你偷电瓶车吗？我会考虑的。”

凌檬继续念着网友提问：“VEGETABLE 战队禁止队员谈恋爱，直接限制了你我的发展。”

单耀：“我代表战队高层对你所受的损失深感抱歉。”

“你的年龄比 Banana 大，SOLO 却从未赢过他，不会觉得丢脸吗？”

“虽然我年纪比他大，但是他打职业比我早，算是我的前辈，后辈输给前辈也正常。但也有一句俗话说得好，长江后浪推前浪，前浪死在沙滩上，我会一直努力的。”

凌檬友情提醒他：“但是向神更年轻，可能会比你浪得更久。”

“职业选手年龄很重要，但更多的也要看状态吧。至少我目前状态还处于上升趋势，你不能因为他粉你粉得比较明显就更看好他，我也是你的隐性粉啊。电竞椅坐得还舒服吗？”

“舒服……我只是个临时小记者，你们贿赂我做什么？”

单耀笑着回答：“为了让你下次采访他的时候也能吹一吹我啊。”

第二个接受采访的人是Pineapple。

“大家好，我是FRUIT战队的菠萝酱，眼熟我！我还是柠爸的粉丝，感谢柠爸在比赛训练之余带给我快乐！”

“这个就不用说了，直接进入正题吧。你非常爱哭，打比赛赢了哭，输了也哭，那会不会被黑评气哭？”

“我刚被选为主力的第一个赛季，我们队连续输得很惨，当时有很多果粉认为我应该背这个锅。我一打开微博，一百条评论里有九十九条说我不配打职业，还说我输了假哭，那是我第一次也是唯一一次被喷子气哭。”

后期字幕配上——嘤嘤嘤的菠萝酱。

“之后你就成长了吗？”

“不，之后我就卸载了微博。”

“1V1谁都打不过，5V5只能给Banana当诱饵。”

“我必须澄清，首先这是教练组战术的安排，我在团队中负责当诱饵或者上去卖的时间比较多！其次难道你敢让队长给我当诱饵？！”薄落表情惊恐地说。

凌檬假想了一下，也打了个哆嗦。

“一个经常掉下神级的职业选手。”

“这个我也要澄清！其他人平时都SOLO单排，但是我喜欢单排3V3或者5V5。这个游戏一个人是Carry不起来的，更何况还经常遇到演员！”

“那你为什么还要排？”凌檬插话问。

“因为我就喜欢游戏的这种未知性！

“不过以后这种情况应该会少了，因为战队有新规定，月底不上神的扣工资，所以大家今后只在神级狙击我吧！”

凌檬：“《星河传说》幼儿园杯联赛冠军。”

薄落：“这个我要蝉联一辈子！”

凌檬：“向神表情翻译器。”

薄落：“这个有吗？我觉得队长的喜怒都还蛮形于色的。”

“努力打职业唯一的原因是害怕Banana。”

“因为我们队长他就是凶的时间比较多呀。我记得我刚加他微信的时候，无论跟他说什么他都回我一个句号或者‘哦’，看起来很不好相处的样子。当然现在好多了。”

“熟悉之后话变多了？”

“不是，现在他有时会回那个，就是那个表情包，感觉比较亲和。”

“什么表情包？”

“就你的表情包啊。”

凌檬腹诽：“我干吗多嘴问一句？”

“你们男生打游戏好厉害哦。”

“最后一条：请今后直播的时候不要唱歌了。”

“关于这一条我觉得是我的粉丝们不懂得鉴赏，不信的话柠爸你来客观鉴定一下。”

凌檬想到出发前制作人叮嘱他的重要事项，赶紧起身告辞：“打扰了，溜了溜了。”

“不要啊，我还没唱呢。”薄落拉着袖子不让凌檬走，“菠萝菠萝蜜，菠萝菠萝蜜，带我去呀带我去……”

后期：柠爸倒地。

第三个采访的人是FRUIT战队大魔王Avocado。

“大家好，我是FRUIT战队的Avocado。”

“呃，似乎黑粉只给你提了一个问题：大家普遍认为牛油果是最难吃的水果，请你退出水果界。”

牛佑国卷起袖子：“教练！关门！别让他跑了！”

后期：柠爸再次倒地。

凌檬侥幸闯到了第四关。

“介绍一下自己呗。”

“我是 FRUIT 的 Banana。”

“你的黑粉想问你，什么时候能宠宠粉？”

“粉丝刷庭院的时候。”

“可是你从来都不直播啊？”

“对。”

后期——向神：疯狂暗示。

“请放其他职业选手，尤其是耀神一条生路。”

“因为他送了你电竞椅吗？”

“不是！这是黑粉留言，我只是负责念出来！”

“赞助商刚给了一套路由器。

“挺好用的。

“你要吗？”

“不是，我们现在是在录节目啊！”凌檬求助地看向导演，“这段后期会剪掉吧？”

导演在屏幕外给他比了个“OK”手势。

后期不仅没剪，还在屏幕中央配了个“SURPRISE（惊喜）！”

凌檬：“作为全联盟最有钱的选手，如果对某个新版本非常不满意，会买下游戏开发公司强制修改吗？”

向蛟：“直接收买策划会比较快。”

凌檬：“单身多少年才能练出跟你一样的手速？”

向蛟：“一辈子。”

凌檬：“你还能记起自己的微博密码吗？”

向蛟：“忘了。”

凌檬：“异人连主播都打不过。”

向蛟：“主播中也有技术很好的，比如……”

他的视线在凌檬身上停留了几秒钟：“这个就算了。

“但是他歌唱得好。”

“我能弱弱地问一句，你觉得我唱歌好是跟菠萝酱比吗？”

“是。”

后期：柠爸终极倒地。

正片到此为止，片尾字幕滚动时还附赠了几段花絮。

凌檬：“感谢向神接受我们的采访。”

向蛟：“路由器？”

凌檬：“我谢谢你。”

单耀：“听说有人把单吒拐到了 FRUIT ？”

凌檬：“打扰了，溜了溜了。”

单耀：“没关系。”

凌檬：“嗯？”

单耀：“向才！来打个招呼。”

一个小号的向蛟在门口晃了一下，看到里面在录像又走了。

单耀：“他立志要打败他哥，所以考了我们的青训，明年就能上场了。麻烦转告 Banana，我们 VEGETABLE 不会每次都让他们轻松夺冠的。”

薄落：“啦——啦——啦啦啦啦啦——啦啦啦啦啦——不要悲伤的结局……”

这一期《我不是黑粉》不出意外地获得了巨大的成功，上线后一个小时点击量创历史新高，B 站的弹幕也是盛况空前。

在节目官博下，万人血书求“柠爸”常驻，其中以节目组之前的记者刷得最欢。

还有一股邪恶势力来自向神的粉丝，他们从没见向蛟在哪档节目说过这么多的话，当然铁了心要把能撬开偶像金口的“柠爸”留下来。

制作人也在微信上隐晦地向凌檬转达了民意，甚至狂吹星河圈像他这样自带综艺效果的人才不多了，这种收视率垫底的节目要是没有“柠爸”的拯救很快就会被腰斩。

凌檬嘴上说着不看不看，其实夜深后躲在被窝里，偷偷用手机刷了好几遍。单竺早上发现的时候，他差不多连弹幕和评论都扫完了。

他因熬夜看视频而略带血丝的眼中，充满三分迟疑和七分肯定：“我好像知道我以后想做什么了。”

2

单竺知道凌檬一旦确定目标，就比任何人都执着，正如他在长跑赛场上一般。从那一天起，凌檬的世界除了吃和打游戏，还多了一样东西。

他一有空就看各种各样的星河视频——赛后采访、娱乐综艺、正经访谈，吃饭时看，睡觉前看，用触角走路时也要看。

他会在单竺解说比赛时非常认真地旁听，然后在比赛即将结束时拟一下对选手的提问。他会上各种星河玩家活跃的社区收集各种新鲜有趣的梗，直播时段子张口即来，不知不觉中观众也增长了一倍。

他甚至在制作人的牵线下，到甲级联赛担任了一天实习记者，采访他根本不熟悉的战队。为了不闹低级笑话，他还狂补了一周的选手资料。

单竺为自己准备的办公桌完全被凌檬霸占，上面堆满了他的手写便笺和笔记。

一年一度的《星河传说》年度颁奖盛典投票通道开启，单竺拍了一张凌檬认真伏案书写的照片，发到微博上为他拉票。

Mangosteen：“我一直在反省，是不是被滤镜蒙蔽了双眼，才会觉得这个人的一举一动都像是在发光，直到看到这样的他。任何人都无法抗拒一个会发光的人，这么努力的@ Lemon 值得你为他投上一票。”

接下来是单耀卖萌——

Yam：“请大家支持我柠…啊不，Lemon 一票狗头@ Lemon 皮一下爸爸也不会打我。”

然后薄落卖唱——

Pineapple：“我一天一天更爱你，我不管不管不管爱会苦苦的，海蓝蓝的天气，我的爱是 Lemon Tree……用我动人的歌声，为@ Lemon 柠爸拉票！不投票我就循环演唱，嘿嘿。”

《我不是黑粉》官博卖惨——

我不是黑粉官博：“柠爸跟小黑的代理记者合约只到下一期止，如果你也像小黑一样希望柠爸留下来，请把你宝贵的票票投给@ Lemon。没准柠爸拿了最受欢迎男主播，一高兴就不走了，可怜。”然后附上“柠爸”的表情包九宫格。

最令人不可思议的是声称忘记密码的向蛟也重返微博，一发还发了两条。

Banana：“投@ Lemon。”

Guava：“转发微博 // @ Banana：‘投@ Lemon。’”

Fan A：“向神，你终于记起你还有……有两个微博吗？”

Fan B：“那一天，向神终于记起了自己的微博密码。”

Fan C：“凌檬：你还能记起你的微博密码吗？向蛟：忘了。”

Fan D：“感谢柠爸治好我男神的失忆症。”

Fan E：“收到提示的时候还以为我‘特关’坏了。”

Fan F：“没收到提示的我才是‘特别关注’坏了。”

Fan G：“收到提示贼开心，以为我向神终于宠粉了，没想到点开一看竟然是追星。”

Fan H：“向神捧主播真的出钱出力，希望这次能抽张好卡。”

……

凌檬自知人气比不过单竺，对于众人跟风为他拉票更多的是当个乐子，自己也在直播时开玩笑要大家把票都投给他。

凌檬：“投我吧投我吧，这样票榜上我就排在芒神上面了。”

“救救孩子吧，这是他唯一能赢过芒神的机会了。”

“对了，到时现场是不是会有很多粉丝啊？举着灯牌的那种。”他问单竺。

单竺：“应该是。”

“那怎么办，要是没人举我的灯牌岂不是很没有排面？”

“我给你举？”

“你不是要跟我一起走红毯吗？”

“我边走边给你举，全场属你最有排面。”

“别闹，”凌檬笑着推他，“要不我提前雇几个人举？有谁知道市场价多少吗？”

“五十块一块牌子，一百块举一天。”

“柠爸雇我！灯牌自带！”

“雇我雇我！只要半价！”

凌檬得意地抖着腿，仿佛自己一只脚已经迈上了红毯，两旁的粉丝为他疯狂地助威：“到时候灯牌写什么好哇？柠爸柠爸，我打电话？”

“这么睿智的灯牌还是让芒神给你举吧，告辞！”

“对方不接你的电话并拉黑了你。”

“柠爸：你举不举？芒神：不敢不举。”

“芒神：我不举灯牌，檬檬会生气的。”

凌檬：“你们这帮人说话不算话的……房管，顺便封了那几个说不举灯牌的。”

3

说者无心，听者有意，“柠爸”全球黑粉后援会的几位主力黑私下一沟通，平时黑就黑了，大场面不能让“柠爸”没有排面，于是搞了众筹，做了灯牌，立志要闪亮全场。毕竟——黑，大家是专业的。

“芒粉”和“女友粉”们听说后，表示气势才不可能被爸爸压，不然岂不是会丢男朋友的脸？又是一顿暗中筹谋。

向蛟的粉丝收到风声，作为联盟人气最高选手的粉丝团，自然不甘落后，也大手笔做了同等规格的灯牌。一场红毯秀尚未开走，三方应援大战先暗搓搓地交手了好几个回合。

于是颁奖典礼当天，凌檬和单竺乘坐赞助商的豪车抵达会场，一下车便看到了这样的盛况——

红毯左手边领头的是柠爸的黑粉团，前排八人每个人举着一块硕大的单字灯牌，连起来是一句话——柠檬爸爸，父爱如山。

紧挨着他们的是芒神女友团，灯牌同样八个字——芒神老公，盛世美颜。

跟女友团面对面打擂台的是向蛟的粉丝团，灯牌仿佛跟前两伙人在同一家淘宝店定的，连字体都一样——双冠蛟神，王者之巅。

“我现在退场还来得及吗？”凌檬低声问身边的单竺，“太丢人了，这还不如‘柠爸柠爸我打电话’呢。”

单竺笑着拉住凌檬的手，把他往红毯上带：“微笑，十一点钟方向有摄像机。”

“星河狗。”说完，他朝十一点钟方向挤出一个尴尬的微笑。

斗猫对颁奖典礼进行了全程直播，无法前往现场的水友也可以躺在被窝里看直播、吃零食、刷弹幕，个个美滋滋。

“西装芒神满分！”

“你们男生穿西装真是太帅了！”

“双标党，明明我家檬檬穿的也是西装！”

“这是游戏主播，不是男模天团？”

“向神粉丝针对我们芒神，举报了。”

签完名，外场主持照例要两个人讲两句再入场。

“二位对今天能否获奖有信心吗？”

两个人你看看我，我看看你，凌檬先说：“我对他获奖很有信心。”

“对你自己难道没有信心吗？”

“我就是来打酱油的。”

主持将麦克风对准单竺：“芒神认为呢？”

“我是来陪檬檬打酱油的。”

“好吧，我只剩下一个问题：FLAVOURING战队的Soysauce做错了什么，你们要这样对他？”

“哈哈哈！”

“Soysauce：突然被CUE（点）。”

颁奖典礼从《星河传说》开发公司高层讲话开始，公布了今年几大喜人进展：一是游戏在线的人数翻倍；二是比赛收看的人数创历史新高；三是跟湖朔大学城几所著名高校签署协议，接收优秀的职业选手保送深造，完成一定学分即可颁发毕业证。

选手方面，薄落斩获最佳新秀，单耀拿下最佳进步。至于完全靠群众投票选出的最受欢迎选手，以及含金量最高的年度MVP（最有价值选手），都无可争议地颁给了向蛟，FRUIT也当之无愧地荣登年度最佳战队的宝座。

到了主播颁奖环节，第一个颁布的，也是凌檬最有希望冲击的一个奖项——最佳新人主播奖。

当大屏幕上出现凌檬的提名时，凌檬的手心出了一层薄汗。单竺在摄像机拍摄不到的地方轻轻地拍了拍他的腿，示意他安心。

颁奖嘉宾拆开信封：“年度最佳新人主播奖，获奖得主是——”

五个被提名新人主播的实时影像在屏幕上依次排开，经验明显不足的他们还没学会表情管理，紧张和期盼的表情在每个人脸上一览无余。

“Passionfruit！”

“哇，我柠爸居然不是最佳新人，心疼。”

“看檬檬的表情就觉得他鼻子酸酸的。”

“太惨了呜呜，刷个爬架安慰安慰爸爸。”

凌檬飞快地咬了咬下唇，被动地跟着大家一起鼓掌，说不失落是骗人的。获奖主播上台领奖，欢天喜地地发表获奖感言，凌檬被摄像机对着拍，内心失落，却还要保持微笑。

单竺安慰他：“后面还有机会。”

“后面是你的了。”凌檬强颜欢笑，“你上台记得多说几句，把我的份也讲了。”

想到单竺很快要上去领奖，凌檬好像又不那么难过了。

“接下来颁发的是，由星河玩家票选出的最受欢迎男主播奖，被提名的候选人有——

“Mangosteen，斗猫签约主播，以其精湛的游戏技巧及独特的解说视角，成为《星河传说》人气最高的主播之一。初登解说台，他思维敏捷，分析透彻，深受广大玩家好评，是未来冲击职业联赛解说台的实力人选。

“Lemon，斗猫新晋人气主播，游戏主播中唱歌最好的，娱乐主播中段位最高的。他时而威严，时而卖萌，粉丝们都尊敬地称他一声——柠爸。由Lemon参与制作的网络节目在玩家中广为传播，也使他成为星河传媒界一颗冉冉升起的新星……”

“我宣布，获得年度最受欢迎男主播的是——”

凌檬摆好鼓掌的姿势，一脸期待地看着身边人，只等颁奖嘉宾一公布结果就第一个送上祝福。

“Lemon！恭喜！”

他的形象被全屏放大，现场所有观众以及直播间的百万水友们，都目睹了“柠爸”从“好开心好开心”到一脸疑惑的全过程。

“我柠爸是不是以为这个奖板上钉钉是芒神的？他巴掌拍得好自然，停得也很僵硬。”

“檬檬日常蠢萌。”

“刚才这段动态图我能笑一年。”

“柠爸：组委会，又耍你爸爸。”

单竺从一开始跟凌檬对着鼓掌，直到凌檬当场愣住，才强忍着笑起立，把凌檬从座位上拽起来，给了凌檬一个拥抱，然后往台上轻轻一推。凌檬就像摩擦系数为零的平面上的一个物体，获得了一个加速度，飘啊飘地飘到了台上。

他从颁奖嘉宾手里接过奖杯，表情迷茫地往麦克风前一站，脚底仿佛还踩着棉花。台下众人一见他就笑场——不愧是表情包本包，别的主播是段子手，他就是个段子。

好不容易笑声渐歇，凌檬艰难地憋出一句话：“投票系统是不是坏了？”

大家好不容易不笑了，听到这话又被他逗得前仰后合。

“震惊！获奖主播现场质疑票选公正性！”

“笑得我八块腹肌都出来了。”

“大半个星河职业圈都出来给柠爸拉票，柠爸是对自己的实力不自信，还是对职业选手的人气有误解？”

凌檬压根儿没准备这段获奖感言，之前想过如果拿了最佳新人该说什么，这会儿也都忘光了。

“那个……从来没有想过我会拿这个奖，我之前觉得……我还是觉得投票系统可能坏了。”

“哈哈哈……”

“也没有准备好说什么，”凌檬低头看着脚尖，“大家都喜欢说莫忘初心，我直播的初心其实就是想跟芒神较劲。我在他的直播间一夜爆红后，其实是很羡慕芒神的。因为他有很多很多粉丝，他的粉丝就像人梯一样，把他举得高高的，我想跟他一争高下，可连他脚下的尘土都摸不着。直到我开始直播，粉丝越来越多，当然初心也忘得差不多了……”

“哈哈哈……”

“现在我非常感谢我的粉丝们，如果我没有直播就不会遇见你们，感谢你们日复一日、锲而不舍地吹我、黑我、刷我的表情包……”

“哈哈哈……”

凌檬遥望单竺，激动地说：“当然也感谢你们把我举得高高的，让我能跟厉害的人肩并肩，成为能够跟他匹敌的……”

“檬檬的获奖感言真是太感人了。”

“努力举手，把檬檬举得更高些！”

“碧云天，黄叶地，我是柠爸小人梯！”

凌檬一时卡壳，停顿半天才冒出一个词：“男人。”

“刚酝酿出些许感动的情绪全喷出去了。”

“不好了，人梯笑塌了！檬檬掉下来了！”

“你们男人说获奖感言真是太厉害了……”

导播把镜头切给单竺，他也跟现场所有人一样捂着眼睛笑到难以自已。

凌檬拿了奖，很感动，其实是想煽情一下的，不想却换来全场爆笑，气得在台上现场模仿活体河豚。

“好吧，我知道煽情路线不适合我，只是希望大家能够多给爸爸一点尊重。”

“哈哈哈……”

“中华美德，孝字当先。”

“哈哈哈……”

直播间的弹幕——

“都不许笑了，我柠爸是认真的！”

“我们也很认真地听话了！爸爸说‘笑字当先’！”

“本柠爸笑子先笑为敬！”

“父‘痴’子‘笑’。”

“最后感谢所有帮我拉票和为我投票的人，直播改变了我的人生，我很喜欢主播这个职业，也因此发现了自己喜欢的事业，我会一直为之努力的。”凌檬向台下鞠了一躬，“《星河传说》真好玩，芒神真帅！”

凌檬说完最后一个字，长长地松了一口气，在众人的掌声中跳下台。刚才他整个人是蒙的，都没能好好庆祝。

最终单竺获得了官方特别颁发的最佳游戏传播奖，以感谢他对游戏推广做出的贡献。

全场最帅男主播起身整理了一下西装，款款走上台：“感谢组委会颁给我这个奖项，感谢星河官方，感谢斗猫平台，感谢粉丝……”

他非常官方地感谢了一圈，又道：“我还要感谢的是——”

在他故意拉长音的这段时间，导播聪明地把镜头切给了凌檬。所有人都以为他要说出那个名字，连凌檬本人也这么以为。他下意识地坐直了，绷紧脸部肌肉，免得待会儿笑得太开心而不够矜持。

单竺卖足了关子，微笑着继续道：“《星河传说》的随机匹配系统。”

这跟说好的发言稿不一样啊？

“无论排位赛还是娱乐局，我们在游戏中，会随机匹配到很多人。我们可能匹配到心有灵犀的队友，可能匹配到旗鼓相当的对手，当然也有可能匹配到让我们气得摔鼠标、砸键盘的菜鸟。

“我们可能一声‘GG’后再也不见，可能互加好友相约开黑，当然也可能一起挂机喷到天亮。你永远都不知道你下一个随机匹配到的是什么人，是你喜欢的人、讨厌的人，还是……”他从台上往下视线准确地锁定凌檬，“改变你的人。”

“感谢《星河传说》的随机匹配系统，让我遇到了这个人。在成千上万的玩家中，我们同时按下匹配，然后遇到一起。这是星河宇宙带给我的最难得的相遇。

“这只是一个游戏，但玩游戏的是人。重点是，你只有打游戏很厉害，才能吸引到对面的那个人。”

台下众人刚被动容到含泪，又因这句话笑出泪花。

“顺便，就算没有粉丝把你举高高也没关系，因为我会将你举得最高，比所有人都高。”

凌檬拼命鼓掌。

“最后祝每个人都能匹配到你想匹配到的那个人。谢谢。”

4

颁奖典礼圆满结束，烟大也迎来了开学日。单竺一大清早就把睡眼惺忪的凌檬从床上拉起来，半哄半拽地拖出了门。

“好困……”凌檬嘟嘟囔囔地抱怨。

“你可以在地铁上睡，你也不想开学第一天就迟到吧。”

凌檬睡眼惺忪地刷着牙，说话不过脑子：“芒神，你都能独立买房了，不知道我要攒多久的钱才能买辆车。有了车，好歹我也还能多睡一会儿。”

单竺好笑地看着他梦游的样子：“我买房，你买车，听起来我们配合得还挺默契。”

凌檬一个激灵清醒过来，无语：“没你这样占人便宜的。”

单竺把凌檬送到学校，路过行政楼时，凌檬远远看到一个人站在路中央低头刷着手机，觉得身形有点眼熟，身上穿的队服更眼熟。

“Guava？”他走近一看，惊奇地发现这个刷手机的人竟然是向蛟。

“你怎么会在我们学校？”

向蛟抬起头，依旧慢吞吞地先看了看单竺，再看了看凌檬：“你昨天没听吗？职业选手可以申请来大学深造了。”

“那你的比赛怎么办？训练不继续了？”

“只是偶尔来，修够学分就行。”

“不对呀，”凌檬想起他们第一次见面，“你明明说过你不喜欢念书的。”

“那就要看是去哪所学校念书了。”

向蛟的视线再次在两个人身上转了一圈，嘴角缓缓弯出一个——凌檬发誓是第一次在向蛟脸上见到的微妙弧度。

“以后就多多关照了，学长。”

（全文完）

番 外

奔跑吧，檬檬

E1

“联邦基地只剩下最后一丝血！”

“《星河传说》全球挑战赛即将迎来第一届冠军得主！”

“恭喜 FRUIT！”

E2

一周前。

首届《星河传说》全球挑战赛已经如火如荼地开展了两个月，来自世界各地的四十八支队伍经过一轮又一轮的紧张突围，最终角逐出两支决赛战队，其中一支就是实力强劲的 FRUIT。

走到总决赛，FRUIT 代表的不再是一支战队，而是整个中华赛区。所有国人都将目光聚焦在他们身上，哪怕是之前的黑粉，也都被民族荣誉感凝聚在一起，为他们摇旗呐喊。

官方趁热推出“为FRUIT战队加油助威”活动，号召所有星河玩家用自己的方式为FRUIT打CALL。一时间，众人各展所长，有职业玩家女装直播，有电竞记者泳装直播……斗猫星河区的热度空前高涨。

单竺作为官方解说的一员，与另外三位同行合录了一首鼓气战歌，并凭一己之力撑起了整支MV的颜值。

整个星河圈子里，只剩下人气主播凌檬还没有动作。

E3

凌檬吊儿郎当地窝在电竞椅里，两条腿在半空中晃来晃去，跟直播间里的水友闲聊。

“你们听芒神最近录的那首歌了吗？我已经中毒循环了十二个小时，还截了两句当手机铃声，有人想要吗？我不介意跟你们共享。”

“檬檬怎么没唱？是不是因为唱得不好，所以他们不带你？”

“我没唱是因为我不是解说，不是因为我唱得不好！”

“你唱得好，你倒是唱啊！”

凌檬转移话题：“MV都看了没有？没看的快去补课。你们芒神老帅了，也就比我差那么一点点吧。”

“你长得帅，你倒是上啊！”

摄像头里多出来一只手，手里端着咖啡杯，凌檬直播间里的水友们闭着眼睛都认得出那是谁的手。

凌檬接过杯子：“感谢Mangosteen打赏的卡布奇诺。”

“果然我们檬檬不会平白夸人帅，喝了芒神的卡布奇诺就是嘴短。”

凌檬：“嘴短怎么了？嘴长的那是鸭子。”

“鸭子黄，柠檬黄，没毛的嘴短，有毛的嘴长。”

凌檬趁热喝了一口杯子里的褐色液体，差点吐出来：“你给我倒的这是什么玩意儿？”

单竺在他旁边的电脑前坐下："板蓝根，我听你起床时嗓子有点哑，怕你感冒了。"

凌檬："我谢谢你。"

"芒神好体贴，能不能给本阿姨也倒一杯板蓝根？"

"药是苦的，檬是甜的，而看直播的我，是酸不拉唧的。这一刻，我仿佛化身柠檬人。"

"干了这碗板蓝根，来生还做柠檬人！"

凌檬乖乖地把板蓝根喝光。

"不闹了，说正经事。关于那个加油助威活动……我不女装，你们就算刷屏女装也没有用……也不泳装！房管呢？把带头刷泳装的那几个永封！"

立刻满屏的"柠爸对不起，柠爸永不泳装"。

"我是觉得女装、泳装这些都有人做过了，我得做点跟别人不一样的。我准备跑步！"

E4

尽管凌檬曾在直播间秀过他的比赛奖杯，但他的粉丝们坚持认为他参加的是小学生联赛，谁也没当一回事。听说柠爸准备跑步为FRUIT打CALL，水友们都以为他要绕FRUIT基地一周，直到他在微博上公开自己的跑步路线。

FAN A："从大学城途经电竞镇跑到决赛场馆？檬檬是认真的吗？这个距离堪比马拉松了。"

FAN B："电竞宅男跑马拉松？官方要你加油不是要你命。"

FAN C："欢迎收看本期《主播小柠檬，挑战不可能》！"

FAN D："呵呵，你要是跑得下来，我管你叫爸爸。"

单竺第一时间转发了凌檬的微博，只说了两个字："加油！"

别人都当凌檬说大话，只有他知道对方已经为这件事偷偷锻炼了两个月，从全球挑战赛入围赛那天起就开始风雨无阻地晨跑。

单竺自认跑不过他，每天早起骑车陪练，看着他从十圈增加到二十圈，再到三十圈……

“我从小练长跑，但还没跑过马拉松这种长距离，想挑战一下试试。难得第一届全球赛在我们主场，要是两个月后能用跑步的形式为参加总决赛的战队加油，那就更好了。”

单竺其实有些心疼他每日这么辛苦：“你有没有想过，要是中华赛区的战队早早地就被淘汰了，你可就白练了。”

“怎么能叫白练呢？”凌檬边热身边说，“职业选手们不知道自己能在赛场上走多远，不还是每天都在刻苦打训练赛？马拉松的精神就是挑战自我、永不放弃，夺冠当然重要，但我更希望传达的是即使拿不到冠军也不要放弃的信念。再说了，我相信中华赛区的实力，向蛟、单耀……这些都是超一流的选手，我相信他们当中一定有人能站到总决赛的舞台上，被全世界的人看到。”

凌檬结束热身：“今天的目标是三十五圈，希望芒神的自行车不要掉链子。”

E5

官方在选手们下榻的酒店架设了专用集训室，除了 FRUIT，遗憾止步四强的 VEGETABLE 战队也全员没有放假，自愿留下来做他们的陪练。整个中华赛区拧成一股绳，昔日的对手摇身一变成为坚实的后盾。

这天，集训室里的气氛有些许不同。

薄落：“再过十分钟柠爸就要环城马拉松为我们打 CALL 了，斗猫全程直播。队长，你确定不先看你的偶像出发再训练吗？”

向蛟面无表情地对着屏幕做第十万零一次的瞄准练习。

“再过五分钟就是训练赛，你确定你都准备好了吗？”

“可是……”

“其他人为你加油，是为了让你鸽训练赛的吗？”向蛟难得说这么多字，虽然嘴上慢吞吞的，手上的瞄准性却一次比一次精准。

副队应涛走过来，把薄落按在椅子上。

“VEGETABLE 的队员放弃休假、暴露战术、模仿对手的打法，这一切都是为了什么？除了为我们加油的 Lemon，还有战队的后勤人员和官方的工作人员，这些人所做的一切都是为了我们能赢，而我们要做的事只有一件，那就是赢！”

FRUIT 的教练走进来：“时间到了，VEGETABLE 的队员已经就位，今天我们的目标是打满五局，全体进房间准备！”

E6

凌檬身穿 FRUIT 的队服，在出发点预备热身。

除了人满为患的直播间，湖朔市本地的水友还自发组成啦啦队，赶到现场为“柠爸”加油（看檬檬笑话）。

“来打赌，檬檬能跑五十米还是一百米？”

“不要这么损，我认为檬檬两百米还是没问题的。”

“我已经看到两百米外停着芒神偷偷叫来的滴滴专车了。”

霍龙国手持直播设备，对准这天的主角。

单竺也正在为他起跑做最后的准备工作。

“坚持很重要，但也要量力而行，我全程都在。”

“知道，”凌檬小跳起步，“如果实在跑不动我会走一会儿，我有自知之明。”

他冲镜头摆了摆手：“直播间看戏的朋友，你们好吗？”

直播间水友：“吹着空调吃西瓜，看着檬檬跑马拉松。”

凌檬冲观众说：“现场看戏的朋友，你们好吗？”

现场观众：“瓜子可乐矿泉水，我们动嘴你动腿。”

凌檬冲远处说：“树上看戏的朋友，你们好吗？”

单竺笑："别闹了，节省一点体力。"

霍龙国："檬檬，时间到了！"

凌檬点头会意，其他人自觉让出一条路。凌檬并没有第一时间出发，而是举起右手食指，冲天比了一个"1"。

"檬檬加油"的呼声此起彼伏，凌檬却摇了摇头。

单竺会意，高喊："FRUIT！"

观众们下意识地跟上："加油！"

"FRUIT！"

刚才没反应过来的人也及时加入："加油！"

"FRUIT！"

现场所有观众跟打了鸡血一样激动："加油！"

凌檬稳健地跨越起跑线。

E7

半分钟前还打算坐小板凳嗑瓜子看戏的观众，热情地跟在凌檬后面，护送他出发。

"柠爸加油！柠爸，你可以的！"

"有没有人包车去终点接人的？"

"我我我！我相信檬檬一定能跑到终点！"

斗猫直播间。

"我为什么不能去现场？我也想现场给檬檬加油！"

"现场太燃了，檬檬的手里仿佛有火炬！"

"现在订票飞湖朔还来得及吗？"

"开什么玩笑，总决赛一票难求，湖朔的宾馆都被订满了。"

"万万没想到，全球总决赛的第一枪竟然是被柠爸打响的，你爸爸永远都是你爸爸。"

酒店训练室。

“十一点方向有偷袭，小落当心你的后面！”

“历智速度接应，老牛去干扰 Yam 雷达！别让他爆破！”

“快快快，没时间等救援了，上上上！”

E8

凌檬呼吸匀速，脚下步伐平稳。

水友们的心态从“看你几时停”慢慢过渡到“千万不要停”。

“这真的是我认识的檬檬吗？那个只有嘴巴超凶的檬檬？”

“我们现在看到的画面不是人工合成的吧？回想我上一次长跑还是体育课考八百米。”

“当然是真的！我就在现场，檬檬已经跑过五千米了，震惊我全家！”

“看谁以后还敢说我们是电竞宅男！”

沿途不断有赶到的星河玩家加入，到场的玩家都会情不自禁地跟在凌檬后面跑上一段，直到彻底跑不动了，就停下来在后面大吼一声：“檬檬加油！FRUIT 加油！”

热闹引发路人好奇：“你们这是个什么活动？发鸡蛋吗？”

“我们这是为《星河传说》全球总决赛加油打 CALL 活动，比赛就在明天上午，大叔记得看直播啊！”

“游戏啊，小孩子玩的，没兴趣。”

“不是游戏，是电子竞技，中华队打外国队，为国争光！虽然我们不发鸡蛋，但 FRUIT 老板说了，要是能夺冠，他抽一万部香蕉手机！”

“一万部？那我可得去看看……”

直播车缓缓跟随凌檬行驶，单竺隔窗往凌檬身上洒水。

“还能坚持吗？”

凌檬伸出三根手指，比了个“OK”手势。

霍龙国拍完凌檬拍观众，中途不忘穿插给单竺几个镜头。

“芒神，采访你一下。”

单竺：“嗯？”

“檬檬不管做什么都有你陪在身边，但是你不能陪他一起跑，你会为此感到无能和沮丧吗？”

单竺失笑：“檬檬也不能陪我上解说席，他做节目采访的时候也是一个人去，每个人都有自己的天赋和位置。

“我会尽可能地在他的道路上陪伴他，但我也有自己的目标要实现。只要我们在各自的道路上不断前进，就不必担心会被对方落下。我自认不能陪他跑完这四十公里，但我可以永远守在终点，等他凯旋。”

E9

霍龙国：“我不应该在车里，我应该在车底。”

水友：“我们不应该在直播间里，我们应该在运动场上。”

教练：“很好！休息十五分钟，再来一局！”

E10

终点就设置在离比赛场馆不远的酒店，在酒店下榻的除了战队成员，还有从世界各地赶来观看总决赛的星河爱好者。

楼下的骚动引起了他们的注意。

“下面怎么这么热闹？是有选手进出吗？”

他们从窗口俯瞰，一群果粉高举FRUIT队旗，在楼下夹道迎接独自跑完四十公里的凌檬。

凌檬浑身上下像是被水洗过一遍，散发着热气，精干的四肢通过惯性向前摆动。只有那双注视终点的眼睛，一如出发时那般熠熠生辉。

离终点只剩一百米，单竺跳下车，把早已准备好的队旗交到凌檬手里。

观众沸腾，不知谁又领起了头：“FRUIT！”

全场一起：“加油！”

一声比一声高。

“FRUIT！”

“加油！”

喊到最后已是震耳欲聋。

“FRUIT！”

“加油！”

凌檬身披FRUIT队旗，踩着最后一个字冲过终点线，脚下一个踉跄，幸好单竺及时地接住。

全场欢呼。

“檬檬，站起来！”

“檬檬，你是最棒的！”

“你们男生跑长跑真是太厉害了！”

单竺撑住脱力的凌檬，在欢呼声中架着他缓慢前行。

“别急，慢慢来，忍一忍再喝水，现在跟我的节奏呼吸——”

凌檬有一种不真实感，他强撑着被汗水打湿的眼皮，用眼神询问单竺。

单竺已经能够读懂他眼神中的每一句话：“你做到了，你真的做到了！檬檬，你太棒了！”

凌檬松了一口气，闭上眼睛，身子软下去，引发周围一片惊呼。

“檬檬小心！”

单竺用力将人撑住，凌檬闭着眼睛冲身后虚弱地摆了摆手，“柠爸孝子们”这才放宽了心。

“我就知道檬檬可以的，爸爸永远是爸爸！”

“柠爸都这么拼，明天现场我们一定要给FRUIT加最响亮的油、欢最热烈的呼！”

“说得对！来人哪，把我八十万瓦特的扩音器拿来！”

E11

五局训练赛终于结束，向蛟用打游戏的手速退出游戏，打开直播间，却只看到画面中拥挤的人群和密密麻麻的弹幕与礼物。

向蛟面无表情。

薄落：“啊，柠爸已经跑完了，没看到冲刺的队长好伤心。”

应涛走到窗边：“你们看下面是什么？”

一眼望去，到处都是 FRUIT 的队旗和应援灯牌。

教练：“你们是不是应该下楼跟粉丝们见一面？”

E12

人群中一声尖叫：“FRUIT 来了！”

终于平缓了呼吸的凌檬闻声望去，FRUIT 战队五名队员出现在酒店正门。人群发出的尖叫声一波连着一波，大家争先恐后地往前涌，把凌檬和单竺挤到了最前面，又在距离队员两米外的地方集体停下。在没有保安的情况下，没有人迈上台阶一步。

“蛟神！永远的蛟神！”

“涛哥！万能的涛哥！”

“厉智！明天不要上头，保持理智！”

“薄落别哭！妈妈爱你！”

“牛油果是水果界最好吃的水果！”

满脸通红的凌檬挂在单竺身上，冲向蛟举了举手，手里紧紧攥住 FRUIT 的战旗。

五名选手你看看我，我看看你，没有任何人动，却自动站成一排。

“准备好了吗？”向蛟低声道。

五个人面向他们的支持者们，整齐划一地弯腰鞠躬。

向蛟："下一次集体鞠躬，就是在决赛的舞台上了。"

只有胜利者才有资格在比赛结束后，向全场观众鞠躬致谢！

E13

单竺在解说台的位子上稳稳地坐好，比赛尚未开始，观众席上的灯牌比比皆是，加油声此起彼伏。

导播将画面切换到第一排，在大屏幕上看到自己的凌檬第一时间跳起来，冲着镜头挥动手里的队旗，上面有 FRUIT 全体队员和粉丝们的签名。

凌檬拼尽全力呐喊："FRUIT！"

全场山呼海啸："加油！"

另一名解说员看到画面打趣道："这个人真的昨天才跑完四十公里吗？精力也太超人了吧？"

他扭头问嘉宾："你昨天看直播了吗？"

嘉宾："看了，我相信柠爸是想用实际行动告诉我们，不管传统体育竞技还是电子竞技，在某些方面都是共通的，都要有永不服输的精神。还有就是用这种方式告诉选手，你们永远不是在孤身战斗。"

解说员："芒神呢？Lemon 的体力这么好，会不会为你带来困扰？"

单竺笑而不语，前一天凌檬完成了他的使命，现在轮到自己了。

E14

"第一届《星河传说》全球挑战赛总决赛，现在开始。"

附录一

看小说背单词

Lemon 柠檬

Mangosteen 山竹

Mango 芒果

Apple 苹果

Kiwifruit 猕猴桃

Banana 香蕉

Guava 番石榴

Pitaya 火龙果

Durian 榴梿

Strawberry 草莓

Watermelon 西瓜

Cherry 樱桃

Litchi 荔枝

Pineapple 菠萝

Avocado 牛油果

Rambutan 红毛丹

Yam 山药

Peach 桃子

Hawthorn 山楂

Potato 土豆

Coriander 香菜

Passion fruit 百香果

Soy sauce 酱油

Fruit 水果

Vegetable 蔬菜

Tuber plant 块茎植物

Flavouring 调味料

附录二

看小说学数学

一筐柠檬分给甲、乙、丙三人，甲分得全部柠檬的五分之一加五个柠檬，乙分得全部柠檬的四分之一加七个柠檬，丙分得余下柠檬的一半，最后剩下的是一筐柠檬的八分之一，求筐里总共有多少个柠檬。